革細工師はかく語りき

◆著――卯堂成隆
◆装画――鈴ノ

03 セイル・ライト 21歳/雄
身長:170cm 体重:105kg
上流階級のワーウルフ族で、世間知らずのわがまま狼。一応これでも、冒険者ギルドのギルドマスター。
02 佑月《ユヅキ》日莉《ヒマリ》 15歳/女
身長:158cm 体重:51.9kg
最近、異世界に転移してきたヒロイン。毎日クロードにしごかれながら、勇者になるために武者修行中。
01 阿守《アモリ》 蔵人《クロード》 28歳/男
身長:178cm 体重:秘密
本作の主人公で、かつて魔王を倒した勇者六人の一人。現在は自身の経営する「アモリ皮革店」の店長を務める。
革細工師はかく語りき 登場人物紹介

05 ライケルマン・ヴェルデ・ド・ライヒトーネン・ツェルケーニヒ 17歳/男
身長:181.6cm 体重:76kg
ツェルケーニヒ国の王太子殿下で、アンフェルシアの婚約者。
06 エアハルト・ドナ・シュテルンツェルト 23歳/男
身長:192cm 体重:81.3kg
貴族の護衛騎士を務めていた過去を持つが、現在はしがない冒険者。
07 ミシェール・イスケルベイン 15歳/女
身長:161.6cm 体重:48.3kg
つい最近までは平民だった男爵令嬢。
04 アンフェルシア・ルルス・コルドニーテ 15歳/女
身長:172cm 体重:54.7kg
ツェルケーニヒ国の侯爵令嬢で、この国で最高の血筋を持つ社交界のサラブレッド。ライケルマンの婚約者。

「うふふ、相変わらず君の愛情はゆがんでいるねぇ」
08 千々石《チヂワ》 万奈《マンナ》 27歳/女
身長:149.9cm 体重:32kg
かつて魔王を倒した勇者六人の一人。主な能力は、地球世界の神々の力を使った魔術。

革細工師はかく語りき

◆著——卯堂成隆
◆装画——鈴ノ

〈序章〉

光あるところに闇が宿り、闇あるところに光が生まれる。

すなわち、新たな魔王によって世界が闇に包まれ、それを異世界から招いた勇者が打ち払うという『聖《テン》なる約束《プレート》』が繰り返される世界があった。


そして一七年前、『聖なる約束《テンプレート》』の暗黒面に従い、この世界に新たなる魔王が生まれることになる。

天は翳《かげ》り、地は戦《おのの》き、あまねく世界は不安と恐怖に包まれた。

魔王の再誕から一年。この事態を重く見たワルクハウゼン神聖国の首脳陣は、神々との約定に従い『勇者召喚の儀』を行い、異界の存在に助けを求める。

その呼びかけに応じ、儀式の場に現れたのは、異世界からの稀人《まれびと》。その数三〇人。


そして彼ら三〇人の勇者は魔王を倒さんと旅立ち、その数を六人にまで減らしながらもついに魔王を打ち倒す。

彼らの犠牲と尽力により、世界は再び百年の平和を手に入れた。


……はず……だったのだが。

革細工師はかく語りき

第一章

〈第一話〉

自然の恵み豊かなドーンフィルド獣王国。

天高く山々が聳《そび》える大陸の中央部に位置し、ここより西に人の住まう国はない。

この世界の人間にとっては文字通りの世界の果てだ。

獣王国とは、住人の過半数が獣人と呼ばれる種族であり、体のどこかに獣の因子を持つがゆえである。

故に東の国々からは蛮国、もしくは辺境国とも揶揄《やゆ》され、文化の香り乏しきケダモノの国と蔑まれる国であった。

だが、その立地ゆえに他の国では見られないさまざまな生物や植物……あるいは鉱山資源に恵まれ、それらの資源の生み出す富は西の国々に勝るとも劣らない。

そしてその貴重な資源を求めて、危険を顧みず山や森の奥深くまで分け入る者たちがいる。

冒険者と呼ばれる人々だ。

彼らはこの国の経済を支える大事な人的資源であったが、同時に彼らはこの国を力こそを正義とする野蛮な国家へと導いてきた張本人でもある。

そんな荒々しき人々の住む国の都であるブルート。

牙の都と呼ばれしこの街の大通りを、一人の少女が歩いていた。

誰もが振り返るような美人ではないが、傍《そば》にいるだけでどこか安らぎを感じるような……そんな穏やかな空気を纏《まと》った少女だ。

見慣れないデザインの白いワンピースに麦藁帽子《むぎわらぼうし》といった品のある出で立ちなのだが、背中にだけはなぜか使い古した無骨なリュックを背負っている。

そのちぐはぐな装いは多くの人の目を引いたが、特に声をかけようと思うほど気にする者はいなかった。

そもそも、この街ではおかしな人間など掃いて捨てるほどいるし、そんな人間に関わったところでロクなことにならないということを誰もが知っているからだ。

例を挙げればアルテミス神殿の聖堂騎士、緑の園の魔導師、森の奥から出稼ぎに来たエルフ、忌まわしき七神教徒、言葉が怪しいどころか衣服を着る習慣すらない僻地《へきち》の野人共……そしてこの国で最も恐るべき〝我らが悪魔〟の関係者。

彼らに比べれば、騒いだり物を壊したり全裸で歩き回ったりしないだけ少女のほうが何倍もマシだったが、それでも関わらないことに越したことはない。

ゆえに、この街の住民は彼女に声をかけることもなく、ただ静かにその動向を見守っていた。

しかし、ずいぶんと不審な動きをするものである。

彼女はメモを手にあちらの通りに向かったと思ったら、困った顔をしつつまた別の通りへと入り込んでゆく。

それを二〇分ほど繰り返しただろうか？

そのうち街の人間たちは、どうやら少女は何かを探しているか道に迷っているかのどちらからしいことに気がついた。

もしかしたら、かなり困っているのだろうか？

そう考えた近隣の住民が声をかけようとしたときだった。


少女はようやく目的の場所を見つけたらしく、その顔に満面の笑みを浮かべてとある方向へと向かい出す。

彼女の視線の先には、白い大理石でできた建物があった。

縦に溝が彫られた細身の柱身の頭には、渦を巻くような形をした植物が象《かたど》られた細やかな彫刻が設《しつら》えてある。

この地方では普通に使われている建築様式だが、詳しい者が見ればそれがコリント式と呼ばれる地球の建築様式によく似ていることに気づくだろう。

ただし、古代ギリシャのものではなく、ヨーロッパのルネッサンス時代の様式だ。

そして入り口近くの壁にはめ込まれた石のプレートには、金箔《きんぱく》をおした瀟洒《しょうしゃ》なロゴと共にこう刻み込まれていた。

――アモリ皮革店。

関わらなくて良かった。

少女の行く先を見るなり、街の誰もが心の中でそう呟《つぶや》きながら、そそくさと少女から視線をそらす。

なんとも薄情な話だが、その店には近隣の住民がそう思うだけの理由があるのだ。

少女はまっすぐにその店に向かって歩き出し、そのドアに手をかけようとする。

だが、そのとき……。

店の中から若い男の怒鳴り声が響き渡り、少女は驚いてその手を止めた。


「なんだと!? もう一度言ってみやがれ!!」

カウンターの向こうで、いかにも駆け出し冒険者といった感じの少年が躾《しつけ》のなっていない犬のように吠《ほ》えやがった。

無駄に馬鹿でかい声出しやがって……俺様のデリケートな耳が痛くなるじゃねぇか。

今すぐその口を閉じないと、その唇を革用の縫い針で縫合するぞ。

いや、むしろ今すぐ閉じよう。

それがいい。

一番太い針はどれだったたっけな……。

俺の剣呑《けんのん》な視線に気づいたのか、目の前の少年……豹《ひょう》の耳と尻尾の生えた少年が小さく身震いをする。

なんだお前、さては俺がどんな人間か知らずにこの店に来ただろ?

……命知らずが。

まぁ、こんな感じの客はまったく珍しくない。

特に駆け出しの連中ほど、何も知らずにこの俺に向かってこんな文句を垂れるものだ。

ものを知らないから、自分が何を言っているのかまったく理解しておらず、しかも世界で自分が一番賢くて正しいと思ってやがる。

……だから、俺は駆け出しの冒険者という輩《やから》が大嫌いなんだよ。

馬鹿だった昔の自分を嫌でも思い出すからな。

あぁ、クソ、気分が悪い。

「聞こえなかったなら、もう一度言ってやろう」

不機嫌を隠そうともせずに、俺は先ほど売りつけられたウサギの皮を目の前のカウンターに放り投げる。

ロクに処理もされていないその皮は、机の上でグシャリと湿った音を立てた。

半ば腐ってやがるな。おぉ、きもちわりぃ。

「悪いが、こいつは買い取れない。なんだったら、こいつを冒険者ギルドに持っていってもらってもかまわないぜ？　おおかた、すでに鑑定済みだとは思うがな」

そのセリフに、相手の顔がギクリと強張《こわば》る。

……やっぱりな。

大方、ギルドでも買取拒否を宣言された挙句に、なんとか換金しようとこの店に来たのだろう。

ギルドを出ていちばん近くの革取り扱い店がここだからな。

大きな声を出して強引に迫れば売りつけられるとでも思ったか？

甘いんだよ。こちとら、皮の専門家なんだ。

ギルドで買取拒否されるような不良品、殺されたって買うわけねーだろ。

そもそも、この俺を誰だと思っている？

「納得できるか！　俺はちゃんとした商品を売っているっ!!

……お前が適切な値段で買い取るまでは、ここから動くつもりはねぇからなっ!!

それに、ギルドに持っていって鑑定してちゃんとした値段がつくなら、その分の手間賃払ってくれるんだろうな!!」

そう言うなり、目の前の少年はどっかりとその場に腰を下ろした。

あー、めんどくせ。

「失せろ、三下。お前、冒険者やめたほうがいいわ。いや、居座ってゴミ売りつけるなんざ冒険者とすら呼べないな。

悪徳商人の見習いか？　いい加減にしないと衛兵呼ぶぞ」

でも、衛兵の奴ら本気で木っ端役人だから、ここまでくるの嫌がるんだよなぁ。

え？　俺のことを怖がって近寄らない？

心外だな。

　連中が賄賂を求めてきたから、こちとら善良な市民の一人としてお話をさせてもらっただけだぜ？

　ただし、話し合いの場所を崖の上にセッティングし、余興として紐《ひも》なしバンジーを一人ずつ堪能してもらったけどな。

　殺してないぞ？　結果を確認してないから、たぶんだけど。

　しかし、皮の買取に便利だから冒険者ギルドの近くに店を構えたはいいが、こんな奴らが寄りつくようなら冒険者ギルドの場所を変えることも検討しないとな。

「なんだとぉぉぉぉっ!?」

　しばらく自分の考え事に没頭していたが、逆上した少年の声で俺はふと我に返る。

　あ、こいつまだいたんだ？

　ほら、お帰りは向こうのドアだぜ。

　あ、まだ納得していない？

　やれやれ、仕方のないヤツだな。

「お前……まさか、コレがゴミだってことすら理解してないのか？　うわぁ、目が腐ってんじゃねぇの？」

「テンメェェェェ！」

　俺の言葉に、逆上した少年が拳を振り上げた。

　あー　この程度でブチ切れるとか、若いねぇ。

　おとなしく殴られてやる気はさらさらないけど。

「おい、やめとけ……ここでこいつを殴ったらギルドで仕事を請けられなくなるぞ!!」

「うるせぇ！　知るか！　とにかくこいつは一発ぶん殴る!!」

　さすがにまずいと思ったのか、様子を見ていた少年の仲間が止めに入る。

　だが、一度振り上げた拳をそう簡単に下ろせるはずもない。

　止めなくてもそんなヘナチョコパンチ掠《かす》りもしないんだがなぁ。

　俺、これでもけっこう強いんだぜ？

「やめろって言ってんだろ、馬鹿かオルト！」

「止めるなって言ってるだろ、ダルト！　お前ここまで言われて悔しくないのかよ!!」

　あぁ、しばらくは汗臭い男どもの見苦しい押し問答が続きそうだ。

ほれ、官憲呼んでやるからさっさと喧嘩《けんか》でも殴り合いでもやれよ。

お前如きに俺の貴重な時間を使われるなら、殴られたほうがマシだってーの。

だが、そこに割って入る邪魔なやつがいた。

「確かに私たちの態度も褒められたものではなかったかもしれません。ですが、貴方もあんな言い方はないでしょ！」

後ろで見ていたいかにも魔術師といった感じの少女だ。

確かに俺の口はかなり悪い。喧嘩を売られていると思われても仕方がないレベルだろう。

……が、そんなこと俺の知ったことではない。

「俺は不良品を売りつけられて、それを拒否しただけだぞ」

「だからっ！　なんで、この皮は買い取っていただけないのですか⁉　納得できる理由の説明もないのでは、私たちも引き下がれません‼」

あー、こいつ箱入りだな。

こんなことも理解できないのか。

「理由も何も、この品物は引き取れない。つーか、いらない。それ以上でもそれ以下でもないし、理由を説明する義理もない」

どうやら俺の言い方が癇《かん》に障ったらしい。

さっきまで俺の前で激昂《げきこう》していた男二匹を押しのけて、魔術師の女が前に出てくる。

寄るなチビガキ。俺は二〇歳以下の小娘に興味はない。

「さらに言わせてもらえば、俺はお前らの世話役でもなければ、冒険者ギルドの職員でもない。理由が知りたければ別のお人よしにでも訊《たず》ねるんだな。

つーか、そんなこと事前に調べておくべきことだろ。その程度もわからないなら、とっとと別の仕事を探せ。お前らに冒険者は務まらない」

言い方こそ丁寧だが、貴重な知識の伝授を求めながら頭一つ下げるわけでもない女。

こんな無礼な客に、俺は欠片《かけら》ほどの知識も与えるつもりはなかった。

つーか、うぜぇな……そろそろ爆弾でも投下するか。

無駄な会話を切り上げるには、相手を怒らせるのも一つの手段だ。

「あぁ、わりと綺麗《きれい》な顔してるから、体をエサにちらつかせれば懇切丁寧に教えてくれるヤツがいるかもな。今から花街にでも行ったらどうだ？　まぁ、俺はこんな胸の貧しいガキぁ、お断りだがよ」

「最ぃっ低ぃっ!!　もぅいいわ！　こんな店、こっちからお断りだからっ!!」

目の前のカウンターをバンッと手で叩《たた》くと、魔術師の少女は頭から煙を吹きそうな勢いで出口へと足を向けた。

「テメェ……せいぜい夜道を歩く先は後ろに気をつけるんだな」

「こんな店、二度と来るかっ!!」

そんな捨て台詞を吐きながら、残り二人もガツガツと乱暴な足音を立てながら店を出てゆく。

「おい、持ってきたモノは回収してゆけ。邪魔だ」

持ち込まれたウサギの皮がカウンターに置かれたままであることに気づいて声をかけるが、

「いるか、そんなゴミ！　お前が始末しておけ!!」

返ってきたのはそんな乱暴なセリフだった。

……うん。あいつら、俺の店の出入り禁止な。

俺は心の中でそう呟いた。

「しかし、やっと出て行ったか」

冒険者の三人組が店から出て行くと、あたりは急に静かになった。

聞こえる音といえば、ただ遠くから響く蝉《せみ》の声がただひと夏の恋をさえずるのみである。

「やれやれ……とんだ邪魔が入った。おかげで溜《た》まってる作業を片づける気力までなくなっちまったぜ」

先ほどの冒険者、じつは店の中で三〇分近くも粘っていたのだ。

材料を供給してくれる冒険者は俺にとってありがたい存在であるが、同時に余計な揉《も》め事を持ち込んで仕事の邪魔をする厄介な連中でもある。

「……ったく、その根性を技量の上達に向けりゃいいのに」

　残されていったウサギの皮を見たが、実に酷《ひど》い有様である。

　おそらく入手してから少し日がたっているのだろう……ハエこそたかってはいないものの、一部は腐って酷い臭いを放ち始めている。

　しかもウサギの狩り方がわかってないらしく、背中にザックリと太刀傷が残されているという有様だ。

　あぁ、皮は背中の部分が一番大事なのに!!　おまけにウサギの首もない!!

　いや、おそらく農家の依頼で畑の作物を荒らすウサギを退治し、皮だけ適当に剥いで持ってきたのであろう。

　すでに仕事の報酬をもらっているというのに、副収入までお望みとは恐れ入る。

　まぁ、農家のほうでも売り物にならないと思ったからこそ皮を剝ぐことを許したのだろうがな。

　だが、どうせならもうちょっと上手く剝ぎ取れ！　刈り取った命なら、せめて無駄にするな!!

　俺が心の中で悪態をついたそのときだった。

「あの……クロード皮革店って、ここでいいんでしょうか？」

　ふと、玄関から聞こえてきた声に振り向くと、そこには黒い髪が肩まで伸びた清楚《せいそ》な少女が一人立っていた。

　――えらく場違いだな。

　俺の第一印象はそんな感じだった。

　このあたりではついとお目にかかっていないような白いフリルのワンピース、そして白いリボンのついた麦藁帽子。

　いかにも育ちのよい服装が、その清楚な容貌とあいまって、まるで初秋の風の中、ピンクの花々に交じって咲き誇る白いコスモスの花を思わせる。

　美人と表現するよりは、どちらかというと可憐《かれん》と表現するほうがぴったりくるだろう。

　少なくとも〝絶世〟のとか〝傾国〟のとかはつかない、街を歩けば一人二人はいる程度の容貌だ。

だが、妙に人の目を引きつけるモノがある。

年の頃は大方一五歳ぐらいだろうか？

俺がこの世界に拉致されたのは、こいつより少し幼いぐらいの年だったな。

あぁ、あれからずいぶんと時間が過ぎたものだ。

悲しみや怒りは時間が解決してくれるというが、ありゃ嘘《うそ》だろ。

恨みも憎しみも、まるで色褪《あ》せようとはしない。

彼女の正体を把握し、俺の奥歯がギリッと耳障りな音を立てた。

「あぁ、ここで間違いない。で、お前もこの世界に落とされたのか？」

見た目ですぐにわかる。

こいつは、召喚魔法の犠牲者だ。この世界にこんな服装をしたやつはいない。

だが、あえて召喚されたのか？とは訊《き》かない。どうせ、どっかの国の魔術師にこの世界へと無理やり引きずり落とされたに違いないからだ。

「――わかるんですか？」


少女の目が大きく見開かれる。

「あぁ。まだ気づいていないだろうが、この世界の人間とは持っている空気やら何やらと、いろんなモノが違うんだよ」

俺は、体を内側から焦がすような衝動を抑え、できるだけ優しく言葉を紡いだ。

別にこの少女が悪いわけじゃないからな。

「まぁ、そのうちこっちの空気に染まると思うがな」

そう、こんな無垢《むく》でいられるのは今のうちだけだ。

つまり、染まることができなければ……死ぬ。

この世界の住人は、平和な日本と違って基本的に殺伐としている。

治安も悪く、魔法なんかがあるせいで便利なものは特定の個人が独り占めをし、さらに生まれつきの身分の差が極端に激しい。

だからこそまともな社会が成立せず、冒険者なんて何でも屋な職業が成立するのだ。

そして、彼女が上流階級の人間という選択肢もない。

育ちのいいお嬢さんはもっと高慢だし、そもそ

の程度の奴はこんな場所には来ないのだ。

来るとしたら、よほど贅沢《ぜいたく》に飽きた侯爵以上ぐらいの奴らに限られる。

つまり俺の店に来る可能性があって、しかもこんなポヤンとした空気を纏っているのは、拉致されたばかりの日本人だけなのだ。

あぁ、そういえば最近魔物の増加を魔王の復活と考える学者が多いって話があったな。

それでどっかの国が勇者を召喚したのか。

ずいぶんと馬鹿なことをしでかしたものだ。

俺を含めた旧勇者たちの怒りを買うのは目に見えているだろうに。

少なくともこの国ではないな。

ここの王様は一応ダチだし、俺が色々とネタバレしてやったせいで勇者召喚のシステム自体を毛嫌いしている。

おそらく俺をこの世界に召喚したワルクハウゼン神聖国の仕業だろう。

この大陸でそんなことをする奴はあいつらしかいない。

……ふざけやがって。

「ようこそ、異世界《そこなしのじごく》へ。俺は『阿守《あもり》　蔵人《くろうど》』。この店の主にして、一二年前にこの世界に無理やり連れて来られ……不本意ながら他の勇者と共に魔王を討ち取った、君の同類だ」

俺は深くため息をつくと、少女の話を聞くことにした。

「まぁ、どうせ店のカウンターでする話でもないだろう。奥の部屋に入れ。手をつけている仕事が終わるまでは待ってもらうが、かわりに茶の一杯ぐらいは出してやる……おい、客に茶を出してやれ。

そうだな、今日の茶はシルバーニードルがいいな」

俺は、店を訪れた同郷生まれ《にほん》の少女をカウンターの向こうの応接セットに招くと、家事を担当させている家守り妖精《シルキー》に指示を出した。

ヴィクトリアン・スタイルのメイド姿の妖精がどこからともなく現れて、長いシルクのスカートを翻しながらせわしなくお湯を沸かし始める。

「うわぁ、ファンタジーですね」

「まぁ、家守り妖精《シルキー》に昼間っから家事を任せる奴は珍しいいな。

そもそも雇うのではなく、いつの間にか家に住み着いて勝手に家事をやり出す類の魔物だし。

このぐらいで驚くとか、お前、まだこっちに来て日が浅いだろ」

「はい。まだこっちに来て一週間ぐらいなんです。

右も左もわからない状態で、とりあえず日本で読んだことのある小説みたいに冒険者として生活しようと思ったんですが、倒した獲物をどうするかわからなくて……。

そしたら、冒険者ギルドの受付の方に、ここの店の主人に相談すればいいって紹介されたんですよ」

「つまり、ギルドの受付嬢から、俺に獲物の処理の仕方について訊けって言われたのか？」

「はい。彼女の言うには、貴方に訊くのが一番だと」

その瞬間、俺は思わず笑い出しそうになった。

同時に、彼女に何が起きたのかを理解する。

あぁ、こりゃイジメだな。

この俺が、この国の連中から畏怖と敬意をこめて『我らが悪魔』と呼ばれていることを知らぬはずがあるまい。

おおかた、自分より若くて可愛い女に嫉妬でもしたんだろう。

でもなきゃ、この国で一番女癖が悪くてサディストと評判の俺を紹介するはずがない。

性格が悪いことも女癖が悪いことも否定はしないが、こういう使われ方は腹が立つ。

俺にだって分別があることを知らんのか！

俺が指をパチンと鳴らすと、部屋の隅においてあった染料の壺《つぼ》が一瞬で消える。

今頃は冒険者ギルドのカウンターに中身がぶちまけられているはずだ。

……俺様を虚仮《こけ》にして、このぐらいで済むと思うなよ。

しばらくの間、徹底的に嫌がらせをしてやる。

さてと、こんなことにかまけている場合じゃなかった。

「今は少し手が離せない。しばらくその辺のソファーにでもかけて待っていてくれ」

応接室に紙とペンを持ち込んで、俺は少女を待たせたままこの冬に出すコートのデザインの仕事を片づけ始める。

えっと、今度の冬の流行色はダークチェリーにするんだっけな。

あれほど去年の流行色のアイテムと合わないからやめとけって言ったのに……衣装一式新しく買わせたいのかもしれんが、儲《もう》かりゃいいってものでもないだろ、あの馬鹿共。

しばらく仕事に没頭していると、不意にカチャリと陶器の触れ合う音がした。

手を止めて周囲を見れば、家守り妖精《シルキー》がその名の由来である衣擦《きぬず》れの音をシャラシャラと鳴らしながら俺たちの前に茶を持って近づく姿が目に入る。

実に良い香りだ。淹《い》れるのが難しい茶であるにもかかわらず、濃さも温度も完璧である。

視線だけで賞賛を送ってやると、家守り妖精《シルキー》は満足そうに微笑《ほほえ》みながらその姿を消した。

「うわぁ、な、なんかすごくいい香りですね」

シルキーが消えた後、出された茶を飲まないのも失礼だと思ったのだろう。

少女はおそるおそる茶器に手を伸ばす。

だが、その指先は心なしか震えていた。

あぁ、高そうな茶器だからうっかり割らないかと心配しているのか。

相手を萎縮させるとか、茶道の心得からすると大失敗の類だろう。

少し選択を誤ったかもしれない。

だが、たまに国王とか他国の王族がふらりと遊びに来ることがあるからな。

安物の茶器は置いてないんだ。悪いな。

「とりあえず茶を飲め。茶器の値段は気にするな」

俺がそう告げると、少女はようやく茶器を手に取った。

それでも心配そうに俺の顔を何度も見るあたり、どうやら茶器の価格だけじゃなくて、俺自身が怯《おび》えられているらしい。

まぁ､自慢にはならんがかなり目つき悪いからな｡俺｡だが、これでもけっこうモテるんだぞ？　花街の女たちからに限るが。

……さて。茶器もそうだが、こういうものは人に恐怖を与えるためのモノじゃないんだぞ？

せっかくだから楽しめよ。

今日の茶は、この国の南西部特産の紅茶でも一番評価の高いインビトウィーンのシルバーニードル。俺も気に入った相手にしか出さない稀少《きしょう》茶葉だ。

抽出時間二五分の、この超絶マニア向けの味がお前にわかるかな？

俺が見守る中、少女は恐る恐るカップに口をつけた。

その瞬間、少女の顔が花がほころぶように笑みへと変わる。

「あ、おいしい……」

お、いい顔で笑うじゃねぇか。茶が高いかどうかまではわからんだろうが、味覚がまともであることと、素直に喜ぶところは悪くない。

プラス10点をつけてやろう。

「さて、そろそろ用件を聞こうか。御託はいいから、結論から言ってくれ」

女という生物は、あらかじめこう言っておかないと時系列にそって延々と話をし出すから性質《たち》が悪い。

女としてはそのほうが話していて楽しいようだが、男からすると『だから何が言いたいんだ？』と苛々《いらいら》するのだ。

まぁ、それを言わないのがモテるコツでもあるのだが。

俺が話を促すと、少女はしばし戸惑った後に意を決して口を開いた。

「あの、ぶしつけなのはわかっているのですが、お願いします。私に狩りに必要な知識を教えてください」

そう告げると、少女は一度立ち上がり、深々と頭を下げる。

ふむ、頭を下げて人にモノを頼む程度には礼儀を知っているらしい。

プラス5点をつけてやろう。どこぞの無礼な駆け出し共とは大違いだな。

だが、それでハイそうですかと言うとは思うなよ、小娘。

「じゃあ、お前は知識の代償として何を支払えるんだ？」

「……え？」

俺の返答に、少女は思わず言葉に詰まった。

いいね。こういう反応。

人の困った顔を見るのは大好きだ。

「この世界において、有用な知識ってのは間違っても無料では伝授されない。

ここにゃインターネットも便利な情報サイトもないんだよ」

そもそもパソコン自体がないからな。

まぁ、お約束の魔法じみた記憶媒体って奴もあるにはあるがそれは今は関係ないだろう。

「何かが知りたかったら、その代償が必要だ。代表例は金だな」

自己申告によると、この娘がこの世界に来たのはつい一週間前。

つまり勇者といっても、まさに駆け出しだ。

まぁ、こいつは俺と違って、どっかの国の王様あたりから多少の餞別《せんべつ》はもらっているだろう。

伝統にのっとり、生活必需品を買う最低限の金額しか持たされていないはずだけど、無一文ではないはずだ。

え？　重要な任務を任されているのにその扱いはない？

……困ったことに呼ばれる勇者は一人じゃねぇんだよ。

魚の産卵よろしく、数撃ちゃ当たる形式で何人も喚ぶんだ。一人一人にそんな大金出せるわけないだろ。

ちなみに俺のときは全部で三〇人の人間がこの世界に拉致された。

実にクソッタレな話だ。

「あの……この世界に召喚した方から少々のお金は頂

いてます。どのぐらいあればよろしいのでしょうか？」

やはり、こうきたか。

予想通りの反応ありがとよ。

「じゃあ、いくらつける？」

俺は、わざと唇の端を吊《つ》り上げて、意地の悪い顔を作ってみせた。

「……は？」

少女の額から、一筋の汗が流れる。

「お前は、俺の持っている知識にいくらつけると訊いているんだ」

さて、いくらって答えるかな？

ここまでワクワクした気分になるのは久しぶりだよ。

むろん、これは底意地の悪い引っかけ問題だ。

そもそも、相手がこの世界の経済感覚を正確に把握していないのを知っていて尋ねるあたり、極めて性質が悪い。

つまり、高すぎても馬鹿にされるし、安くても相手の不興を買う。

だが、その判断基準がまったくないのだ。


「え……えっと」

おー、困ってる、困ってる。

実に初々しいね。

「話にならんな。出直してこい」

そう言い放ちつつ、俺はわざと乱暴に席を立った。

さぁ、どう出るかな？　新米勇者さん。

「まっ、待ってください‼　わ、わかりました！　金貨一〇枚でどうでしょう？　こ、これがギリギリの……」

少女は慌てて懐から金貨を取り出そうとするが……俺は腕を伸ばして少女の手を抑え込んだ。

「はい、不正解！」

「え？」

予想外の展開に、少女の動きが彫像のように凍りつく。

まぁ、サービスでその理由ぐらいは説明してやるか。

「今のは、相場がわからないから出直してきますぐらいでいい。

こんなふうに相手の焦燥感を煽《あお》って金を搾り取るな

んざ、詐欺と外交の常套手段《じょうとうしゅだん》だぜ？

それに、そんな無駄遣いばかりしていたら、生活費がすぐに足りなくなるぞ」

俺の言葉に、少女はハッとした表情になる。

ようやく俺の質問の意図に気づいたらしい。

「か、からかったんですか⁉」

俺がニヤリと笑うと、彼女は顔を真っ赤にして頬を膨らませた。

「だが、勉強になっただろ？」

可愛いじゃねぇか。あぁ、満足だよ。

満点をくれてやろう。

「冗談はここまでとして……お前が望むことを教えてやらんこともない。だが、金じゃ不満だな」

そもそも俺は金に困っていない。

稼ぐのもためるのも大好きだが、むしろ優先すべきは〝楽しみ〟というのが俺という人間だ。

「……何が望みですか」

俺に向けられる視線がどうにも冷たい。どうやら、すっかり警戒されたようだ。

寂しいね。まぁ、自業自得だがな。

俺が好色で節操がなくて底意地が悪いことは、俺が一番よく知っている。

「そう難しいことじゃない。ただの手伝いを兼ねた実地研修だ」

働かざるもの、喰うべからずってな。

さぁ、勤労のすばらしさを思い出すがいい、お嬢さん。

〈第二話〉

「さて、狩りの云々の前に、革とは何かを教えてやろう」

俺は名も知らぬ勇者の少女を店の奥に招くと、普段は客に見せることのない作業場へと通した。

普段なら絶対に他人を入れないこの聖域に案内したのは、冒険者ギルドの顔を立ててやったというよりも、この世界に落とされた者同士の同情が心の内を大きく占めていたことだろう。

今まで気づかなかったことなのだが……俺はこの世界の人間は基本的に大嫌いだが、同郷の人間にはどうやらかなり甘いらしい。

一緒に魔王と戦った面子《めんつ》も、リーダーと元から知り合いだった一人を除いてまったくソリが合わなかったからなぁ。

ただでさえ残りの奴らとは好みが合わない上に、あの『ハーレムに男は二人要らない』って空気を想像してみてくれ。

……最悪だろ。

今じゃあいつら自分たちの国を作っているらしい。

国王になったリーダー兼ハーレムの主だった男からは、宰相として力を貸してほしいと何度も手紙が来ているが、応える気にはまったくなれなかった。

俺はここで好き勝手に革細工を作りながら生きてゆくほうが幸せだし、俺の人生設計はあいつらとは絶対に相容れないからな。

そもそもあいつらは俺と違って、この世界の秘密を知らない。

何も知らない奴らは、せいぜい自分の幸せだけを追いかけているといい。

ニーチェの『ツァラトゥストラはかく語りき』の主人公とは違って、俺は自らの見つけた価値のある情報を他人と共有したいとは思わないのだ。

むしろ彼が最初に出会った老人にこそ共感を覚える。

かの物語の老人の曰《いわ》く――それでも与えたいというのなら、施しとしてだけで、それ以上は与えるな。与えるとしても、彼らにまず物乞いをさせてからだ。

そう、望みもしないものを与えたところで人がどれほど感謝するというのだろうか？

むしろつけ上がり、次を求めるようになるのが関の山だ。

さて、部屋に招かれた少女だが、あまり良い顔をしていなかった。

もっと正確な言葉を使うなら、臭《にお》いに顔をしかめていた。

それはそうだろう……この部屋には革の臭いが染みついているからな。

地球においても、革職人が忌み職と呼ばれた理由の一つだ。

要するに臭《くさ》いんだよ、この部屋。

というより、俺の店全体がな。

これは革を扱う限り、もはやどうしようもない問題である。

まぁ、今から余人には教えない貴重な知識を伝授するんだ。

少しぐらいは我慢しろ。

……そんな目で見るなよ。仕方がないから消臭の魔術でも使ってやるか。

あー、めんどくせぇ。

俺は薬缶《やかん》に水を入れてそこに革を鞣《なめ》すときに使う白樺の葉を放り込み、女神アルテミスの御名を唱えた。

たちどころに周囲は森の香りに包まれ、少女はほっと胸を撫で下ろす。

ほんと、異世界初心者は手間がかかりやがるぜ。

「そこの椅子に座れ。そうだな、今回は特別にメモを許してやろう。本当は工房内でメモを取るのは禁止なんだが、お前は日本から来たばかりでスパイの可能性もないし、俺の弟子でもないからな」

俺が目配せをすると、小間使いとして雇っているコボルトが長い尻尾をフリフリとさせてノートと鉛筆を持ってくる。

おぉ、よしよし。その辺の人間と違って可愛い奴だ。

一般的な店では家の中の仕事に奴隷か丁稚《でっち》を使うこ

とが多いが、幸いにも俺は『魔物使い《モンスターテイマー》』のスキルがあるため、ほとんどの仕事を虜《とりこ》にした魔物《かぞく》たちに任せている。

まぁ、同じようにできたとしても、魔物と呼ばれる存在に家事を任せようとする酔狂なヤツはそうそういないと思うが。

下手な人間よりよほど誠実で心許せる存在なんだが、残念なことに同意してくれる奴は少ない。

いたとしても、まずお互いにソリが合わないいんだけどな。

……嫌いなんだよ。魔物や魔獣の皮を剝ぎ取るなんて野蛮だなんてほざく動物至上主義者。

さて、余談はこのぐらいにして本題に入ろう。

「まず、革《レザー》と皮《スキン》の違いからゆくか」

最初に何を教えるか迷った挙句、俺は基礎中の基礎から教えることにした。

まず、コレを理解できない限り話にならない。

「確かに音は同じでも、漢字にすると違いますね。同じではないいんですか？」

「ああ、違うね。皮というのは動物から剝いだだけの状態であり、革とは違う。

お前も自分の肌のことを革とは言わないだろう？」

俺の回りくどいセリフに、少女はしばし首をかしげると、やや自信なさげにこう呟いた。

「もしかして、加工したものを革というのですか？」

「勘がいいな。その通りだ」

本職の人間たちは生皮の状態を皮《ひ》と呼び、鞣《なめ》し作業を終えて素材となったものを革《かく》と呼ぶ。

ちなみにまだ毛のついたものは『毛皮』として扱われ、また別物として分類されるのだ。

「当然のことだが、皮の状態では加工ができない。そのまま使えば腐るからだ」

そう、革製品の一番の弱点……それは腐ることである。

金属も錆《さ》びはするが、こちらは革と違って表面を削ればどうにかなることが多い。

皆が思っているよりはるかにデリケートな素材なのだ。

「当然ながら水に濡れたまま放置すれば簡単にバクテリアに分解されるし、特に気温が高い場合は細菌類やカビなどが発生しやすくなる。ここまではいいな？」

「はい……って、あ！」

気づいたか。

そう、今は夏。

せっかく狩った獲物も、あっという間に腐る季節。

「狩りってのは、できる限り夏場は行わない。解体作業の間に虫が大量に集まるし、それ以上に腐敗の速度が速すぎるからだ」

秋も深まり、冬に備えて脂肪を貯め込んだ季節に狩りが行われるのには、肉の味以外にもそれなりに理由があるのである。

「えーっと、防腐処置はできないんですか？」

「いい質問だな。もちろん可能だ」

皮の保存にも色々とあるが、原始的なものだとただの日干し。

多くの場合は、塩漬けが用いられる。

ちなみに、これは現代日本でもまったく変わらない。

だが、塩によって水分を失い乾燥してしまった皮は、硬くなって柔軟性を失ってしまう。

実際に扱ってみればわかるが、干からびてガチガチになった皮はプラスチックの塊のようだ。

爪や牙が、元々は皮膚から分化した代物であることを思えば、別段不思議ではない状態であるが、このままでは到底使い物にならない。

だが、水で戻したところでまた腐ってしまうだけだ。

しかも、水につけて戻すだけでは、気温にもよるものの腐敗のリスクが格段に跳ね上がってしまうだけ。

つまり、無駄だ。

「そこで行われるのが、皮から革へと移る作業……〝鞣し〟だ。〝鞣し〟とは、皮から毛と表皮を削り取り、水分を失って硬くなったコラーゲン繊維をほぐし、防腐処置を施す技法だ。革の歴史は、ほぼこの〝鞣し〟の歴史といってもいいだろう。

その技法は恐ろしく複雑で種類が多く、たかが研修にやってきた勇者候補程度に語るようなものではない。

なぜなら、鞣しに使う薬剤だけでも〝植物タンニン系〟〝油脂系〟〝アルデヒド系〟〝合成樹脂系〟〝無機カチオン系〟と、完全に化学の時間の話になるからだ。

どうだ、聞いただけで頭が痛くなるだろう？

これに細かい技法までつけて説明するとなると、それだけで年単位の授業になるだろう。

ちなみに有名どころのタンニン鞣しは〝植物タンニン系〟クロム鞣しは〝無機カチオン系〟に分類される。

まぁ、門前小僧のお前に〝鞣し〟の奥深さを理解してもらおうとは思わないから、ここは割愛する。次はコイツだ」

俺は再び小間使いのコボルトに視線で合図を送ると、奥の棚からまるで絨毯《じゅうたん》のように丸められた一枚の大きな革を持ってこさせた。

「こいつは、牛一頭をそのまま鞣した一枚革だ。ちなみに革といったら、八割方が牛の革を示す。だが、同じ牛の革でも、色々と種類に違いがある。

これはブル・ハイドと呼ばれる生後三年を過ぎたタマのついたほうの雄牛の革だ」

表現が重複していると思ったのだろう……俺がそう説明すると、少女はわずかに首をかしげる。

なかなかいい観察力だ。

「雄牛なら当然タマはついているだろうって思っただろ？

恐ろしい話だが、雄の牛は生まれて三ヶ月ぐらいすると、繁殖用のヤツ以外は去勢をするのが慣わしだ。

……でないと、ヤツらは気性が荒くなって手がつけられなくなるからな。

そして、タマを切り取った牛の革は〝ステア・ハイド〟と言って別物扱いとなる。

素材の質もまるで違うからな」

少女の顔を見ると、納得はしたものの、あまりにも生々しい話に少し顔を赤らめていた。

……まずいな。少女の恥じらっている顔って、意外と悪くない。

この苛《いじ》めているような感覚、ちょっと癖になりそうだぞ。

世にセクハラ親父がはびこるわけだな。

「ちなみに、生後六ヶ月から二年までの牛の革をキップスキン。

　さらに生後六ヶ月までの子牛の革をカーフスキンという。

　雌牛の場合は別の名前となり、さらに妊娠済みかどうかで名称が変わるのだが、まぁそこまで教える必要はないだろう」

「どうして生まれた年数で呼び名が違うんですか？」

「あぁ、後で比較させてやるが、肌のきめ細かさが違うんだよ。ちなみに胎児のまま取り出した仔牛の革ってのもあるぜ？　むろん最高級品だがな」

　罪深い話であることには変わりないが、これは死産などに伴うかなり特殊な例だ。

　さすがの俺も、金目当てにそこまでのことをしようとは思わない。

「な、なんかそれ、嫌ですね」

「舐《な》めたこと抜かすな。肉を食うのも、皮を剝ぐのも何かの命を奪うってことなんだよ。

　お前だって肉食うだろ？　生きるために何か食べるだろ？　胎児を殺すのが嫌なら、卵料理はどうなんだ？　生きるってのは罪深いんだよ。

　そんな現実から目を背けて、肉を食うのは残酷だから草しか食わないなんて言うヤツこそ、俺は軽蔑するね。

　そもそも、草や木に心がないと思ったら大間違いだ」

　俺がジロリと上目遣いに睨《にら》みつけると、少女は尻の収まりが悪そうに身動《みじろ》ぎをした。

　ふん……文句があるなら言えよ。ったく、こんなんで勇者が務まるのかね。

「話を続けるぞ。……革ってのは表面の滑らかさと美しさが命だ。

　その美しさを求めて色んな物を犠牲にする。

　その犠牲にした生き物を無駄にしないために様々な技術を磨くのが、俺たち革細工職人だ」

　さて、その美しさの基準についても言及しよう。

　鞣し作業で鏡のように艶やかになった革の表面のことを銀面と呼び、革の質とはひとえにこの銀面の美しさと〝しぼ〟と呼ばれる皺《しわ》の入り具合によって左右される。

「ただ、革ってのは生き物だからな。一頭の生き物から取れた素材の全部が均一な材質じゃないんだ」

そう言いながら、俺はブル・ハイドの一枚皮を広げてみせた。

「さて、ここで問題だ。この牛の革で女性用の手提げバッグを作ったら、いくつぐらいできると思う？」

きっと、そのとき俺はかなり邪悪な面《つら》をしていたことだろう。

たとえるなら、襲撃を計画する盗賊のような面みたいだったんじゃなかろうか？

まぁ、いわば〝故意犯〟ってやつだ。

自分で言うのもなんだが、俺は酷く性格が悪い。人相のほうは……まぁ察してくれ。

「えっと……一〇個……ううん。五個ぐらいでしょうか？」

案の定、少女は首をかしげながらそう答えた。

まぁ、普通ならそう考えるだろう。

だが、現実はそう甘くない。

「正解は……一つもできない、だ」

「えぇっ⁉」

まぁ、驚くのも無理はない。

「まぁ、これは極端な例だから、バッグ一つ作るのに何頭も牛が必要になるわけじゃない。

ただ、コイツは元の皮が酷かったんだ」

この皮を鞣したときのことを考えると、今思い出してもため息が出る。

あまりにも酷かったので、見本用として残そうと思ったぐらいだ。

まさか、勇者の教育に役に立つとは思いもしなかったがな。

「まず、触ってみればすぐわかることだが、一枚の革の中でも、革の厚みや伸びがまるで違う。まぁ、触ってみろ」

俺が一枚革を手に取らせると、少女はあちこちの部分を叩いたり引っ張ったりしてその感触を確かめた。

「あ……ほんとだ。縁の部分に近づくほど伸びが良い？」

「正解だ。この牛は腹を切ってから皮を剝いでいるので、縁のほうに行くほど皮質が柔らかく伸びやすくなる。同じ生き物の皮でも、特に肩《ショルダー》、腹《ベリー》の皮は伸縮率が高い。さらに首《ネック》と頭《ヘッド》は耐久性も低く利用価値が低い。そして、伸びのいい素材は型崩れしやすい……わかるか？」

「ちょ、ちょっと待ってください！　そんなことしたら、背中とお尻の革しか使えないじゃないですか‼」

その通り。

実は革製品として使うのは、背中《バット》とケツ《ベンズ》のみ。

実に……表面積にしてほぼ半分程度の部分だけなのだ。

まぁ、あくまでもバッグを作ろうとした場合ではあるが。

「それだけじゃない。烙印《らくいん》を押された部分は革になってもそのまま火傷《やけど》の跡が残るから使えないな。

手入れの悪い牛は背中に『蛆の食跡《グラブ》』や『ダニ刺され《チッキ》』なんかが代表的だな。

羊皮だと『ダニによるイボ《コックル》』なんかもある。

中には『遺伝性繊維異常《パルピー》』があって裂けやすい革なんてものもある。ほれ、ここのコレとそっちのやつがそうだ。

不良品の見本市みたいだろ？」

『遺伝性繊維異常《パルピー》』は革の表面に対して垂直に伸びる繊維異常だ。

こいつがあると、その筋にしたがって革が裂けてしまうため、使い物にならない。

「うっ……ちょっと気持ちが悪いです」

さすがに今までのほほんと暮らしていた日本人の女の子にとっては、じっくりと見たいものじゃないだろう。

少し苛めすぎたか？

……いや、ここで手を抜くのはむしろコイツのためにはならないだろう。

おい、小娘。よく聞け。

「他にも、保存が悪いと油が酸化する〝油焼け〟、塩分が繊維を壊してしまう〝塩斑〟、塩が足りなかったことによる〝中腐れ〟……まだ色々とあるが、摂氏四〇度以上の環境での保存は確実にアウトだと思え」

「ど、どんだけ厳しいんですか！」

内容の多さに、さすがに悲鳴を上げる少女。

だが、これが現実なんだよ。

わかるか？　冒険者として皮を集めてくることの難しさが。

新米や駆け出しの冒険者ごときが皮を集めようなんぞ、不遜を通り越して馬鹿馬鹿しいわっ!!

理解したらさっさとメモを取れ。俺の貴重な知識は金では買えんぞ!!

「まだあるぞ？　一番困るのは、傷だ。雄牛は気性が荒いから、他の雄と喧嘩をしてついた傷もあるが、藪《やぶ》の中に突っ込むだけでも体に色々と傷がつくものだ。ましてや、相手が野生動物ともなれば……わかるな？」

「ううっ……私、冒険者としてやっていける自信がなくなってきました」

そう、それでいいんだ。

慣れないヤツが欲を出して皮を集めて売ればいいやー、なんて考えるな！

ヘタをすると、冒険者ギルドの新人鑑定師《へボ》あたりが見誤っていらんトラブルを招くことになる。

まぁ、その難しさがわかるだけ、お前見所あるよ。

そのうちウチに卸せるだけのモノが狩れるようになったら持ってこい！

適正な値段で買い取ってやる。

……だが、俺の鑑定は厳しいからな。覚悟しろよ？

「えっと……じゃあ、次は実際の狩り方をお願いしますっ！」

「……は？」

いや、そこは『もう十分です。おとなしく討伐依頼だけで我慢します』じゃねぇのか？

「だって、今のは皮の鑑定方法じゃないですか。まだ、狩り方のコツとか教わってないですよ？」

「あ、アホか！　俺はただの革細工職人だ！　そういうのは狩人にでも訊けや!!」

「え？　だって、受付のお姉さんが言ってましたよ？　クロードさんは、先代の勇者一行の一員として魔王を倒したこともある凄腕《すごうで》の斥候《スカウト》だって」

あ、あのアマぁ……余計なことをペラペラと!!

首刎《は》ねっぞ!!

「他の冒険者《ベテラン》さんたちも言ってましたよ？　狩りで右に出る奴はいないって。二つ名が〝魔王を狩るもの《デモンハンター》〟とか〝世界の眼《オルクス・ムンディ》〟っていうの本当ですか？」

うわぁぁぁぁぁぁ！　やめろ！　その恥ずかしい名前を出すなぁぁぁぁぁっ!!

「えっと……何も全部面倒見てほしいとは言わないいんですけど、せめて生活費ぐらいは稼げるようにはなりたいんです。お願いします！」

そう言うと、少女は深々と頭を下げた。

まぁ、好みではないがそこまで真っ直ぐに頼まれれば俺も悪い気はしない。

「いいだろう。そこまで言うなら、ちょっとしたコツぐらい教えてやらんこともない」

さすがに一日や二日でできることとは思えないが、何せこいつは勇者候補の端くれだ。

他の奴より飲み込みは早いだろう。

それ以上は俺にとっても面倒すぎる。


「……そのかわり、その話を誰に聞いたか後でキッチリ教えてもらうからな」

さて、ハイドラの毒の瓶はどこに仕舞っておいたっけな。

人の黒歴史をえぐるなんざ、いい度胸してるじゃねぇか。

反省は、冥府の神の前でやるがいい!!

俺は、コボルトに店をしばらく閉めることを告げると、外に出るための準備を始めた。

〈第三話〉


「そうだな、狩りに行く前に、まずその服をどうにかしようか」

「そうですよね……」

少女の服を見ながら、俺はついため息をこぼしてしまった。

だが、誰だってため息をつきたくなるだろう。

彼女の服は、純白のワンピース。

しかもフリルつきだ。

街に遊びにゆくにはピッタリだが、このまま狩りのために森や草原に入るというなら脳みそごと交換したほうがいい代物である。

それは狩りを仕事とする人間に対しても、服作りを生業《なりわい》とする人に対しても失礼だ。

「まず、スカートはねぇな。いっそライダースーツみたいな全身タイプにしてもいいが、花摘みのことも考えて、それっぽく見えるけど上下に分かれるデザインにして……上からはアイテムホルダーを兼ねたベストをつけてやろう」

「え……できれば夏なんであまり体にピッタリした通気性のないデザインは……」

俺の口にしたセリフから、だいたいのデザインを想像したのであろう。少女の口から不満を帯びた言葉がこぼれる。

「なるほど、確かに汗でベタつくのは嫌だよな。俺だって汗臭いのは嫌だ。だが、今からお前がやろうとしているのは、獲物を追うのも回収するのも小姓任せなお貴族様の狩りじゃねぇ。森の中で肌の露出した服で狩りなんぞしようものなら、藪で引っ掻《か》いて傷だらけになるぞ」

よく、ラノベで裸同然のビキニアーマーをつけている女戦士がいたりするが、アレは最悪だ。

実際にやれば、風邪以前に体中擦り傷になるし、森や草原には触れただけで炎症を起こすような有毒植物が少なくない。

まさに自殺したいのかお前は？と言いたくなる。

……が、俺も男だ。

ロマンに対しては理解を示そう。

だが、ホントにやるんじゃないぞ。

マジ危険だから。

ウソだと思ったら、Ｗｅｂ検索で「ヒマラヤン・ブラックベリー」「ギンピーギンピー」「ニュージーランドのイラクサ」「ジャイアント・ホグウィード」「マンチニール」などといったキーワードを打ち込んでみるといいだろう。

……正直、引くぞ。

さすがに擦り傷だらけになるのは嫌なのか、不満の色をさらに色濃く顔に出しながらも、少女はしょげて黙りこくった。

……ったく。なんだよ、その捨てられた犬みたいな情けない面は。

「心配するな。俺だって何も考えてないわけじゃない。裏地には電子ペンで虫除け、消臭、サーマルコントローラー用のアミュレットを刻み込んでやる。ここらじゃ絶対に扱ってないチート仕様だぞ？　ありがたく思え！　そうだな、インナーも磨耗に強いやつを五着は用意したほうがいいな」

ペンと紙を持ったコボルトが駆けつけると、俺は思いついたデザインをそのままフリーハンドで書き記す。

それを隣にいるゴブリンやホブ・ゴブリンが数人がかりで型紙に直し、すぐさま別のコボルトが専門の作業員のいる部屋まで送り届ける。

「す、すごい……まるで魔法みたい……」

その様子を見ていた少女が、思わず口に手を当ててため息をつく。

まぁ、そりゃそうだろう。

普通ならば数時間がかりでもおかしくない作業が、ものの数分で仕上がっているのである。

初めて見たら、テレビの早送りの映像か何かだと思うだろう。

ラノベのファンタジー世界では雑魚《ざこ》要員かエロ要員でしかないゴブリンたちだが、本来は家の中の雑事を司る家妖精である。

毎日のミルク一杯という報酬によって本来の能力を

引き出してやったなら、人間の職人なんぞ足元にも及ばない凄腕なのだ。

まぁ、コボルトに関しては、本来は鉱山の資源調査が専門なので、その本当の実力はまだ発揮できていない……というか、すまん。

そのうち、ちゃんとした仕事させてやるから、今は我慢してくれ。

かく言う俺も彼らに負けてはいない。

頭の中で明確に描いたデザインを、パソコンの中の画像をプリンターで出力するレベルのスピードで、用意された紙へと次々に描き写してゆく。

「す、すごい……なんでそんなスピードで描けるんですか⁉」

「あぁ、いわゆるスキルってやつだ。作画スキルCと服飾スキルAってやつの合わせ技だな。この程度なら、国に何人もいる程度の力にすぎん」

世の中には同じスキルのSクラスってヤツもいるしな。

日本にいた頃は自分にどんな才能があるかなんぞやってみるまではわからなかったが、この世界では『スキル』として明確に確認することができる。

そして、いったんスキルとして認識された力は、実に安定した……しかも日本にいた頃ではありえないレベルの結果を叩き出してくれる。

まぁ、逆に自分の才能がない場合はそのことをより明確に思い知ることになるのだから、残酷といえば残酷な仕様だ。

「おっと、のんびり見ている場合じゃないぞ。向こうで裁縫の精《ハベロット》が呼んでる。さっさと行って下着を作ってこい」

「え？　し、下着？　そういえば、服の採寸ってどうしたんですか？」

「あぁ、それなら俺の固有能力のスキルと服飾スキルAの併用で……ほれ」

少女の体の細かい採寸のデータを紙に書いて見せてやると、少女は目を見開いてガタガタと震え出した。

「ま、まさかその固有能力って……」

「感知系のマルチ・スキルだが、むろん透視能力も含まれている」

イヤアァァァァァァァァアァッ。

少女は体を抱きしめるようにして際どいところを手で覆い隠すと、顔を真っ赤にしながら裁縫の精《ハベロット》の待つ試着室へと逃げていった。

「……逃げても無駄だぞ。透視能力と千里眼の組み合わせは、覗《のぞ》き屋にとって最強の組み合わせだからな」

まぁ、リスクのない覗きなんぞ、面白みがないからすぐ飽きるからとっくに卒業しているが。


翌日、再び店を訪れた少女はほとんど口を利いてくれなかった。

自業自得とはいえ、けっこう厳しい。

おい、反省しているからこっちを向け。

何も減るものじゃ……ぶほっ、いいパンチしてやがるぜ。

「さて、いよいよ狩場の中に入るわけだが……いい加減機嫌直せ」

「話しかけないでください、このド変態！　痴漢‼」

声をかけてみたが、まったく取りつく島がない。

……うっせぇなぁ。

お前が狩りに出るって言うから、取り急ぎ服作ってやっただけだろ？

言っておくが、この世界に人権だの平民の尊厳なんてまったくないからな。

俺みたいな権力者にとって、お前みたいに権威のない奴なんざ犬やネコと同じなんだぞ？

それを、単に透視で体のサイズとか測った程度でグチグチと……。

だいたい、その服いったいいくらすると思ってんだ？

まぁ、値段で脅すのはみっともないから口にはしねぇけどよ。

「この際、お前の機嫌はどうでもいいからとりあえず説明する。ちゃんと聞いておけ」

むくれたままの少女を無視して、俺は言うべきことを口にした。

はっきり言って、俺がこいつの機嫌をとる意味もないし、時間も無駄だ。

嫌ならこのまま狩場に捨てていくぞ。

……お、ようやく話を聞く気になったようだな。

「まず、大事なことだから最初に言っておくが、狩場において、お前は絶対の捕食者ではない。それどころか最も弱い存在だと考えておけ」

そう、どこぞの厨二病のバイブルではないが、狩りに出る者は自らも狩られる可能性があることを留意しなければならないのである。

実際、デビューした冒険者が翌年まで生きている確率は六割以下がせいぜいだ。

たいがいが、自分の力を過信して肉食動物の餌になるか、遭難した挙句に餓死してしまう。

そもそも人の命なんざ、いくらでもわいて出る消耗品だから、気にもかけない。

「ギルドでは、草原にはウサギや野犬しか出ないと聞いてますけど?」

あぁ、それは間違いないが、認識が正しくない。

「十分危険だ。いいか、野犬は単独でも普通の人間より強い。武器を持っているからといって大きく構えてると死ぬぞ」

おおまかな数字だが、狼が一〇〇メートルを六・五秒、ノウサギが五・六秒で走破する能力があると考えればいい。

人間が九秒の壁をどうこう言っていることを考えると、どれだけ身体能力に差があるか理解できるだろうか?

つまり、逃げられたら負けで、追いかけられたら負けである。

野良犬の群れに見つかりでもしたら、駆け出しのソロ冒険者などひとたまりもない。

俺のチート能力で調べ上げた統計によると、初心者冒険者の死因のトップは野良犬の餌で、二五パーセント程度にも上る。

どれだけ無理ゲーだと言いたくなるが、現実とはこんなものだ。

「つまり、奇襲でもしない限りは戦いにすら持ち込めないということですか」

「正解だ。だから、奇襲の専門である斥候《スカウト》のいないP《パー》T《ティー》の狩りの成功率は一パーセントにも満たない。例外は肉食動物に襲われたときだが、これは個体数が少ないからそもそも遭遇率が少ないし、連中も人間を襲うのは後で報復があることを知っているからな。よほど切羽詰まったときだけしかそんな真似はしない」

ただ、一度人を襲った獣は、その後何度も人を襲うようになる。

一部の例外を除いて、人が弱くて狩りやすい生き物であることを知ってしまうからだ。

たとえば……新米の冒険者なんて奴は、実に手頃な獲物に見えるだろう。

「さて、今回はこの俺が特別に獲物を探してやろう。ありがたく思え」

「……何か色々と釈然としませんけど、お願いします」

よし。それでいいんだよ。

どうせ素直さぐらいしか取り柄がないんだから、黙って先輩の言うこと聞いとけや。

さてと、ではそろそろ予定通りに動くとするかね。

「……こっちだな。ウサギが一羽いるぞ」

俺は、事前に自らの特殊スキルによって見つけておいた獲物のいる方向を指差してやる。

「なんでそんな簡単にわかるんですか。インチキくさい」

半眼で疑わしそうな視線を送りながらも、少女は俺の指し示した方向に歩こうとして、ふとその動きを止めた。

「いいかげん貴方という人のことがわかり始めたんですけど、もしかしてこのまま真っ直ぐ獲物に向かって歩くと、〝やーい、バーカ、また引っかかったな〟とかになりませんか？」

「いい感じにひねくれてきたなぁ。だが、その通りだ」

俺が上機嫌でそう答えてやると、少女はやっぱり……と小さくため息をついた。

よしよし、飲み込みがよくてオジサンは満足だよ。

「このまま真っ直ぐ向かうと、至近距離まで近づく前に匂いでこちらの接近がバレる。

だから、風下へと迂回《うかい》して歩くのが正解だ。

まず、敵の位置は地面を見て判断しろ。ほれ、ウサギの足跡があるだろう。こいつを辿《たど》ってどっちの方向にいるか判断を……」

「そんなのまったく見えませんよ！　どこにあるんですか!!」

「……慣れればわかるようになる」

くそっ、これだから斥候《スカウト》じゃない奴にモノを教えるのは嫌なんだ。

えーっと、他に獲物を探す方法は……と。

「まぁ、足跡がわからなければ、フンの痕跡を探して調べろ。

動物にはテリトリーってのがあるから、雨季や乾季に移動する生き物でもなければ、ある程度同じ地域で生活をする。

だから、フンに触ってみて湿っていれば、そう遠くないところに獲物がいるってことだ。

特にタヌキなんかは必ず同じ場所で排泄《はいせつ》をする習性がある」

「い、嫌ですよ！　動物のウンチに触るなんて!!」

「……やるんだよ。ちゃんと稼げる冒険者になりたければな」

はっきり言って、冒険者なんざキツイ・キタナイ・キモチワルイの３Ｋな上に、命の危険がつき纏《まと》うばかりか、実力がなければ儲けにもなりにくい仕事なんだぞ？

甘えんな!!

「うぅっ……帰りたいよ……なんでこんなところ来ちゃったんだよ……」

泣くな！

泣いていいのは、努力した奴だけだ！

今のお前には、泣く資格すらない!!

あーほんと、イライラする。

だから駆け出しのヤツらは嫌いなんだ。

「……帰れねぇよ。帰れるならとっくに俺が帰ってる」

俺だって泣いている女を見ているのは嫌だ。

だが、泣きべそをかく少女に、かけるべき適切な言葉が見つからない。

慰めたくてもそんな都合のいい言葉の持ち合わせは

ないし、あったとしても使わないだろう。

何せ、ここは地獄の一丁目。

泣き言を言う奴から死んでゆくのが当たり前なのだ。

その証拠に、俺はこの少女に対して一度も命の保証を与えていない。

……だが。

「あーくそっ、甘やかすのは今回だけだからな！」

別に俺が甘やかして、この先コイツが苦労しようが知ったこっちゃねぇ!!

俺は地面にしゃがみ込み、そこにあったウサギの毛を一本取り出した。

そして懐から分厚いガラスでできた薬品運搬用の試験管を取り出すと、そこに拾った毛を入れ、蓋を閉めてシェイクする。

「……何してるんですか？」

俺の行動を怪訝《けげん》そうに見ていた少女から、そんな質問が飛んできた。

だから、情報が欲しいなら対価を寄越せと言っているだろうが。


「詳しいことは秘事だ。あえて言うなら、錬金術と、斥候《スカウト》の使う魔術を組み合わせた薬を作ってる。……ほら、できたぞ。目を閉じろ」

「先に何しているか教えてください」

「生意気抜かすな！」

しぶしぶ少女が目を閉じると、俺はできたばかりの薬をその目蓋《まぶた》に軽く塗った。

「ほれ、目を開けろ」

「うわぁ……これ、何ですか!? 綺麗!!」

おそらく彼女の目には、ウサギの足跡がエメラルド色の輝きとなって転々と続いているのが見えているだろう。

「斥候《スカウト》のなかでも、猟師《ハンター》のスキルを持っているやつだけが使用できる追跡《トレース》の魔術を一時的に付与しただけだ。これならお前でも足跡が見えるだろう？」

「はい！　これならいけます!!」

はしゃぐな！　……ったく、現金な奴め。

「言っておくが、コイツは何年も修業した猟師《ハンター》だけが辿り着ける光景なんだぞ？　本当は、こんな魔術なしでも足跡が見分けられなきゃ話にならん……」

「もぉ！　そのお小言がなければカッコいいのに!!」

「黙って聞け、この小娘が!!」

あー　くそっ、なんでこんな奴の教育引き受けたんだよ！

冒険者ギルドの奴らめ、ことが終わったらケツの毛までむしり取ってやる!!

「はやくー　こっちですよー!!」

「あっ、馬鹿！　そっちじゃないっ！　風の読み方も知らんのか!!　いいか、風は時間と共に吹く方向が変わってだな、まず地形を把握し、空を見て雲の動きを……」

まったく、手のかかる娘だぜ。

鍛えてやるから、とっとと俺の授業を卒業しやがれ！

〈第四話〉

「……いた！　いました!!」

「黙れ。今すぐそのやかましい口を閉じろ」

思わず大きな声を出しそうになる少女の口を、俺は物理的な方法で遮断した。

具体的には、ハンカチを口に突っ込むという極めて効率的な方法で。

「ぺっぺっ。ぞ、雑巾を口に突っ込むのはさすがに酷いと思います」

「ハンカチだ。……反論は許さん」

「え……ハンカチ？　そ、それはともかく、獲物がいましたよ、クロードさん」

目の前では、一羽のウサギが地面に生えている草を一生懸命に貪っている。

なかなか肥え太ったいい感じの獲物だ。

もっとも、千里眼を使って少女が発見するよりずっと前にウサギを見つけていた俺は、現在音声遮断の結界魔術を使うことに忙しかったりする。

この術は仲間を伴って狩りをする斥候《スカウト》にとっては必須の魔術だ。

でなきゃ、一緒に来ている金属鎧《よろい》でガチャガチャうるさい奴らを連れて狩りなんてできるわけがない。

「まぁ、ウサギの跡を追ってきたんだからいなきゃ困る。……で？　ここからどう仕留めるつもりだ？　たしか魔術は使えると言っていたが」

「はい。まだ初級の魔術ばかりですが、四大精霊の魔術は全ての属性に適性がありました」

なるほど、さすがは勇者なだけはある。

普通は二属性ぐらいに適性があり、そこから自分のメインクラスやサブクラスの方向性を考慮して魔術や技を作り出すものだ。

「ふぅん。で、具体的には？」

だが、力というのはそれだけでは役に立たない。

使いこなせてこそ、価値が出るのだ。

「ちゃんと考えてますよ？　まず、毛皮を傷つける炎は却下。水は適切な効果を持つ魔法なし。なので、風の刃で首を狙うか、礫《つぶて》の魔法で頭を潰そうかと思います」

「いい選択だ。金になるところには傷がつかないし、やり方としては悪くない」

そう、皮を取るならば価値のない頭か首を狙えばいいのだ。

いきなりそんな場所を狙うのが無理なら、足を狙えばいい。足も素材としては使わないからな。

相手の動きを止めるためにわざわざ氷漬けにしたり、眠らせてから一撃でトドメをさす必要はまったくないのだ。

ただし……実行できればの話だがな。

俺は心の中でこっそりと呟いた。

そう、日本生まれの勇者の最大の弱点はメンタリティー。

果たして、こいつはその壁を乗り越えられるのだろうか？

まぁ、昔の知り合いの戦士みたいに、勢いよく壁を乗り越えすぎて、汚物はなんとやら、ヒャッハー……って叫び出すのも困り者だがな。

さて、思い出したくもない思い出よりも、最低限のアドバイスを優先せねば。

「ただ、魔術の詠唱に入ると、その気配で相手に気づかれるぞ。詠唱の早さに自信があっても、できるだけ距離は詰めたほうがいい。近づける限界の距離は、回数を重ねて自分で会得しろ。今回は失敗してもかまわん」

本当は、このタイミングで野犬に遭遇する恐れもあるのだが、今それを実演して教えようとするとトラウマで使い物にならなくなってしまうだろう。

まぁ、そのあたりは冒険者ギルドの先輩方でなんとか教えてやってくれ。

そもそも俺を頼るな。

「……はい」

返ってくる返事の声が若干暗い。

やはりか。

「……どうした、早くやらないか？　冒険者になるのに、こんなこともできないなんて言わないよな？」

そのまま、何も言わずに三分ぐらいの時間が過ぎた。

こりゃダメだな。

「できないのか？」

「で……できません。なんというか、生きているモノを殺すって……」

予想通りの答えに、もはや笑いすら感じない。

……アホか、こいつは。まぁ、最初からわかっていたがな。

「今更それかよ。できなければ自分が死ぬぞ」

自分の白々しいセリフに、胸糞《むなくそ》が悪くなる。

「で、でも……あんな可愛いウサギを」

しょうがない。ここは俺が先輩としてなんとかしなきゃならんところだろう。

俺は気配のあり方を切り替え、周囲の力と自らの中の波長を合わせ、まるで周囲の空気と自らが一体化したようなイメージを纏う。

我は路傍の石なり……。

「あ、あれ？　クロードさん？」

おそらく、俺の姿が認知できなくなったのだろう。

そこにあっても、ソレの存在を認識できない。

存在することを知っていても注意が向かない。

それが、斥候《スカウト》系の技の一つ、『隠行』だ。

俺はそのままスタスタと自然な足取りでウサギに近づく。

今の俺ならば、歌おうが叫ぼうが、ウサギからは認識されない。

全ては何でもないと錯覚される。

ほんとチョロいな、野生動物。

ピィッ⁉

俺が首根っこを捕まえて持ち上げると、ウサギは小鳥のような哀れっぽい声を出した。

地球のウサギは声帯がないので、追い詰められるとグエェと醜い音を立てるらしいが、この世界のウサギはどうやら別の進化を遂げているらしく甲高い声で鳴く。

命の危機を感じたウサギは俺の手を逃れようと必死に手足を動かすが、今更逃げられるはずもない。

「ほれ、捕まえたぞ」

そう言ってウサギを少女に突き出すと、

「ひぃっ！」

「怯えるな‼」

予想通り怯えた少女が悲鳴を上げたので、俺は一喝して黙らせた。

「いいか、ここはお前が先週までいた日本じゃない。俺がやれと言ったら必ずやれ。

でなきゃ、ここでお前を殺す。

役立たずが後々迷惑をかけて、誰に師事したかを調べられたら俺の評価に傷がつくからな」

我ながらヒデェ台詞だ。

どこの鬼軍曹だよ。

「鬼！　悪魔‼」

「それだけ悪態をつければ上等だ。お前、自分が思っているより図太い性格してるぞ」

俺がニコリともせずに冗談めいた台詞を投げつけると、少女もまた強がるようにしてぎこちない笑みを浮かべた。

何が正しいかぐらいはわかっているのだろう。だが、理屈が感情に追いつかないのだ。

「よ、余計なお世話です！」

あぁ、こいつは大丈夫だ。奈落に落ちても、ちゃんと這《は》い上がれる。

だから思いっきり突き落としてやろう。

まぁ、這い上がれなくても突き落とすんだがな。

「さて、実際に生き物を殺す前に練習だ。まず、ナイフを持って正面に構えろ。そして目を閉じて深呼吸だ」

薄ら寒い笑顔を貼りつけたまま、俺は少女の手にナイフを握らせる。

さぁ、やるか。

少々かわいそうだが、同情を愛情と勘違いしてはいけない。

それは、多くの人間を破滅させてきた毒のようなものだ。

だが、彼女は傷つくだろう。

この後に少女の浮かべる表情に思いを馳《は》せ……俺は自らの笑みを深めた。

この世の終わりのように泣きじゃくる乙女、悪くないな。

こんな感想しか出てこないあたり、俺はやっぱり本物の悪魔かもしれない。

「そして四つ数えるんだ。そしたら、目を閉じたままでいいから思いっきりナイフを前に突き出せ。じゃあ、いくぞ……」

一つ。

少女は大きく息を吸った。

二つ。

少女は震えながら息を吐き出した。

……ここだ。

そのタイミングで、俺は後ろ暗い歓喜を覚えながら彼女の手を引く。

そして、自らの力も加えてその手にしたナイフの切っ先をウサギの喉に突き立てた。

三つ目のカウントは永遠に来ない。

「ひっ」

予想外の出来事に目を見開いた彼女が見たものは、当然ながら血まみれで息絶えているウサギの姿。

「いやあぁぁ……ぶっ」

おっと、悲鳴なんて上げちゃ困るんだよ。

絶叫しかけた彼女の頬を叩き、俺は彼女をむりやり正気に引き戻す。

「こんなところで絶叫するなんざ、よほど死にたいらしいな。お前の声を聞きつけて、野犬共が寄ってきたらどうするつもりだったんだ?」

少女の喉を、半ば絞めるように押さえつけながら、俺はわざと低く冷たい声を出した。

怖いよな、気持ちが悪いよな。

でも、この世界で冒険者として生きていくなら、お前はやらなきゃいけなかったんだ。

少女は、ただ空ろな目をしたまま、ハラハラと涙を流していた。

「泣くな。今すぐその汚い汁を引っ込めろ。

……あぁ、かわいそうにな。

本当なら、勇者として選ばれなければお前はこんな気分を味わわなくても生きてゆけたのにな。

恨むなら、お前をこの世界に呼び出した奴らを恨むがいい」

あぁ、どうしよう。顔が笑みに崩れそうになる。

声もなく泣きじゃくる少女の姿を見ながら、俺は自らの嗜虐《しぎゃく》趣味が満たされてゆくのを感じていた。

無垢な少女を、憎悪で黒く染めてゆくのはなんと心地のいいことか。

冒険者ギルドの受付は、こうなることがわかっていた上でこの少女に俺を紹介したのだ。

まったく、人の悪意ってのは加減を知らない。

なら、この少女の憎悪の行方ぐらい引き受けてもらうのが筋ってものだろう?

まぁ、この少女でこんな楽しみ方ができるのも今だけだろうな。

慣れてしまうとたかがウサギ一羽始末したところで何とも思わなくなる。

……かつての俺みたいに。

この世界に連れ去られて一二年。

俺もずいぶんと染まってしまったものだ。

昔の俺が今の俺を見たら、どれだけ絶望するだろうか？

もっとも、昔の俺がどんなに絶叫したとしても、今の俺はただ嘲笑《あざわら》うだけだろうが。

さて、こんなことをしている場合じゃない。

考え事をしていたら、せっかく奪った命が無駄になってしまうからな。

「いいか、今からウサギの解体を行う。お前の普段食べている肉も、毎日こうやって作られているんだ。よく、見ておけ」

俺は、呆《ほう》けてたまま涙を流す少女を他所《よそ》に、ウサギの解体作業を始めた。

こんな状態でも、人は意外と言われたことをよく憶えているものだ。

むしろ、雑念が入らない分覚えがよいのかもしれない。

……睡眠学習みたいなものか。

そんなことを思いながら、俺はウサギの首を刎ね、近くにあった木の枝に逆さ吊りにし、まずは血抜きを行った。

ナイフで両足の脹脛《ふくらはぎ》を切りつけ、足の周囲を一周するように切れ目を入れる。

次にそのまま股の間を繋《つな》ぐように切れ目を入れれば、準備は完了だ。

脹脛につけた切れ目に指を突っ込むと、まるでセーターでも脱がすかのように綺麗に毛皮が剝がれるので、邪魔な前脚を切って下まで剝がし切る。

……皮の剝ぎ取りはそれで終わりだ。

実にあっけない。

だが、やり方を知らずに無理にナイフで剝ぎ取ろうとすると、穴だらけの無残なゴミが出来上がるのだ。

知識とは、まさに形なき宝なのである。

「……案外、あっさりと〝肉〟になっちゃうんですね」

少女の復帰は思ったよりはるかに早かった。

先ほどまでの恐怖と混乱はどこへやら。

穏やかな目で俺の作業をじっと見ている。

「お前、意外と冷静だな。今日はもう使い物にならないと思っていたんだが、とんだ見込み違いだ」

「肉になってしまえば……平気です。料理の経験ぐらいありますから」

動物の死体だと思うと嫌悪感も覚えるが、皮を剝いでしまうと見た目ははっきり言ってスーパーで売っている肉と大差がなくなるということか。

おそらく視覚的なものがマシになったので少し正気が戻ってきたのだろう。

しかし……スプラッタに関しては女のほうが耐性があると聞いたことがあるが、存外逞《たくま》しいな。

さすが、月に一度は血を見る生き物だけのことはある。

これが男だと半日ぐらいゲーゲー吐くこともあるから始末が悪い。

「まぁ、熊とかの大型動物になると、こうアッサリと人力で解体はできないが、一旦切れ目を入れた後で馬なんかに引かせれば、思うほど時間はかからないものだ。

仲間に戦士系《ウォーリア》がいればかかわりにこき使ってやるといい」

わざと無感情にそう告げると、俺はウサギだったものの腹にナイフを当てて、そのまま縦に切り裂いた。

「……うぷっ」

あ、やっぱりダメだったらしい。

ウサギの腹から内臓が飛び出した瞬間、少女は後ろを向いて地面に何かを吐き出した。

いいね。実に初々しい反応だ。

結局……初めての狩りの後、彼女は使い物にならなくなった。

予想通りではあるが。

仕方がないのでそのまま抜け殻のようになった彼女を休ませて、俺が一人で狩りをすることになった。

だが、この狩場は俺にとってはなじみすぎて、もはや作業をしているようである。

気配を消せばアッサリ後ろを取れるしな。

……つまらん。

結局、その日の狩りはウサギ五羽と野犬三匹、キツネが一匹にイタチが二匹という、一人で狩りをするには多すぎる結果に終わった。

普通の狩りでこんなに獲物を捕ることはない。

大自然には、そこにあるべき調和というものがあるからだ。

それを守れなければ、やがて狩人は自らの糧を失うことになる。

さて、俺が狩人失格であることは、もはやどうでもいい。

今、問題なのは——彼女は、冒険者になるだろうか？

その点についてだ。

せっかく教えたのに無駄働きになるのは嬉《うれ》しくないし、逆に冒険者なんかになれば苦労しかしないであろうという冷めた考えもある。

どちらにせよ、待たされるのは嫌いだ。

壊れるなら壊れるで、早く結果を出してほしいものである。

無意識のうちに、俺は夕日に照らされたまま何かを考え込んでいる彼女の横顔を見ていた。

まぁ、そのうち復帰できるとは思うのだが、いかんせんショックが大きすぎただろうか。

少なくとも、体のサイズを俺に勝手に測られたよりは刺激的だったろう。

言うまでもないだろうが、ぬるい日本で育った身に〝死〟というスパイスはあまりにも辛く、そして重い。

彼女が落ち込むのはむしろ当たり前のことだ。

……それにつけても、場の空気が途轍《とてつ》もなく煩わしい。

痛みを伴わぬ、まるで吐き気にも似た不快感は、鉛でできた毛布を巻きつけながら歩いているようにずっしりと全身に重くのしかかり、やがて腹の中でストレスという種を育てる。

まったくもって俺らしくない感情だ。

普段なら、隣で誰が苦しんでいようとも酒の肴《さかな》にできるというのに、なぜかこの少女に関してはそう思えないのだ。

もしかしたら、魅了か何かの特殊能力にでも目覚めていたのだろうか？

——あぁ、苛立つ。

できるなら、この空気を全て刃物で切り裂いて撒《ま》き散らしてしまいたい。

いくら心臓に毛じゃ足りなくて角が生えていると揶揄される俺でも、これさすがに堪《こた》えるぞ。

そもそも、なんで俺がこんな想いまでして面倒を引き受けてやらねばならんのだ？

……こんなことは冒険者ギルドでやることだろうに。

おおかた、〝処女消失《ファースト・キル》〟で勇者が潰れたときの責任を取りたくなかったのだろう。

連中だって、日本から来た新米勇者のメンタリティーがどれだけ弱いかわかってるのだ。

まぁ、そのことについて冒険者ギルドの奴らを追及しても、今となってはそっちが勝手にやったことだろうとシラをきるに決まってるし。

逆に連中《へたくそ》に任せたら、ろくでもない潰し方をする可能性もあるし。

ソレで言うと、何があっても誰にも文句が言えない俺に押しつけるのは大正解ということか。

あぁ、胸糞悪い。

とりあえず、今日のところはこれで終わりだ。

あとは、冒険者ギルドの経営している宿舎までこの勇者さんを送り届ければいいか。

明日以降のレクチャーは弟子の誰かに任そう。

そんなことを考えているときだった。

「あ、あの……」

少女がおずおずと声をかけてきたのだ。

――正直、意外だ。俺とは二度と口を利かないと思ったのだが。

「明日から、何を手伝えばよいのでしょうか？」

「手伝うって、何をだ？」

恥ずかしながら、俺はそのとき何を言われたのかさっぱり理解ができなかった。

お互いの会話が噛《か》み合わず、歩きながら沈黙すること約五分ほど。

ようやく台詞がまとまったらしい彼女が再び言葉を紡ぎ出した。

「だって、今回のレクチャーの条件として、仕事を手伝えって言ったじゃないですか」

「あぁ……そんな話もあったな」

まぁ、どの道正当な対価なんぞ支払えないことはわかっていたので、ほとんど言い訳のような約束だ。

あまりにもどうでもよすぎて、すっかり忘れていた。

彼女が恐怖し、絶望する顔を見ればそれで満足だと思っていたからな。

「だが、やれるのか？　あんなものを見た後で」

「正直、厳しいとは思います」

無理だとは言わないか。

……どうやら、こいつは生き残ったようだ。

それが本当によいことかは別として。

むしろこういうときは『大丈夫』と言う奴が一番ヤバい。

そう、大丈夫なんて言う奴は、大概無理をしているのだ。

だが、彼女はできるとは言わなかった。

……気づいてしまったのだろう。

この仕事が、リスクを天秤《てんびん》にかけるとワリが合わないということに。

「なら、勇者も冒険者もやめとけ。

……今日のレクチャーは、俺からのサービスにしておいてやる。

でないと、この先、もっとエグいモノを見ることになるぞ。

何だったら、別の仕事を紹介してやってもいい」

「いえ、それはできません」

意外なことに、即答だった。

「なぜだ？　あまり賢い選択じゃないと思うぞ」

わかっているだろうに、なぜ？

「正直、うまく言えないんですけど……ここでやめたら、私の中の何かがダメになっちゃう気がするんです」

「そんな曖昧なことで、この仕事を続けるのか？」

むしろ後悔することのほうが多いだろう。

俺だってそうだ。

やり直しが利くならば、あのとき召喚されずに日本での生活を続けたかった。

たとえ地獄のような最悪な日々だったとしても、あそこが俺の本来の居場所だったからだ。

まるでボタンを掛け違えたかのような違和感は、この世界にいる限り一生ついて回る。

　この世界に到着した後も、勇者の旅になんかついてゆくのじゃなかった。

　なぜなら、すべてが終わった後でこの世界を心底憎んでいる自分に改めて気づいたからだ。

　この世界で得たものはたしかに大きい。

　だが、あまりにも多いのだ。

　向こうの世界に残してきた、かけがえのないものが。

　そしてこの世界で味わった、気が狂うような悪夢の経験が。

　それは、まるで心についた古い傷跡のように、いつも俺を苦しめる。

『もしも』という意味のない甘い言葉と、『後悔』という名の苦い言葉の姿を借りて。

　そしてそんな俺の心情などお構いなしに、彼女は迷いもなく告げた。

「はい。馬鹿なので」

「……馬鹿だな」

　まったく、笑えない話だ。

　撤回するなら今のうちだぞ？

「馬鹿はお互い様です。クロードさん、わざと私をあきらめさせようとしたでしょ」

「わかるか？」

　さすがに隠しきれているとは思ってなかった。

　どちらかといえば、露骨に近かったことだろう。

「ええ、わかりますよ。だって、クロードさん私の名前を一度も訊かなかったじゃないですか。私を突き放した後も、自分の言葉で自分が傷つかないように。だから、あぁ、この人は私を振り落とそうとしているんだなって」

　訂正しよう。馬鹿だが、人を観察する力は本物らしい。

「……でも、正直その気持ちもわかります。だって、この先もっとえぐいことや、もっと怖いことがあるんでしょ？　そんなのも耐えられないと思うのが普通ですよね」

　まだ、本当の闇を知らない目が俺を見つめる。

　とても……綺麗だ。

「そうだな」

　対して、俺の目はどうだろう？

魔族によって焼かれた街、逆に人間によって焼かれた魔族の集落、生活基盤を失った人々のなりふり構わぬ所業、裏切り、そしてそんな人々を罰した後に残されるモノ……ほかにもまだまだ、忘れられぬ光景がこの網膜の奥に焼きついている。

勇者の旅とはそういうものだ。少なくとも、その暗部を担った者にとっては。

勇者自身は綺麗なままでいい。だが、その際に発生する〝汚れ仕事〟を、誰かが片づけなければならないのだ。

たとえ話をしよう……勇者が貧民に布施を与えれば、与えられたものは救われ、喜ぶ。

だが、その喜びを誰かが妬む。

そしてその妬みという汚れを、勇者が引っかける前に誰かが掃除しなければならないのだ。

他ならぬ勇者が、けっして気づいたり汚れたりしないように。

――もしも今、鏡を使って自分の顔を見たのなら、きっと俺の目は不信や拒絶といった泥でグチャグチャに濁りきっていることだろう。

「クロードさん、そんな酷い景色をずっと見てきたんでしょ？」

「そうだな」

できれば見たくなかった。

見なければ、まだ人を信じることができたのに。

甘さを持つということは、幸せである証拠だ。

甘さを失った後の人生は……辛いぞ。

あぁ、そうか。

俺がこの少女にわざと辛く当たっているのは、もしかしたらただの醜い嫉妬かもしれない。

「だったら……私もあえてその景色を見たいと思います。だから、目を隠すのでも突き放すのでもなく、導いてください。意気地なしですけど、私は勇者です。一度勇者になると決めたんだから、そう簡単にあきらめてはいけないと思います」

やめておけ。もう、十分だ。

お前も、俺みたいな目になりたいのか？

そんな愚かな選択はするべきじゃない。

「お前が救おうとしている奴らが、どうしようもなく身勝手なクズでもか?」

その問いかけの後、しばしの沈黙があった。

やがて、勇者に選ばれた少女の口にしたその言葉は……。

「御国は百匹の羊を持つ羊飼いのようなものである。それらの中の一匹の羊が迷い出た。その人は九九匹を残しても、それを見つけるまで、一匹を捜した」

「その続きはこうだったか……彼は苦しみの果てに羊に言った、『私は九九匹以上にお前を愛する』と。トマスによる福音書だな」

ルカ伝をはじめとする他の聖書にも記述されているエピソードなのに、よりによってカソリックから異端扱いされる福音書を持ってくるあたり、この少女もなかなかヒネた知識の持ち主らしい。

だが、彼女の論点はさらにその向こうにあった。

――彼女は問う。

「これが逆になったらどうなるでしょう?」

そうか、そうだな。

この世界はまさにそんな感じだ。

たぶん、地球の人類もほとんどが神の元から逃げたがる愚かな子羊のような生き物だろう。

「……笑えるな。九九匹も羊を逃がしたならば、そんなマヌケな羊飼いはクビだ。

残った羊を抱きかかえて、泣きながら山を下りてくるがいい。

ついでに、主の庇護《ひご》を勝手に離れた残りのもっとマヌケな羊たちは、全て狼の餌にでもなればいい。

だが、そいつは最後まで羊飼いであるだろう。手持ちの羊がたった一頭であったとしても」

そもそも、俺だったらそんな始末の悪い羊は逃げ出す前に全部殺して、捌《さば》いてラムスキンにして残りは肉屋に売り捌くな。

そして、手元に残ったおとなしい羊だけを育てて増やすのだ。

「それとも、全ての羊をとっ捕まえるまで山から下りないとでも言うつもりか? ナンセンスだ。狼に一頭ずつ殺されて、最後には全て失うことだろう」

俺の皮肉に満ちた返答に、彼女は鼻からため息をついて応える。

「まったくその通りですね。私だって全ての人を愛せるとは思わないし、好きでもない人のために勇者になろうとは思いません」

なるほど、賢明な判断だ。

少なくとも、できもしない世迷い言を口にする無能よりは話ができることを認めてやろう。

「でも、一人でも助ける価値のある人がこの世界にいるのなら、私は勇者になれると思います。

細くて頼りない腕ですが、子羊一匹なら引きとめられるんじゃないでしょうか？

そして泣きながら山を下り、私は狼から必死で子羊を守りぬくでしょう。

せっかく守ろうとしても逃げる羊は、もはやどうしようもないとして」

なるほど、そのか細い両手でも、一匹ぐらいなら子羊を抱えることはできるかもしれない。

あくまでもたとえだが。

「だが、どこに子羊がいるというんだ？　一〇〇匹どころか、子羊なんか一匹もいないぞ。

守る前に羊が一〇〇匹全て逃げ出しているんだ。

お前の羊はどこにもいないのだよ。

そして、羊を全て失った羊飼いは、ただの人だ。

だから、ただの人として生きるべきなんだよ。お前は」

「いるじゃないですか、ここに。どちらかというと私より大きいし、山羊っぽいですけど」

「は？」

彼女の目は、なぜか俺をまっすぐ見ていた。

……理解不能だ。

お前、あれだけ俺にイジメられたのに、わかってないのか？

そもそも、俺がお前に守られるとか意味がわからない。

「とにかく、私、明日から仕事に来ますから」

それで話はおしまいとばかりに、彼女は俺から視線を外した。

「ふん。せいぜいコキ使ってやるから覚悟しとけ」

「はい」

……本当にわけがわからない。

意地悪なことを言われたのになんで笑う？

それがヒロイン脳ってやつか？　笑わせるな!!

「とりあえず……なんだ……思ったより少し長いつき合いになるかもしれんから、名前を訊いてやる。少なくとも、仕事で雇うなら必要になるからな」

別にお前に興味があるわけじゃないからな。

そこのところわきまえろよ、小娘！

「私……日莉《ひまり》です。佑月《ゆづき》日莉」

晴れやかに笑うその手は、まだ細かく震えていた。


これが、俺と日莉が知り合った馴れ初めという奴だ。

そのときは、まさかコイツとあんなに長いつき合いになるとは思ってもいなかったのだが……。

人生とは、とかく悪い冗談がお好きらしい。

革細工師はかく語りき

第二章

〈第一話〉

「昨日も思いましたが、ここってすごい臭いですね」

あのグダグダな狩りの翌日、日莉はさっそく店に顔を出すなりそう告げた。

おい、ちょっと待て。いきなり正直すぎるだろ。

「挨拶もそこそこに言う台詞がそれか？　この手の臭いなんぞ、革を扱うなら当たり前の話だろうが。嫌なら帰ってもいいんだぞ」

革細工の工房は、正直臭いがすごい。

革自体の臭いもさることながら、様々な薬物を扱うためにかなり臭うのだ。

それゆえ、昔から町の外れに追いやられることも多かったし、賤民《せんみん》の仕事とされていた地域も多い。

「いえ、仕事はきちんとやります。ただ……」

「ただ？」

「私にできる仕事なんて限られていると思いますので、私のできる範囲で仕事をください」

まぁ、それは当たり前だ。

無理な仕事をさせて、大事な革を台なしにされてはかなわんからな。

「黙っているとクロードさん、とんでもない無茶を言いますからね」

俺に聞こえないように小声で言ったつもりだろうが、あいにく俺はこの世界で一番の地獄耳なんだよ。

そうかそうか、そんなに無茶な仕事をやりたいのか。

よし、わかった。

「そうだな。お前にやってもらう最初の仕事は……接客だな」

俺、自慢じゃないが目つき悪いからな。

ほかにできる奴がいないから仕方なしにカウンターに座っているが、できるなら人を雇ってそいつに接客を任せたいと常々思っていたところだ。

「ウチの従業員は魔物と呼ばれるような連中ばかりで接客は無理だし、俺が客の対応に出るぐらいなら、たとえ新人でも若い女のほうがいいだろう」

とはいえ、俺のいる店で働きたいなんていう奇特な人間はいないから、こいつがうちで働くというなら、本音を言うとけっこう助かったりする。

「自分に愛想がないってわかってるんですね。意外でした」

まて、そこ、目を見開いて驚くところか⁉

俺だってそれなりに傷つくんだぞ！

「えぇいやかましい！　で、やるのか？　やらないのか？

やらないなら、さっさと出てゆけ‼」

お前いったい、俺のことどう思って……まぁ、頭の中ぐらい簡単に覗けるけど、今日のところは勘弁してやろう。

俺だって、悪態をついている人間の心の中を覗くのはあまり気分が良いものじゃない。

「わ、わかりました……やります。いえ、やらせてください‼」

意外なことに、日莉は熱の籠もった視線で俺に目線を合わせてきた。

ほほう？

なかなかいい心がけだな。

最近観察していた地球の女共のパターンだと、てっきり『そんな酷い言い方はないと思います』とか『それはパワハラです』とか言い出すかと思ったのだが、根性だけは一丁前らしい。

俺は都合の悪いときだけ弱者ぶる輩が、その場で刺し殺すほど嫌いだ。

ちなみに比喩でもなんでもないと言っておく。

ここは手厚い法に護られた日本じゃないんだから、その程度のことは日常茶飯事だ。

それに、何よりも『女性だから』と加減した仕事しか任せなかったり、やたらと甘やかしたりするのは、お前をまともな仕事のできない程度の低い奴だと思っているのと変わらないからな。

むしろ光栄に思え。

「いいだろう。まずは接客と並行して皮の種類と見分け方を学んでもらう」

やる気があるというのなら、鍛えてやろうじゃないか。

まずは、お前の目を養ってやる。

さぁ、やれるかな？　けっこう精神的にエグい仕事だからな。

「もしかして、冒険者からの買取ってやつですか？」

「そうだ。基本的に契約した冒険者とだけ取引をしているが、中には冒険者ギルドが嫌がらせ半分に理屈をわきまえない半人前を寄越すことがある」

そういえば、ちょうどコイツが来る前にも、そんな二人組を追い返したところだったな。

「だが、それよりもヤバいのは、密猟で獲ってきたブツを持ち込む奴と、偽物を持ってくる奴らだな」

「詐欺師や犯罪者ってことですか」

まぁ、地球の感覚で言うとそんな感じだが、こっちじゃ騙《だま》されるヤツが悪いって感覚でしかない。

見破ったところで『知らなかった』『気づかなかった』と言い張れば官憲の奴らもそれ以上は追及しないのだ。

あいつら政治的に腐ってるしな。

なにより、あいつらはもっと扱う金額が大きな事件や、もっと切実な案件を山ほど抱えている。

賄賂でももらわない限りこんなチンケな事件にかまけている暇はないのだろう。

「それからこの世界で皮の買い取りをする上で厄介なのは……この世界には、俺たちのいた世界には存在しない生き物がいるということだ。その代表格が、普通の生物が魔力に当てられて生まれたタイプの魔獣だろう」

代表格は普通のウサギの皮と魔獣である角ウサギ《アルミラージ》と、ただのジャイアントボアと呪毒蛇《ヴィシャプ》あたりだろうか。

俺は倉庫からそれらの皮を取り出して、それぞれ隣に並べて見せる。

「はっきり言って、見た目ではまったく見分けがつかないヤツがほとんどでな。

駆け出しの鑑定師は、まず一度や二度は騙される」

「ま、待ってください。

こんなのどうやって見分けるんですか？」

当然だが、今の日莉にはこれらの見分けがまったくついてないらしい。

並べられた皮を見比べて冷や汗をかいていた。

「いいか、同じ牛の皮に見えても、魔獣の皮はしっかりと魔力を帯びていて、魔術を付与する際にも術式の乗りがまるで違う」

「えっと……ですから、その魔力が見えない私はどう見分ければ良いのでしょう?」

あぁ、そういえばこいつまだ魔術初心者だったな。

「そうだな……たとえばだが、魔力に反応して色が変わる試薬を使ったり、魔力の共鳴を利用した専用の器具であったりと、色々と方法はある。だが、お前の場合は本人に訊け」

「え?」

どうやら俺の言っている意味がわからなかったらしい。

日莉は口を開いてポカンとしている。

くくく……間抜けな面だなぁ、おい。

「地球の常識で考えるな。

この世界には、死せる存在と対話を可能にする死霊《ネクロ》魔術《マンシー》という技術が実在している。

鑑定用のテキストと一緒に、この死霊魔術の基礎が書いてある教本もくれてやるから、暇な時間に自習してろ」

そう告げると、俺は古ぼけた本を何冊か取り出して、日莉の手に押しつけた。

……実を言うと、全部俺の執筆した手書きの参考書だったりする。

多少の思い入れもないことはないが、こいつらも必要とした人間に使ってもらったほうがいいだろう。

「鑑定眼を養うのも大事だが、そんなものはすぐに身につくようなものじゃない。

魔力を感知するための魔術もそうだ。

その手の魔術は、たとえ使えるようになっても、受け取り手に知識と経験がないと意味がない」

早い話が、高い感度のマイクを手に入れても、そこから音を分析することが素人にできるか?という話だ。

「それに、中には魔力を帯びた液体を皮にしみ込ませて誤魔化してくるヤツもいる。

まぁ、そこまで悪辣《あくらつ》な真似をする奴はそうそういないが、そこまで凝ったことをされると駆け出しの鑑定師じゃそうそう見抜けない。

……俺みたいなベテランには通じないがな」

当然、詐欺師まがいな輩も、あの手この手でこっちを騙そうと努力するから性質が悪い。

その熱意をもっと他のところに向けりゃ、もっと早く出世するだろうに……というのが俺の持論だ。

「そ、そんなの無理ですよ！　私に見分けつくはずないじゃないですか！」

「だから死霊魔術でその皮の持ち主を呼び出せばいいんだ」

さすがに、熟練の鑑定士と同じ能力を日莉に期待してはいない。

ただ、彼女にできる範囲でとなると、そういうことになる。

それだけの話だ。

そこでふと、日莉が何かに気がついたように目を見開く。

「あの、その呼び出された霊は暴れたりはしないのですか？」

「むろん暴れるに決まっているだろ？」

皮にくっついている霊の大半は自らが殺されたときのショックを引きずっていて、呼び出した途端恐怖と混乱で暴れ回ることが多い。

「無理です！」

「心配するな。霊をちゃんと閉じ込めておく結界の作り方もその本に載っているから、必ずその結界の中に皮を入れてから問いただせばいい」

「そ、そういうことは最初から教えてください！」

おお、出勤から五分で涙目か。

泣けば許してもらえると思うなよ？

言っておくが、俺は思いっきりドSだからな。

むしろ泣きっ面はご褒美だと言っておこう。

「チッ、ちょっと根性を試しただけだろ。

冒険者のくせにピーピーとみっともねぇな。

そんなんで勇者になりますーだなんてよくも言えたもんだ」

「だ、誰だって初めてはあるじゃないですか！

クロードさんこそ、最初はどうだったんですか⁉」

おっと、泣き喚《わめ》くかと思ったのに、思わぬ反撃が。

そうだな、俺のときはというと……。

「地球から三〇人ぐらい呼び出されたらしいんだが、俺の場合は色々と能力を検査された後すぐに無一文で放り出されたな。

そのあと、ろくでもない女が一人いて、そいつのせいで仲間同士の殺し合いが始まって……。

あー、それで言うと日莉は恵まれているんじゃね？　むしろもっとキツい思いをするべきだと先輩としては……」

「い、いいです！　その話はもういいですから、先に詳しい仕事の内容教えてください!!」

どうやら、ほっとくとさらにえげつないことを言われると思ったらしい。

間違ってはいないけどな。

「なんだ、面白くない。

俺がこの世界の連中を踏み台にして成り上がってゆくサクセスストーリーを聞きたくないのか？」

「そ、それはまた今度……」

実に残念だ。俺はその話を聞いた奴の、顔がだんだんと青ざめてゆくのを観察するのが好きなんだがな。

「じゃあ、まずは死霊魔術を使う際の魔法陣の描き方からだ！

死霊魔術の教本を開け。

一一ページ目だ」

「ふぁい……」

俺が羊皮紙とペンを渡してやると、日莉は力なくそれを受け取った。

おいおい、最初からそんなくたびれていてどうする？

疲れるのはむしろここからだぜ。

〈第二話〉

……まずいな。

気がつくと、そこは皮革店らしからぬ場所になっていた。

ラミアの鱗《うろこ》の粉末やら、吸血鬼の牙やら、ウィジャ盤やら、客が来ないからと調子に乗って死霊魔術の触媒やらを出してきた結果、完全に魔術師の研究室のようになっている。

「今日はこのあたりにしておこうか」

さすがにこれ以上はまずい。

このまま研究室化が進むと、元に戻すのが大変なことになりそうだ。

「ふ、ふぁい……」

俺が講義の終了を告げると、日莉はぐったりと机の上に突っ伏した。

おいおい、こんな程度でへばってるんじゃねぇよ。

大変なのはこれからなんだからな。

「まぁ、知識面はともかくとして、手順自体は大したことないだろ？」

「そ、それはそうなんですけど、覚えることが多すぎ……」

日莉が突っ伏したまま呻《うめ》くような声で呟く。

「がんばれ」

俺は嘘臭い笑顔を浮かべながら告げた。

「こんなの覚えきれ……」

「がんばれ」

知ってるか？　笑顔ってのは本来攻撃的な表情らしいぞ？

「わたし、そこまで頭よく……」

「がんばれ」

そろそろ俺が何を言いたいのか悟れや。

「……できる限りやらせていただきたいと思います」

「よし！」

この俺が泣き言なんか許すと思ったか？

一度やると言ったからには、徹底的にやらせてもらう。

……別に楽しんではいないからな?

ほんのちょっぴりしか。

「じゃあ、さっそく店番に入ってもらおうか」

「鬼ですか、貴方は!」

日莉は熱した鍋に放り込んだエビのように飛び起きた。

なんだ、まだ元気じゃねぇか。

「何を言っているのかは知らないが、俺の耳は泣き言を自動的にシャットアウトする仕様になっている。やれ」

俺は日莉の襟首を摘《つま》み上げると、転移を使って店番用のカウンターに放り込む。

俺に慈悲や情けがあるのなら、誰も悪魔とは呼ばない。

「無理です……こんなの絶対に無理です」

えぇい、往生際が悪い。

ここまで来て逃げられると思うなよ。

「俺がいいってんだから、つべこべ言うな!

お前はやれることをやればいい。

何か問題が起きても、責任は俺が取る」

どうよ、この理想的な上司の台詞!

ちょっと感動しただろ?

「えぇー、本当ですかぁ?」

日莉はカウンターに突っ伏したまま、上目遣いで俺を見上げる。

おいおい、何だその疑わしげな目は?

「お前にできる程度のことでこの俺がどうにかなるとでも思ったか? 身のほどを知れ、このアホが」

俺がここまで言っているのに、まだ信じられないとでも言うのか!

「なんだろう……カッコイイこと言われている気がするのに、ものすごく腹が立つ」

日莉はこの期に及んでもまだ釈然としない顔をしている。

釈然としないのはこっちだっての!

「だいたいお前はだな……っと、どうやら客が来たようだ」

日莉に文句を叩きつけようとしたが、その台詞を言い終えるよりも早く俺の鋭敏な知覚は来客の気配を捉えていた。

といっても、客が来るのはまだしばらく先だ。

おそらく、来客までの時間はあと五分といったところか。

なんでそんなことがわかるのかって？

俺には過去と未来を自在に見通す宿命通という力があるんだよ。

「えっ、もう来ちゃったんですか⁉」

このまま客なんか来なきゃいいのにって顔だな。

いやぁ残念、残念。

「まぁ、そういうことだ。

俺は奥にいるから、どうしようもなくなったときだけ呼べ」

「ちょっ、待ってください！

最初ぐらい横についていてくれるんじゃないんですか？」

「甘えんな、ボケ」

俺は縋《すが》りつく日莉の視線をあっさり無視し、転移を使って店の奥へと移動した。

本当は暇なんだが、俺があれこれ指示を出すんじゃ面白くないからな。

くくく……特等席で鑑賞させてもらおうか！

「鬼！　悪魔！　……と言うと鬼や悪魔から苦情が来ますね。

この腹立たしさを表現できない自分のボキャブラリーが恨めしいです」

俺の姿が見えなくなるなり、日莉は遠慮なく罵詈雑《ばりぞう》言《ごん》を喚き立てる。

ったく、俺のことを何だと思っている？

まぁいい。それよりも今回の客の確認だ。

場合によっては俺が対処せんといかん奴が来るかもしれんしな。

俺は天眼通という千里眼のような効果を持つスキルを発動すると、まもなくやってくるであろう客の姿の確認をする。


……って、コイツは⁉

「なぁ、ダルト。これで本当に上手くいくのか？」

大勢の人で賑《にぎ》わう大通りを歩きながら、豹柄の毛皮に覆われた精悍《せいかん》な猫型獣人がボソリと呟く。

「上手くいくかじゃなくて、やるんだよオルト。今度こそ、あの高慢な革細工師に目にモノ見せてやる！」

なにやらムカつくことをほざきながら店に近づいてきたのは、いつぞやの腐ったウサギを持ってきた新米冒険者だった。

一緒にいた女冒険者がいないところを見ると、あのときは新米同士の臨時パーティーだったのだろうか。

「しかし、これが一〇オロール金貨五枚にもなるとはなぁ」

訝しげに呟くその手には、真っ黒な毛皮をした生き物がぶら下がっている。

なんだ、この生き物？

こんな生き物見たことがない……。

いや、この生き物は……こいつら、まさか……。

「くくく、丁寧に扱えよ、オルト。なにせそれは、最高級の黒貂《セーブル》様だぞ！買取でもそのぐらいは余裕で超えるはずだ！」

「お前も悪い奴だな、ダルト」

「おいおい、滅多なこと言うなよオルト？俺たちがたまたま仕掛けた罠《わな》に、たまたま黒貂《セーブル》がかかったんだ。たとえそれが黒貂《セーブル》じゃなかったとしても、それは鑑定したヤツが悪い。そうだろ？」

「そ、そうだったな！」

ダルトと呼ばれた黒猫型の獣人は、相方の豹柄の猫獣人をたしなめながらニヤリと黒い笑みを浮かべる。

それが黒貂《セーブル》だと？

何の冗談だ、この馬鹿猫共。

確かに本物のセーブルならば一〇オロール金貨五枚でもおかしくはない。

だが、黒貂《セーブル》がこんな暖かい国にいるはずないのだ。

あれは亜寒帯から寒帯の、凍るような寒さを好む生き物だろうが‼

そもそも生息域以前に、あの大きさといいシルエットといい、絶対に黒貂《セーブル》のものではありえない。

お前ら……鑑定師をかなりナメてないか？

「うははっ、これで俺たちも明日から宿屋暮らしだ！　野宿はもうこりごりだぜ!!」

「おうよ！　これで毛布がなくてオルトと抱き合って寝るような夜は終わりだ、コンチクショウ！」

「な、なんだよダルト。俺の隣で寝るのがそんなに嫌だったのかよ！」

「当たり前だ！　お前、歯軋《はぎし》りするし寝ながら屁《へ》をこくし……」

「うわぁー、よせ！　誰かに聞かれたらどうするんだよ!?」

くっ、なんという侘《わび》しい奴らだ。

さすがの俺も、こいつらの哀れな生活に思うところがないわけではない。

だが、それはそれ、これはこれ。

俺の店で詐欺を働こうたぁ、いい度胸だ。

そもそも、お前ら俺の店は出入り禁止になっているから、近づいても弾《はじ》かれるだけなんだけどな。

しかし、日莉も運がない。

店番任せて最初の客がこんなヤツラだとは……つーか、アイツにこの手の客を捌きされるだろうか？

なにせ、向こうは詐欺を働く気マンマンだからなぁ。

基本的に実力主義のこの世界では、騙されたほうが悪いという風潮が強い。

その場で見破って官憲に突き出すのはいいが、後から騙されたと言って騒ぎ立てても相手にしてはくれないだろう。

ならば、日莉を引っ込めて、俺が直々に徹底的にあの馬鹿共の再教育を施してやろうか……。

ん？　待てよ？

いや、むしろこれは都合がいいんじゃないのか？

どうあがいたところで、この手の客はいずれやってくる。

そうだよ。これはむしろチャンスだ。

犯罪者を叩きのめす訓練なんて、そうそう機会はないぞ！

それに、本当にやばくなったら俺が出ればいいじゃないか。

どうせ、あいつらの言い分なんぞ三分で論破できる。

ならば……。

くっくっく、今のうちに結界の設定を弄《いじ》ってこいつらの出入り禁止を解いておこう。

おい、クソ猫共。

お前ら、きっちり日莉の教材になってもらうからな。

覚悟しろ！


それからきっかり五分後。

店のドアベルがカラカラと音を立てて鳴り響き、猫型獣人の野郎二人組が予想通りやってきた。

「……あ、い、いらっしゃいませ」

うわぁ、日莉の奴なんて嫌な顔してやがる。

気持ちはわかるが、それは接客業失格だぞ。

だが、二人組は日莉のぞんざいな対応には目もくれず、おそらく俺の姿を探しているのだろう……キョロキョロと店内を見回し、やがてボソリと呟いた。

「なんだ、今日はあのクソ野郎はいないのか」

「こりゃ好都合……イテッ、なんで肘でつつくんだよダルト！」

「アホ！　お前はしばらく口を開くな!!」

おい、お前ら……本気で詐欺を働く気あるのか？

特にオルトと呼ばれた豹柄、お前の発言は八時に集合するなつかしのコメディー劇場並みだぞ。

あと、誰がクソ野郎だ？

しっかり聞こえてるからな！

「まぁ、店主がいないならそれでもいい。おい、こいつを買い取ってくれ！」

「か、買取ですか!?」

ダルトと呼ばれた黒猫獣人が獲物をカウンターの上に投げ出すと、日莉は怯えるように体をのけ反《ぞ》らせる。

そうだろう、そうだろう。

最初っから、一番やりたくないと思っていた仕事が来れば、そうなるよなぁ。

あー、ここに写真がないのが残念だ。

せっかくだから、スケッチでもしておくか。

くそっ、こんなことなら作画スキルもBぐらいにしておけばよかったぜ。

え？　趣味が悪い？

何とでも言え。

俺がドSであることは否定しない。

「わ、わかりました。しばらくお時間をいただいてよろしいでしょうか？」

「ふん、早くしてくれよな」

悪態をつくダルトに怯えつつも、日莉は俺の与えておいたマニュアルを必死で捲《めく》って該当する動物を調べようとする。

いいね、いいね、その必死な姿。

安易に俺を呼びに来ないのは、意地っ張りなのか、それとも気が動転して思いつかないだけなのか。

どちらにせよ見ている俺的には大変美味《おい》しい。

「あ、あの、該当する生き物がないんですが？」

「はぁ？　何言ってんだよ！

黒貂《セーブル》だよ、黒貂《セーブル》！

お前、ちゃんと勉強してんのか？」

「え？　黒貂《セーブル》？」

日莉は意表を衝かれたように目を見開くと、ペラペラとマニュアルを捲り直して首を捻《ひね》る。

「あの、これ……イタチの仲間にしては体が寸胴《ずんどう》じゃないですか？

首も短いし」

おお、そこに気づいたか日莉。

よしよし、そいつは間違っても黒貂《セーブル》じゃないからな。

「はぁ？　お前、本物の黒貂《セーブル》を見たことあるのかよ」

おお、ダルト。

お前、知識はないけど度胸はあるな。

そこだけは認めてやる。

「いえ……ありませんけど」

こら、馬鹿！

そこでそんな弱気な発言をするんじゃない！

「じゃあ、教えてやるよ、コレが本物の黒貂《セーブル》だ！

勉強になった分、買取も色つけろよな！」

「ええっ？　でも、クロードさんにもらった図鑑と、この生き物はぜんぜん違いますよ？

棲《す》んでいるのはもっと北の国だって書いてあるし」

よしよし、その調子だ。

相手の言うことを簡単に信じるんじゃないぞ？

「た、たまたまこっちの国に迷って来た奴なんだよ」

「この生き物、足の指が人間みたいに五本あるし」

その通りだ。

黒貂《セーブル》の指は五本もない。

この手の動物で指が五本もあるのはただ一つ。

「むしろ、この特徴はアライグマ《ラクーン》……」

「その図鑑が間違ってんだよ！

いいから、さっさと買い取れ!!」

おうおう、必死だな馬鹿猫共。

でも、日莉の目は完全に疑っているぞ？

「お前、俺たちが嘘をついているというのか？」

「……はい。いくらなんでもコレはないです」

すばらしい！

そこで堂々と言いきるとは予想外だ！

最後は俺が割って入る必要があると思っていたが、
どうやら必要はないらしい。


「じゃあ、俺たちが嘘をついているって証拠は⁉」

「図鑑と見比べ……」

「ふざけんな！　それはそっちの用意したものだろ！

俺が間違っているという証拠にはならない!!」

ほほう？　そう来たか。

こいつもいい加減、心臓強いよなぁ。

思ったより面白い人材なのかもしれない。

「わ、わかりました。

そこまでおっしゃるなら……今から特別な鑑定方法を行いますので、しばらくお待ちください」

「特別な鑑定方法？

どうでもいいが、早くしてくれよな」

そう言いながら、ダルトはソワソワとしながら周囲を見回す。

どうやら俺が戻ってくることを警戒しているらしい。

まぁ、間違ってはいないが、その態度はいただけないな。

詐欺をするなら、最後まで堂々と嘘を突き通すべきだ。

しかし、日莉の奴何をする気だ？

用意した物は、羊皮紙とペンと香炉だが……。

あ、そうか、そういうことか。

「では、始めます」

そう告げると、日莉は羊皮紙にペンで図形を書き込み、その上に鑑定を依頼された生き物の死体を乗せた。

そして香炉に薬物の棚から持ち出した粉末を次々に量り入れて火を灯《とも》す。

ちなみに香炉にくべられた植物はヒヨス、ドクニンジン、サフラン、アヘン、マンドラゴラ。

全てが毒を持つ危険な植物である。

さらに羊皮紙に記された魔法陣に使われたインクは、ラミアの鱗の粉末を混ぜたある特定のジャンルの魔術を使うための特注品だ。

「我は聖なる復活と地獄に落とされた者の苦悩により、汝死せる獣の霊をここに呼び出し、命ず」

日莉の口から紡がれたのは、俺が魔物の皮の鑑定用にと記しておいた死霊魔術《ネクロマンシー》の一つ、降霊術だ。

決して簡単な術ではないのだが、どうやら日莉には死霊魔術《ネクロマンシー》の才能があったと見えて、その口からこぼれた呪文に触媒が反応を見せ始める。

「我の求めに応じ、永遠の苦悩を逃れんがため、この聖なる儀式に従わんことを。ベラルド、ベロアルド、バルビン、ガブ、ガボル、アガバ、立て、立ち上がれ！　我、汝に命ず!!」

やがて香炉から立ち上る煙が、死体の上で在りし日の姿を取り戻すと、日莉はその呼び出された霊にこう告げた。

「貴方は黒貂《セーブル》の霊ですか？」

すると、呼び出された霊はブルブルと首を横に振る。

「そうでしたか。では、貴方は黒貂《セーブル》と間違われて殺されてしまったのですね」

悲しげにそう語る日莉だが……。

おや？　霊の様子が……。

「キシャアァァァァァッ!!」

「きゃっ!?」

呼び出された霊は、突然怒り狂ったように暴れ出すと、日莉の描いた魔法陣にわずかな隙間を見つけ、そこから外へと飛び出してしまった。

　これはさすがにまずいか？

　俺は対霊体用の武器を呼び寄せ、店の中に転移しようと身構えた。

　だが、

「ぎゃあぁぁぁぁっ！　そ、そのアライグマ《ラクーン》の霊を早く止めろ!!」

　俺の心配を他所に、その凶悪なアライグマ《ラクーン》の霊は、その光景をボケっと見ていたオルトとダルトへと真っ直ぐ襲いかかったのである。

「え、アライグマ《ラクーン》って、最初から知っていたんじゃないですか！

　騙しましたね!?」

　ようやく日莉も騙されそうになったことに気がついたらしい。

　怒った姿もなかなか愛らしいな。

　そう、奴らはこともあろうか、仕留めたアライグマ《ラクーン》に上から黒の塗料をぶちまけて、それを黒貂《セーブル》と偽ったのである。


　つーか、あの高貴な色合いと肌触りをこんな手段で誤魔化せるとは、ナメているとしか言いようがない。

「ま、まずい！　はやく祈禱師《きとうし》のところで除霊を！」

「おっ、おぼえてろぉぉぉぉぉっ!!」

　猫のくせに負け犬そのものの台詞を吐きながら、初心者冒険者の二人組は表通りへと飛び出していった。

　おぉ、おぼえておいてやるからまた来いよ？

　お前ら、日莉の練習相手《かませいぬ》にはちょうどいいわ。

「クロードさん、どうせ見ているんでしょ？

　助けてくれたっていいじゃないですか!!」

　気がつけば、店の中で日莉が泣きそうな声で叫んでいる。

　どうやら相当おかんむりらしい。

　いやいや、まだまだ。

　このぐらいで俺が助けに入ると思ったら大間違いだ。

　なんてことを考えていたんだが、結果として日莉の初店番という試練はこれだけでは終わらなかったのである。

やってきた次の客は……。

〈第三話〉

「ちょっとアナタ。このコートだけど、この品質でこの値段ってありえなくない？」

カウンターにやってくるなりそんなことを言い出したのは、俺も顔を知っているド派手なエルフの女だった。

よりによって二番目の客がコイツとは、日莉も運が悪い。

有体に言うと、こいつは冒険者ギルド所属の女シーフである。

冒険者としての腕はいいのだが、こいつは度を過ぎたケチで、さらに派手好きかつ手癖が悪い。

まぁ、冒険者の中でもいわゆる鼻つまみ者という奴で、俺も商売じゃなければとっとと出入り禁止の措置を取っていただろう。

ついでに物欲も半端ではなく、ことに俺の店の商品が大好きなのである。

そして暇があればこの店にやってきて、アレが欲しい、これを値引きしろと、うるさいことこの上ないのだ。

いつも思うんだが、お前本当にエルフか？

耳が長いだけの、もっと別な種族にしか見えんぞ！

あと、モノを強請《ねだ》るのに色仕掛けはやめろ！

たしかにエルフだけあって顔立ちは美人なのだが、化粧は濃いし性格は悪いし、俺にとって奴は守備範囲外どころかビーンボールだ。

そもそもだ、お前みたいなイヂメ甲斐《がい》のない女に色仕掛けされたところでピクリともせんわっ！

少しは日莉を見習え!!

まぁ、こちらも価格をまけてやったり商品を譲ってやったりといったことは、一度たりともしたことがないがな。

しかし、これはちょっとまずいな。

さっきの馬鹿猫共ならまだなんとかなると思ったが、さすがにこの若作りＢＢＡの相手は無理だろう。

なにせ、生きてきた年月もくぐった修羅場も違うしな。

だが、ここで予想外なことが起きる。

意外なことに日莉は強欲エルフ——ララ・アンジェリケに向かって、極めて冷静な声でこう述べたのだ。

「いいえ、値段は極めて適正です」

おいお前、本当に日莉か？

てっきり怯えて萎縮しまくると思っていたのだが。

期待外れではあるが、同時に予想外の面白さもある。

何これ、なんかわくわくするんだが。

「はぁ？　アタシが高いって言ってんのよ！　何客に文句つけてんのよ、アンタ」

まさか見るからに初心者である日莉にそんな返し方をされるとは思っていなかったらしく、ララはまるで誤魔化すようにバンとカウンターを平手で叩いて日莉に詰め寄ろうとする。

だが、日莉は軽く目を閉じた程度に反応を返し、わずかながら眉間に皺を寄せるとこう切り返した。

「お言葉ですが、ここにある物は全て適正な価格です。クロードさんは意地悪でセコくてゲスで救いようのないドＳですが、自分の商品に対して不当に高い値段をつけることも、客に媚《こ》びて安値をつけることもありません」

いや、確かにその通りなんだけどさ。

お前、もうちょっと言葉選べや。

「なっ……なによ、アンタ、頭おかしいんじゃないの？

それより、値引きしなさいよ！

これだけ失礼な対応するんだから、当然よね？」

おおっ、出たよ、この理不尽な話題変更。

頭おかしいのはお前だろうが。

「え？　なんで値切らなきゃいけないんですか？」

キョトンとした顔で小首をかしげる日莉。

それ、演技なのか？

それとも、素なのか？

まぁ、どっちにしろ面白いけど。

「アンタ、自分の対応に問題がないとでも言いたいの？

ふざけるんじゃないわよ!!

地面に頭つけて謝りなさい！」

「先にこちらの商品を中傷されたのはお客様のほうでした。

その上、さらに値引きとおっしゃられても、こちらにそうする理由がありません。

それに……貴女に安く売ったら、他のお客様に対して不平等じゃないですか」

なおも激しく自分理論で詰め寄るララ・アンジェリケだが、日莉の反応はにべもない。

へいへい、馬鹿エルフびびってっぞー。

つーか、初心者の販売員に押されているって、ベテランの冒険者としてどうよ。

日莉のほうもお客様とは言っているが、客扱いしていないのは誰の目にも明白である。

まぁ、ララはただのクレーマーだしな。

しかしお前、本当にこの手の仕事初めてなのか？

えらい様になっているんだが。

「なっ、私はここの常連よ!?

他の客とは違うのよ!!」

「お得意様？　すいませんが、私は今日からの店番なので貴女のことを存じ上げません。

それに、こちらの商品に不当な意見を述べられる方がお得意様だと言われても、それはありえないと申し上げます。

そのような見る目のない方を、当店のクロード店長がお客様として扱うはずがありませんので」

ぶはははははは！

やべっ！

思わず声が出そうになった！

うん、確かに他の客とは違うな！

お前、常連のクレーマーだし!!

よしよし、よく言った日莉。

ご褒美に新作のブーツをプレゼントしてやろう。

「なっ、なんですってぇぇぇぇっ!?

今日から働き始めたアンタに何でそこまで言われなきゃいけないのよ！

ここまで馬鹿にして、ただで済むと思ったら大間違いよ！」

新人である日莉に完膚なきまでに論破されたララは、面目を失ってただわめき散らすしかできなかった。

ったく、ギャアギャアうるせぇな！

そこまで言われるようなことしてるんだよ、お前は!!

客だからといって馬鹿に発言権持たせると、これだから始末が悪い。

ちなみに『お客様は神様です』ってのは、客だから何をしても許されるってことじゃないんだからな。

「何があってもクロードさんが責任を持つとおっしゃいましたので、一向に構いません。

あと、値切り交渉をするならクロードさんが来てからにしてください」

おいおい、そこで俺に振るのか？

どうせなら、最後まで自分でトドメをさしていいんだぜ？

ん？

「アンタの責任で安くすればいいでしょ！」

「お断りいたします。それこそ無責任な話になってしまいますので」

そうそう。

権限もないのに勝手に値引きするほうが無責任だよな。

わかってるじゃねぇか。

「あんた、とんだ役立たずね！」

「はい、初心者ですから。できないことはできないと申し上げております」

おおお、そこでニッコリ笑うか！

いいね！　痺《しび》れるぐらい良いね!!

「店長を呼びなさい！」

「店長は留守です。日を改めて御来店ください」

ちなみに店長はお客様とお話する気はありません。

だって、新人にケチョンケチョンにされているお客様を見るのが楽しすぎますので。

ぷぷっ。ざまぁ！

「もぅ、いいわっ！　こんな店二度と来ないからっ!!」

あっ、テメェ……なんてことしやがる!?

ヤツは、こともあろうか俺の丹精込めて作ったコートを地面に叩き捨てやがった。

お前、それの価値を知ってるか？

俺がどれだけの想いと苦労を重ねて作った物か知ってるのか？

その一着のために、どれだけの命を犠牲にしているのかわかってんのか？

しかも、それだけじゃない。

「あ、その前に……」

俺が何かをするよりも早く、日莉がララを呼び止める。

そうか、お前もちゃんと気づいたか。

「その手に持った鞄《かばん》、まだ支払いが済んでませんのでお返しください」

「こっ、これは慰謝料よ！」

そう、こともあろうかララは俺の店の鞄を勝手に持ち出そうとしていたのだ。

あいかわらず手癖が悪い。

こりゃ、官憲に突き出して片腕を切断してもらうことになりそうだな。

ちなみにこの国の法は日本と違って速やかに執行さ

れる。

盗みを働いたものは、その片腕を奪うべし。

現行犯なら、その場で警備兵が腕を一本切り落としておしまいだ。

あとは手当てすらなく、そいつが死のうが苦しもうがお構いなしである。

「それはそちらの勝手な言い分ですので、それが慰謝料に値するかは官憲の方に判断していただきましょう」

「かっ、返せばいいんでしょ！

こんな店、最低よっ!!」

ヤツは憎々しげに鞄を地面に投げ捨てると、そのまま店を出ようとする。

さて、そろそろ出るか。

さすがに捕縛と官憲に突き出すところまでやらせるのは無理がありすぎる。

「最低なのはお前だよ、ララ。俺の店で盗みを働くとは、お前も焼きが回ったようだな」

「あ、クロードさん。おかえりなさい」

わざと店の玄関のほうから顔を出した俺に、日莉は笑顔で手を振った。

微妙に台詞が棒読みなのは、俺が最初から最後まで見ていたことを察しているからだろう。

「ク、クロード!?」

「やぁ、ララ・アンジェリケ。顔なじみのお前と、こんな風にお別れすることになるとは、とても残念だよ」

うろたえるララに、俺はできるだけ優しく微笑んでみせた。

だが、その笑顔を見るなり、ララは尻もちをついてあたふたと後ずさろうとする。

「ま、待って！　これは違うの！　何かの間違いよ!!」

「見苦しいな、ララ・アンジェリケ。

俺が全てを見通す魔眼の持ち主だってことぐらい、お前も聞いたことがあるだろ?」

実に良い表情だよ、ララ・アンジェリケ。

もっと早くにその表情を見せてくれたなら、小物の一つぐらいプレゼントしてやったかもしれないのに。

「お、お願い！　殺さないで!!」

「殺しはしないさ。この国の法はちゃんと守るつもりだからね」

そう、守るつもりはある。

けど、結果として守れなかったとしても誰も責める者はいない。

だって、ここは異世界なんだから。

「あ、あの……クロードさん。できれば、穏便に……」

「あぁ、お前がそう言うなら、できる限り穏便にしてやろう」

ちなみに一番穏便なのは、このまま首を刎ねて山の中に埋めることである。

下手に生かしておくと、逆恨みして襲ってくるからな。

「あ、ありがとうございます。クロードさんのことだから、てっきりその方を殺してしまうかと思っちゃいました」

俺の言葉に、ホッと胸を撫で下ろす日莉。

うん、その無知で無垢なところがたまらなく可愛いよ。

「安心しろ、日莉。一番穏便な方法で済ませるから」

「いやあぁぁぁぁぁぁぁぁぁぁっ⁉」

俺の言葉の意味を正しく理解したのだろう。

ララが目と鼻から小汚い液体を垂れ流しつつ、首を横に振って泣き叫ぶ。

「さぁ、行こうか」

どこへ？とは告げない。

そして俺は、ララが余計な言葉を口にする前に指を軽く鳴らすと、奴の体を工房へと転移させた。

それから、数時間ほどたっただろうか？

「今戻った。あれから客はないようだな」

転移で戻ってきた店内では、日莉が退屈そうに死霊魔術の教本を読んでいた。

「はい。今日は困った猫さんたちと、エルフのオバサンしか来てません。

こんなんで売り上げ大丈夫なんでしょうか？」

そう呟いて眉間に軽く皺を寄せる日莉。

物憂げにつくため息もなんとなく悩ましい。

本当にお前は可愛いな。そんな君に俺からプレゼントだ。

「これ、やるよ。開けてみろ」

「……え？」

綺麗にラッピングした箱を差し出すと、日莉は驚いたように目を見開いた。

そして日本人らしく、包装紙が破れないように、ペーパーナイフを丁寧に使ってラッピングを解く。

「あ、綺麗……」

中から出てきたのは、滑らかなベージュ色をしたブーツだった。

歩きやすいように踵《かかと》は低く、実用本位なのに可愛さとお洒落感《しゃれかん》を忘れない。

デザイン的にはわりと自信作だ。

急ぎの仕事だったから革の鞣し具合に不満が残るものの、女性の肌のようにしっとりと滑らかな手触りはちゃんと残すことに成功している。

「二〇〇年以上生きた生き物の皮でできたブーツだ。仕事用に使うといい。

魔術がかけられているから蒸れないし臭わないし、重さもほとんど感じないはずだぞ。

もしもどこかまずいところを見つけたら、遠慮なく言ってくれ」

「ありがとうございます！」

日莉はブーツを抱えて嬉しそうに微笑む。

そこまで喜んでもらえると、俺も急いで作った甲斐があったよ。

いやぁ、がんばったら何かご褒美とは最初から考えていたが、まさかこうも運よく良質な素材が手に入るとは思わなかった。

そして、日莉の初めての仕事が円満に終わるかと思えたそのときだった。

「ん？　客……じゃないな」

店の玄関に複数の来訪者の足音が響く。

とりあえず転移で店の奥に移動するか。

元々、今日一日は徹底して日莉を鍛えるつもりだったし。

「あっ、クロードさん……」

日莉の声が背中に追い縋るけれど、無視だ、無視。

俺の教育方法は、谷底にわが子を蹴り落とすライオン式である。

「ここがクロード皮革店か？」

俺が姿を消すと同時に、厳《いか》つい男たちがゾロゾロと店に足を踏み入れ、そのむさい人垣の向こうから尊大な声が響き渡った。

「ど、どちら様でしょう？」

「僕はセイル・ライト。この地区に新しく赴任した冒険者ギルドのギルドマスターである！」

そして、本日最後の試練が始まったのである。

〈第四話〉

突如として現れたその男は、自らを新しい冒険者ギルドのマスターだと名乗った。

……こいつが？

悪いけど、とてもそんな器には見えないのだが。

その完全に獣と化した顔を見る限り、種族はおそらくワーウルフかワードッグだろう。

金糸銀糸を用いた華美な縫い取りの衣服の裾からは、灰色の長い毛に覆われた腕が伸び、その手首のあたりには狼爪《ろうそう》と呼ばれる指が小さく顔を覗かせている。

これは一部の犬ではなく狼に現れる特徴だ。

一部の犬にもこの狼爪が出ることもあるが、口吻《こうふん》が長めであることを考えると……ワーウルフの可能性が高そうだな。

ただ、縦と横があまり変わらないような弛《たる》んだ体のせいで、何か別の生き物のようにしか見えない。

ふむ……。

ペン胼胝《だこ》すらできていない綺麗な手を見る限り、戦士でも斥候《スカウト》でも事務職でもないな。

そして魔術師や僧侶にしてはそれっぽい知性や魔力のすごみを感じない。

有体に言うと、弱そうだ。

全力で殴ったら一撃で死にそうで、むしろ扱いに困ってしまう。

つーか、徹底して甘やかされた生活を送ってきたやつだよな、これは。

小さくてつぶらな瞳に、体全体から漂う温《ぬる》い気配。

だが、貴族というには気品が足りないだろう。

ならば、どこかの商家のボンボンといったところか。

つーか、そんなボンボンが箔づけのために腰掛けギルドマスターになったクチだな、こりゃ。

なんというか、厄介な。

道理で最近向こうから変な冒険者が流れ込んでくるわけだよ。

おそらく、まともな幹部が追放されるか身動きが取れなくなって、それで初心者教育がまともにできなくなったといった感じか。

そんなことを考えつつ俺が顔をしかめる中、日莉の放った第一声は……。

「えっと、ウォンバットの獣人さんですか？」

ごふぅっ⁉

ぶっ……ぷぷっ……。

ひ、日莉……い、今のは思いっきりツボに入ったぞ！

ウォンバット……やべぇ、そっくりすぎる‼

見れば、護衛の男たちも苦しそうに肩を震わせていた。

「狼だ！　ワーウルフ族を馬鹿にしているのか⁉」

拳を握り締めて怒鳴り返すものの、日莉はなぜ怒っているのか理解できないとばかりにキョトンとしている。

いや、お前、その顔で狼はないわー。

ウォンバットだよ、お前、絶対にウォンバットの血が混じっているわ‼

その服、脱いだら腹に袋がついているんじゃねぇの⁉

「あ、いえ、狼さんって、もっとスマートかガッチリとした体のイメージがあったもので」

「こっ、このっ……」

なんという無慈悲な天然発言！

おそらく自分の容姿にコンプレックスを抱いていたのだろう。

その目は軽く涙ぐんでいる。

「貴様、よくもこの僕に……」

「でも、可愛いと思います」

配下の冒険者たちを仕掛けようとしたセイルだが、その前に放たれた日莉の台詞に言葉を失う。

「かわ……いい？」

「はい、かわいいです」

重ねて告げられた言葉に、セイルは戸惑いながら視線を彷徨《さまよ》わせる。

お世辞でそう言ってくる女はいくらでもいただろうが、本音でそう言ってくる女には慣れてないいんだろうな。

ただ、それが喜ばしいことかと言われると、それはちょっと違う気がする。

たぶん、目の前のセイルのことなんか、生きたヌイグルミぐらいにしか思っていないんじゃないだろうか？

まぁ、少なくとも男として見られていないことは確かだ。

「あの……もしよかったら、撫でていいですか？」

おそらく無意識だろうが、日莉の手がわきわきと握ったり開いたりを繰り返している。

そうか、これが噂《うわさ》に聞くモフラーというヤツか。

「な、撫でる？」

「はい。フワフワのモコモコで、とっても可愛いです」

台詞だけなら可愛いが、今の日莉の目は獲物を見つけた狩人のソレである。

逃げて！とは、あえて言わない。

そのほうが面白いものを見ることができそうだしな。

「かっ、可愛いとか言うな！　この無礼者め!!　なっ、名を名乗れ!!」

「日莉です。ヒマリ・ユヅキ。

一応、見習い勇者やってます」

「ゆ、勇者だと？　なんで勇者がこんな所でアルバイトなんかしてるんだ!!」

自分の気持ちをどう表現してよいかわからず、混乱したまま短い手足をバタバタと振り回すセイル。

うん、俺から見てもちょっと可愛いかもしれない。

まぁ、本人は甚《はなは》だ不本意そうではあるが。

これが人間ならば、きっと茹《ゆ》でダコのようになっているだろう。

毛皮に覆われているせいで、顔色がわからないのが非常に残念だ。

「まぁ、いい。勇者だろうが関係ない!!　いいか、ギルドマスターであるこの僕が直々にこの店に来たのは、他でもない。

この店が我がギルドからの毛皮の購入を不当に拒否していると聞いたからだ！」

地団駄を踏むようにダンっと床で足を鳴らすと、セイルはようやくこの店に来た目的を口にすることに成功した。

あぁ、そういえば冒険者ギルドに出しておいた毛皮の採集依頼、持ってきた毛皮の質が悪すぎて一五件ほど受け取りを拒否したっけ。

……って、あれはむしろ当然だろ。

あんな雑な仕事に依頼料なんて支払えるかっ!!

「そうなのですか？」

だが、今日から仕事を始めたばかりの日莉に、そんなことがあったことなど知りようがない。

少し困ったように眉をひそめ、軽く小首をかしげるだけだ。

「この僕がウソをついているとでも言うのか!?」

「いえ、そんなことはありませんが、ウチの店長って、そういうのものすごく厳しい人なのです。

だから、どうしてそう判断されたのか知りたいなーと思いまして。

その皮、見せていただくことはできませんか？」

おお、なかなかやる気があって、大変よろしい。

そうだな、俺が拒否したゴミ皮を見て、何が悪かったのかを勉強するのは非常にためになるだろう。

「お、お前、冒険者ギルドを疑っているのか!?」

再び牙を剝き出しにして威嚇するセイル。

なんというか、お前は弱い犬か。

「そんなことはないですよ？

ただ、私も今日からこの店で働いているので、まだ皮の良し悪しがよくわからないんです。

せっかくなのでいろんな皮を見せていただけたらなーって思ったんですけど、ご迷惑でしたか？」

おお、なかなか上手い言い方だ。

こういう輩は、自分の利益のためだと言うとすんなり納得することが多いんだよな。

「ふ、ふむ。

お前の勉学のためか。

いいだろう。

心の広いこの僕に感謝するのだな。

おい、例のヤツを持ってこい!!」

日莉の言い分にやや勢いを失ったまま、セイルは後ろに控えていた護衛役の冒険者に顎をクイッとしゃくって指示を出す。

すると、冒険者たちは外から布団を収納できそうなぐらいの大きな箱を店の中に運んできた。

「さぁ、これが突っ返された皮だ。

申し開きがあるというのなら言ってみよ!!」

そして、セイルの言葉と共に冒険者が箱を開くと、中から出てきたのは一〇枚ぐらいのゴブリンの皮。

ここからちょっと見ただけでもわかる……倒し方と皮の剝がし方に問題がありすぎだ！

「ふむふむ……これが」

さっそく皮の検分を始めた日莉だが、たった五秒で最初の問題点を見つけ出した。

「あっ、これ、変な穴がいっぱい開いてる。

だめですよ、これじゃ使えないです」

そう、その皮は弓を使って仕留めたらしく、背中を中心にいくつもその痕が残っていたのである。

「なに!?　こんな穴ぐらいどうということはないだろう？

弓矢で仕留めればこのようになるのは当然ではない

か！」

「じゃあ、セイルさんは、表面に汚い穴の開いた鞄を持ってこられたらどうします？」

「パパを呼んでそんな店は取り潰す」

即座に毛ほどの迷いもない返事が返ってくる。

いかにも性質の悪いボンボンらしい返答だな。

まぁ、そんな店だったら俺もさっさと潰れちまえと思うけど。

「でしょ？　だったら、そんな皮ではウチの鞄を作ることはできないです。

ほら、これじゃ鞄のパーツを取るだけの綺麗なスペース確保できないし。

仮にも最高級品を扱っている店なんだから、そんなものをお客さんに出せるはずないじゃないですか」

「それじゃ、弓を使う冒険者はどうやって狩りをすればいいんだ⁉」

「手足を狙って毒矢を使うとか、そのあたりを考えることもできないのに、冒険者って名乗っていいんですか？

たとえ駆け出しでも、プロなんですよ？」

日莉の言い分に、後ろで聞いていた冒険者たちもうんうんと軽く頷《うなず》く。

やはりこいつらも今の状況に納得してはいないらしい。

おい、もしかしてお前ら故意犯か⁉

「うぅむ、だが、こっちの皮にはそんな穴はないぞ？」

日莉の言葉に反論できず、次の論点を求めて別の皮を出してくるが……。

「えっと……こっちは腰からお尻にかけてが焼け焦げてますね。

あー、背中にも少し火傷あるし。

穴が開いてなくても、火傷がある部分はやっぱり使えないです。

無傷なのは頭と手足だけど……皮って、頭とか手足の皮はぐにゃぐにゃして使えないんですよね」

「な、なんと⁉」

日莉の言葉にポカンと口を開けるしかないセイル。

「そ、そんなの……どうやって狩れというのだ⁉

弓矢も駄目、攻撃魔法も駄目、剣で背中や尻に傷をつけても駄目……無理だ！」

ここまで自分の意見を否定されたことがないのか、見ればその目じりにうっすらと涙が浮かんでいた。

「だから皮の材料を集める依頼は依頼料が大きいんですよ。

ただ狩ればいいわけじゃないから、難しいんです。

基本的に頭や首を狙って一撃で仕留める腕がないと……。

駄目ですよ、セイルさん。ちゃんと知っていないと、騙されちゃいますよ？」

「い、いや、僕はそんな鑑定をするような立場ではないし……」

呆《あき》れたようにため息をつく日莉に、セイルはゴチャゴチャと消え入りそうな声で言い訳を呟く。

だが、ここで日莉がバンとテーブルを平手で叩いた。

「セイルさんがわからなくてどうするんですか！

実際、この皮を鑑定した人がこんな基本的なことを見落としているんですよ？

初心者の私がマニュアルすら見る必要がないほど酷いミスです。

その人が失敗した責任は、セイルさんが取らなきゃいけないんですよ？」

その剣幕に対し体を縮めるセイルだが、後ろの冒険者たちが無言のまま視線のみで『もっと言ってやれ』とはやし立てる。

貴様ら……やっぱりわかっていてコイツを俺の店に連れて来たな？

「なっ、なんで僕なんだ！」

「だって、偉いってことはそういうことじゃないですか」

とうとう泣き出したセイルがそう言い返すと、日莉は間髪を入れずそう言い放つ。

「そ、それは違うだろ！　ぼ、僕は皮の鑑定の仕方なんか知らないし、やってもいない！　そんなこと、僕の責任じゃないだろ‼」

「でも、誰もそんな風には見てくれませんよ？

みんな、セイルさんが失敗したと思うんです。

貴方が冒険者ギルドのギルドマスターだというのならば、ギルドの名誉が全て貴方のものであるように、不名誉も全て貴方のものじゃないですか。

だから、偉い人には監督責任ってやつがあるんですよ?」

「う、ウソだ……そんなの……」

今まで甘い言葉しか知らなかったこのボンボンには、この程度の言葉ですら致命的だったらしい。

涙をボロボロとこぼしながら、うわ言のように現実を否定する言葉を繰り返す。

その態度は、冒険者ギルドのギルドマスターとしては完全に失格と言っても差し支えないだろう。

だが、俺はまだコイツがギルドマスターにふさわしいかどうかの結論を出していない。

ここからなのだ。

ヤツにとって大事なのは、皮の良し悪しを知らなかったことではない。

なぜなら、知った後にどうするかでその人の価値が決まるのだ。

才能があるから?

そんなのは関係ない。

大事なのは結果だ。

どんな天才であっても、ここで折れてしまえば意味がない。

たとえ凡才であろうとも、最後にギルドマスターとして振る舞うことができれば、それでよいのだ。

さぁ、マスター・セイル。

お前はどうする?

だが、セイルが自ら答えを見つけ出す前に、日莉がニッコリと笑って救いの手を差し伸べた。

「だから、私と一緒に皮のこともお勉強しましょ?」

「……え?」

ったく、空気読めよ日莉。

ここが男にとって一番大事なところだろう?

後ろでそんな二人を見守る冒険者たちの視線が生ぬるくて非常にうっとうしい。

「お勉強、嫌ですか?

セイル君、頭よさそうだし、すぐに覚えちゃうとおもうんですけど！」

コラ、なんてこと言いやがる！

甘やかすことと優しくすることは違うんだからな！

そんなんじゃセイルがいい顔でのたうち……もとい歯を食いしばることを覚えないだろ。

「……本当に？」

「はい。基本はそんなに難しくないです」

「じゃあ、ヒマリが一緒なら……」

おい、なんだこの甘酸っぱいモノは？

あぁぁ、むずがゆい！　全身がむずがゆいぞ、このクソガキ共が！

泣け！　叫べ！　悲鳴を上げろ!!

お前ら、この俺を今すぐ満足させるんだ!!

そんな俺の葛藤を他所に、二人は仲良く皮を一枚ずつ広げ、どこが悪いのかを検分し始める。

さらにセイルも自ら護衛の冒険者に話しかけ、その皮のどこが悪いのかを質問し始めた。

たった数分の間に別人のような進歩である。

……これだから、人というのは面白い。


だが、気持ち悪いんだよ、お前ら！

そこで生易しい目をして微笑んでいるお前だよ、冒険者共！

荒くれ者揃《ぞろ》いのベテランが、揃いも揃ってニヤニヤしやがって！

くそぅ、この一人だけ取り残された感じがどうしようもなく面白くねぇっ!!

「……すまなかった」

全ての皮の検分を終えると同時に、セイルが毒気の抜けた声でそう呟いた。

「何がです？」

「いや、ヒマリと一緒に改めてこの皮を見てみたが、本当に酷いものだった。

これでは買取を拒否されるのも仕方がない」

悔しげに爪を噛むセイル。

どうやら、このような不祥事が自分の評価を下げることに今更ながら気づいたらしい。

「え？　でも、それってセイルさんが悪いんですか？」

「上に立つ者には、下の者の行いに対する責任があると申したのはヒマリだろう？」

「そういえばそうでしたね。でも、結局誰が悪いのでしょう？」

そこまで話し合ってふと気づく事実。

確かに不良品の皮を卸したのは冒険者ギルドの不始末であるが、ならば誰がこの皮を良品として判断したことになる。

つまり、それは……。

「それは……我が冒険者ギルドの鑑定師でしょうな」

後ろに控えていた冒険者の一人がボソリと呟く。

「誰か……誰か鑑定師を呼んで来い!!

多少手荒くなっても構わん。今すぐにだ!!」

目を血走らせながら叫ぶセイルに対し、冒険者たちは速やかにその指示に従った。

「はて、いかがなさいました、セイル様？」

やがて引きずられるようにやってきたのは、四〇代ぐらいの冴えないローブ姿の男だった。

鑑定師らしく片眼鏡《モノクル》なんぞかけてはいるが、俺にはわかる。

こいつ、鑑定用のスキル一つも持ってないじゃないか!!

なんでこんなヤツが冒険者ギルドで鑑定なんてやっているんだ？

俺はなんとなく気になって、自らの持つユニークスキルの一部である天眼通を起動する。

なるほど、こいつはただの現場責任者なのか。

実際に鑑定を行っているのは……ふむ、まだ駆け出しの鑑定師たちが何人か残っているようだな。

「おい、お前……このゴミは何だ！

いったい、どういう鑑定をしている!?

というか、よくもこの僕に恥をかかせたな!?」

さっそくゴミ皮を突きつけて詰め寄るセイル。

その目はすでに、先ほどまでのボンボンの目ではない。

だが、この偽鑑定師の男は小馬鹿にしたように肩をすくめると、馬鹿にしたような声色でこう言い放ったのである。

「それは心外でございますな。

この私にどのような落ち度があったと申されるのです？」

おお、そこでそんな台詞を吐けるのか！

たいした根性だ……いっそ感心するぞ!!

「貴様……このような穴あきの皮を納品しておいて何を申す……」

「それは仕方がないことでございます」

矢ぶすまになった皮を突きつけて声を荒らげるセイルだが、その台詞が終わる前に鑑定師の長が言葉を遮る。

すげぇな。こいつ、自分のところの長を完璧に舐めきってるぞ。

「昨今、冒険者の質が低下しておりまして、そのためにこのようなものも納品しませんと、数が足りないのです。

それに、未熟な冒険者たちの生活を支えるために多少質の悪いものでも買い取るべきだと思いませんか？

今は冒険者を育てる時期だと思うのです」

まるで川が流れるようなよどみない返答。

狡猾《こうかつ》に論点をすり替えながら、一見して正論じみた言葉を囁《ささや》くその手腕はあまりにも見事だった。

それにしても、何てふざけたことを言いやがる……

お前らのケツはお前らで拭け！

それを情に訴えて、あたかもそのことについて責める者を無慈悲な悪人に仕立て上げる……。

俺が言うのも何だが、悪魔みたいなやつだな。

「おお、そう言われると確かに……」

ちょっと待て、セイル！

なんでお前がそんな台詞に納得できる⁉

その理屈だと、間に入る冒険者ギルドがものすごい勢いで一人負けするんだぞ？

ついさっき、その結果やばいことになったって気づいたばかりだろうが!!

お前がボンボンのわりに素直で良いヤツであることは理解した。

だが、もう少し自分で考える習慣をつけろ!!

思いっきり騙されているぞ！

「あ、あの……セイル様」

「なんだ？」

「い、いえ……なんでもありません」

なにか言いたげにベテラン冒険者が口を開こうとしたが、その前に鑑定師の長がものすごい目つきで睨んで黙らせた。

「用がないなら黙ってろ」

はぁ……気づけよ、セイル。

つーか、こいつ只者《ただもの》じゃねぇぞ。

一応、スキルの詳細を鑑定でもして……って……。

おいおいおい、鑑定師としてのスキルは全く持ち合わせていないが、かわりにむちゃくちゃ高レベルの月魔術師じゃねぇか!!

精神系魔術のエキスパートが、なんでひよっこ鑑定師の取りまとめなんかしているんだ？

何かがおかしい。

えらくきな臭い話になってきたじゃないか。

だが、早くも膠着《こうちゃく》の様相を見せ始めた会話の中で、いきなりこう切り込んだ人物がいた。

「つまり、それは冒険者ギルドの事情ですよね？　そのツケをこの店を始めとした他に回すのですか？」

……発言の主は日莉だ。

「では、君は若手の冒険者たちに飢えて死ねと？」

すこし面白がるような表情を浮かべたまま、にこやかにエグい台詞を放つ鑑定師の長。

残念だったな。

うちの日莉は、今更その程度じゃビクともせんぞ。

俺の可愛がりを受けても潰れないだけあって、いろんな意味でこいつは勇者だからな。

あと、日莉を苛めていいのは俺一人だから……後で覚悟しておけ。

「私もその若手の冒険者の一人ですが、確かに収入は厳しいです。

でも、逆にそんなことしていたら、冒険者として育ちません……貴方のやっていることは矛盾しています！

事実、自分の仕事が評価に値しないことも知らない冒険者がどれだけいると思っているのですか？

生活が苦しければ、雑用系の仕事でやりくりできるように体制を整えるべきです！

いいえ、それよりも冒険者としてスキルアップするための道筋をまず示すべきではないのですか！

これでは、いつまでたっても半人前にしかなれない……冒険者ギルドの信用も育たない。

貴方は、私たち新米冒険者をどうしたいのですか？」

徐々に語気を強めながら、日莉は滔々《とうとう》と論点の穴を指摘する。

その言葉に、ようやくセイルがハッと何かに気づいた。

「たしかに日莉の言う通りだ……鑑定師の長よ、あやうく騙されるところであったわ。

クビだ……お前はクビだ!!」

ようやく騙されていたことに気がついたか、セイル。遅ぇよ。

「左様ですか」

だが、セイルの言葉をなぜか淡々と受け入れる鑑定師の長。

「お前のような役立たずに用はない！　連れて行け!!」

しかしその反応に違和感を覚えることなく、セイルは調子に乗ってさらに吠え猛《たけ》る。

待て、お前……本当にビックリするほど無能だな⁉

だが、その命令に対してなぜか冒険者たちの動きが悪い。

当然だ。

この微妙な空気がわからないほうがどうかしている。

「お、お待ちください、ライト様」

沈黙を破ってそう告げたのは、ベテラン冒険者の一人だった。

「今、彼がクビになれば誰が鑑定師たちをまとめるというのですか!!」

「あやつに務まるというなら、誰にでも務まるわっ!!」

この……馬鹿が。

それは限りなく正論で、限りなく愚かな答えであった。

鑑定スキルもない月魔術師が鑑定師のまとめ役をし

ている理由があるとすれば、あまり考えたくない話だが……おそらく残った鑑定師が現状に音を上げてギルドを辞めないよう、この月魔術師がその幻惑の力で彼らの精神をコントロールしているのだろう。

俺もようやくこの状況に合点がいった。

「お許しを……どうかお許しをセイル様！　……彼は、彼はこのギルドに必要な人材なのです！」

「やめておけ。この若造に何を言っても無駄だ」

なおも訴えるベテラン冒険者の肩に、同僚が静かに手を置いて首を横に振る。

「耳障りだ。連れて行け！」

なんとも微妙な空気が漂う中、セイルだけが何も気づかず怒鳴り散らす。

だが、そこに静かな声が割って入った。

「……役立たずというならお前も同じだろう。

このブタが。

冒険者ギルドのことを思うなら、お前こそクビになればいい」

その台詞の主は、今まで淡々と事の成り行きを見ていた鑑定師の長だった。

「何だとぉっ⁉」

「だいたい、こんな状況になったのは、お前が自分に都合の悪い人間をみんな追い出したからであろうが！

よく周りを見てみるがいい。

今のこの街の冒険者ギルドに、まともなヤツがどれほど残っている！

みんなお前を見限って他所の街に行ってしまったわっ‼」

それまでの冷静さがウソのような激昂。

だが一瞬にしてその怒りの形相を引っ込め、今度は悪意に満ちた笑顔を貼りつけて嘲笑う。

「残った奴らも、いつまで残ってくれるかな？

お前に彼らを引き止めるだけの力があると思ったら、とんだ思い上がりだ！

そいつらもな……本当はお前の元からさっさといなくなりたいんだよ！」

あぁ、なるほど。

そういうことか。

なんともくさい三文芝居を見せられたものだ。

鑑定師の長の言葉に、セイルは縋るような目でベテラン冒険者たちの顔を見る。

だが、そんな彼に真っ直ぐ視線を返すものは一人もいなかった。

誰もが苦々しい表情で顔を背ける。

「なんという……なんということだ」

ようやく自らの状況を理解して、がっくりと膝をついて項垂《うなだ》れるセイル。

さすがにこの告発は世間知らずのボンボンには辛かろう。

名も知らぬ鑑定師の長よ、実に良い仕事だ。

だが、そんなセイルの隣でポツリと呟く声があった。

「頭を下げればいいじゃないですか」

「……は？」

「頭を下げて、ちゃんと鑑定ができる人に来てもらえばいいじゃないですか。

それこそ、直に頭を下げても来てくれそうになかったら、セイル君のお父さんに探してもらってもいいと思うし。

お金ならあるんでしょ？　なら、その利点を最大限に活かすべきだと思います」

こら日莉。なんてことしやがる！

せっかくいいところだったのに……。

この甘やかしめ！

お前が横にいるとセイルが成長せんではないか！

「あ……そうか」

日莉の言葉に、セイルはあっさりと立ち直ってしまった。

「セイル君は、もっと自分で色々と考えるべきだと思います。

たとえ頭が良くても、考える習慣がないのでは意味がないですよ」

呆れたように呟く日莉の声は、あまりにも説得力がありすぎた。

「そうだな。ヒマリの言う通りだ。

僕は頭を使うのが面倒だから、そんなのは他人がやればいいと思っていた。

でも……頭を使えるようになると、ヒマリみたいにかっこいいことが言えるようになるなら、僕も考えてみようと思う」

「か、かっこいいって⁉」

まて、セイルよ、それは女性に対する褒め言葉としてはどうなんだ？

確かに中にはそれで喜ぶヤツもいるにはいるけど、わりと例外なほうだぞ。

それと、お前ってほんと筋金入りのボンボンだったんだな。

「……そんなことより、私もこのおじさんをクビにするのは反対です」

「何だと⁉　今回の顚末《てんまつ》の元凶はこの男だぞ！

いくら言っていることが正しくても、この僕の面子を潰したからにはギルドに置いておけるはずがないじゃないか！」

おそらく日莉がそのようなことを言うのは予想外だったのであろう。

セイルは困った顔をして日莉の顔を覗き込む。


まぁ、たぶんわかってないのはお前一人だな。

「いいえ。

彼は悪くありません」

日莉は首を横に振る。

「なぜなら、この騒ぎには元凶にして彼よりももっと責任を取らなくてはならない人物がいるからです」

そして、その細い指をセイルに突きつけると、こう言い放った。

「それは……セイル、貴方です」

ここに来て、まさかの容赦ない糾弾。

やるな、日莉！

「僕が⁉」

「はい。そもそも、貴方が冒険者ギルドのギルドマスターになったことがいけなかったのです」

うろたえるセイルに、日莉は容赦なく真実を突きつけた。

おぉぉ、いい感じじゃねぇか、日莉！

いいね、こういうのが見たかったんだよ！

痺れるぜ‼

「な、なぜだ！

なぜボクが糾弾されなくてはならない！

ギルドマスターだぞ⁉

一番偉いんだぞ‼」

「では、セイル。

貴方は今の自分が冒険者のギルドマスターにふさわしいと思えますか？

それだけとってきましたか？」

しばしの沈黙の後、セイルは苦いものを食べたような表情で言葉を搾り出した。

「……そうか、そういうことか」

セイルは後ろを振り向き、先ほどまで必死に宥《なだ》めようとしていたベテランの冒険者の顔を見る。

「その資格もない僕がギルドマスターになろうと思ったのがすべての過ちであったと。

僕がその地位にふさわしくないから、必要な人材が出て行ってしまったと言いたいのか。

先ほど鑑定師の長が放った言葉は中傷ではなく、お前らの気持ちを代弁したものであると。

この状況を招いたのは、この僕であると。

それで本来鑑定を行っていた、ギルドの信用を担っていた人物までもが僕を見限って出て行ってしまった……そう言いたいのか⁉」

ベテラン冒険者は、そんなセイルの視線を避けるように目をそらし、気まずそうに答えを口にした。

「誠に言いにくいのですが、その通りです」

「……そうか」

まぁ、実際にはセイルだけの責任とは言い難いだろう。

セイルが冒険者ギルドのギルドマスターをやってみたいと言ったときに、何も考えずにギルドへとゴリ押しをしたヤツも同罪だ。

しかし、ギルドマスターの椅子を勝手に挿《す》げ替えるような奴っていったい誰なんだ？

この国の王ですらそんな無茶はできんぞ。

まぁ、あえて調べようとも思わないがな。

そして傷ついて項垂れたセイルに、日莉がさらに言葉を続ける。

「ですので、セイル君にはちゃんと責任を取ってもらいたいです。

　具体的には、その鑑定師のオジサンと一緒に、もともとの鑑定師さんを呼び戻すという形で」

「……え？」

　さすがにそれは無理だと思ったのか、セイルの目に逡巡《しゅんじゅん》の色が浮かぶ。

「今更ギルドマスターを辞めたいだなんて言わないでくださいね？

　責任を取るなら、この街の冒険者ギルドを元のギルドと同じぐらいに、いえ、それ以上に大きくすることだと思います」

「えぇえっ⁉」

　おぉい、日莉……お前、なんという無茶を⁉

　どう見ても、並のギルドマスターになるのも難しいだろ、コレは！

「どうされるんですか？」

　よせ、セイル！

　そこで思いきったことするると、後で後悔するぞ！

　あ、でも、横で見ている分には面白そうだな。

　悩む……。

「僕に……僕にできるのかな？」

「そんなこと、わかるわけないじゃないですか。

　私だってできるとも、やれとも言いません。

　ただ、責任を取るならそれが最上なのは間違いないでしょ？

　そして、それ以上に大事なのはセイル君が自分でどうしたいかです」

　日莉、お前……一見して良いことを言っているように聞こえるが、ものすごい無責任なことを言っているぞ！

　うわぁ、なんという似非《えせ》聖人っぷり！

　ここまで露骨なのは久しぶりに見たぞ！

「もし、貴方がそう望むなら、手伝ってくれる人はいると思います。

　たとえば、そこの鑑定師のおじさんがウチのクロードさんを使ってセイル君に現状を教えようとしたように、まだ希望を持っている人はいるんです」

な、何だと⁉

よせ！　俺は関わる気はない！

そこで俺を巻き込むな‼

「勘の鋭い娘っ子だよ、ほんと。

この店を利用したというところまでは合っているが、俺の目的はむしろ逆だ」

ため息をつきながら舌打ちをする鑑定師の長。

その態度に友好的な雰囲気はまるでない。

「言っておくが、希望なんて欠片も持ってないからな。

誰がお前をギルドマスターだなんて認めるものかよ。

むしろギルドマスターをやめさせるために色々と仕組んだってのに、なんて有様だ。

お前なんざ、この店の毒舌店主に論破されて潰されりゃよかったのに……まさか留守とはとんだ期待外れだったよ。

あとはこの優しい小娘にせいぜい感謝することだな‼」

セイルに指を突きつけてそう言い終えると、鑑定師の長はこれ以上話をすることはないとばかりに店を出てゆく。

おい、誰が毒舌店主だコラ！

口が悪いのは認めるが、俺は魔物の一種か⁉

喧嘩売っているなら割り増しで買ってやるぞ、ボケ！

「あっさり振られちゃいましたね」

「うん。けど、まだ終わりじゃない……それで合ってる？」

その問いかけに、日莉はニッコリと微笑んだ。

「なぜだろうね。いつもだったら、もう何もかもが嫌になって冒険者ギルドの長なんて辞めてやるって怒鳴り散らして終わっていたと思うけど、今はそんな風にしたくないと思えるんだ。

だって……そんなの、かっこ悪いだろ？」

おお、セイル……意外としぶとい。

まぁその粘り強さはギルドマスターとして悪くはないだろう。

だが、俺は知っているぞ。

お前のその台詞、日莉にいいところ見せたいだけだろ！

このウォンバット風情が色気づきやがって！

まぁ、いい。

今回は見逃してやろう。

このまま成長すれば、面白いモノを見ることができそうだからな。

「そっか、がんばってくださいね。

ギルドマスター」

日莉がそう声をかけると、セイルはどこか恥ずかしげに手を振って店を出てゆき、冒険者たちもその後ろに続いた。

ドアを開ければ、外はすっかり日が暮れており、東の空から細い三日月が頼りない光で夜の街を照らしている。

その輝きは、まるで今のセイルたち冒険者ギルドの行く末を象徴するかのように暗い。

だが、三日月は十二の夜を経ていずれは満月となるものだ。

このセイル・ライトという頼りない三日月は、これからどれだけの夜を越えれば満月になるのだろうか？

願わくば、彼の迎える夜に悪意の雲が少なからんことを。

かくして、日莉の波乱万丈な店番初日は終わりを迎えたのである。

そして、俺が今日一日……日莉の観察にかまけてまったく仕事をしていないことに気づいたのは、晩酌を終えてベッドに入ってからのことだった。

おのれ、日莉め……。

革細工師はかく語りき
第三章

〈第一話〉

空は青く澄み渡り、白い雲は東へと向かう。

耳を澄ませば草雲雀《くさひばり》、声高らかに恋をさえずる。

金色の日差し熱を帯びて、我が背を抱き体に染みる。

全て世は事もなく、ただ平穏だけが緩くたゆたう。

昼寝をするには、実に良い日だ。

……ただし、仕事中でなければ。

「ふぁう……暇です」

日莉は独り欠伸《あくび》を噛み殺し、カウンターの上に肘をついた。

従業員としてはあるまじき態度だが、咎《とが》める者は誰もいない。

客が来るとしても、それはいったい何時間先の話だろうか？

長い髪の毛先を指で弄《もてあそ》びながら、日莉は何もない宙をぼんやりと見上げた。

「今日はお客さん一人も来てないよね。ほんと、私何やってるんだろ」

店の壁に備えつけてある時計にチラリと目をやり、日莉は軽くため息をつく。

さすがにここまで暇だと、仕事をしている気にすらならない。

だが、そんな状態で店の経営は大丈夫か？ というと、特に心配はなかったりする。

種明かしというほどでもないが、この店の商品は単価が非常に高いことと、表通りにセレブ向けの代理店を作っているので、主な商品はそっちで売り捌いているからだ。

あえてこっちの店に来るような客は、オーダーメイドの発注に来る客か、材料を売りつけに来る業者や冒険者ぐらいのものである。

そんな風に、一見して寂れているように見えて、実は業者相手にたんまり儲けているという店は、現代日本でも意外と多い。

「とりあえず、また書き取りでもしますか」

そう言いながら、日莉はゴソゴソとテーブルの下から革張りの板と筆とインクの壺を出してきた。

続いて近くの棚から持ち出してきたのは、人を殴り殺せそうなほど分厚い紋章事典。

開けば、そこには数千を超える様々な意匠とその象徴する魔術的な意味が記されている。

羊皮紙でできたその参考資料を捲ると、日莉は気に入った紋章をいくつか選び、その形を目で追いながら丁寧に模写を始めた。

かといって、彼女が別に美術の勉強を始めたわけではない。

これもクロードから教えられた修業の一環で、紋章魔術と呼ばれる付与魔術の訓練である。

「えーっと、〝爪〟は手仕事をしない貴族の象徴で、安寧を意味する。〝雌鳥〟は老いた女性の象徴で、巣巣の中にある場合は忍耐の象徴。〝モグラ〟は盲目の象徴ですか……ほんと、よくこんな図案一つ一つに意味なんか考えてられますね。

魔術師というのは暇なのでしょうか？」

およそ三〇分ほどそうしていただろうか？


ふと店の中に強い魔力の気配を感じ、日莉は怪訝そうな表情で顔を上げた。

「……がんばっているようだな」

「ええ、他にやることないですから」

気がつくと、いつの間にかクロードが後ろに立って日莉の練習をじっと眺めていた。

いったいいつからそうしていたのだろうか？

まったくもって趣味の悪い男である。

いや、日莉が嫌がるのがわかっていてやっているのだから、さらに性質が悪い。

「時間というものは、その人の心がけによって無駄にも有意義にもなるものだ」

「なんというか、説教とか好きですね、クロードさん」

「否定はしない」

日莉の皮肉の籠もった笑顔にも、クロードはニヤリと笑って返事を返す。

せめて眉の一つも動かしてくれれば、嫌味を言った意味もあるだろうに。

期待通りの反応をしてくれないクロードの面の皮の

厚さに、日莉は思わず呻きながら額へと手を当てた。

「さて、暇をもて余した日莉に朗報が二つある」

「なんですか、いったい」

朗報があると言われたにもかかわらず、日莉の機嫌はあまり良くない。

むしろ目を半眼に開き、何かを疑うような眼差しをクロードに向ける。

「クロードさんのことだから、私を喜ばせたそのあとで悪い知らせが三つあるとか言い出しそうなんですけど」

持ち上げてから落とすのは、クロードのいつもの手口だけに、日莉もそろそろ学習したらしい。

「残念だが、悪い知らせはない」

クロードが肩をすくめて鼻からフンと息を吐くと、ようやく日莉は胸を撫で下ろした。

「……今のところはな」

「やっぱり、貴方最低です」

日莉から向けられた冷たい視線に、クロードはククと喉の奥で底意地の悪い音を立てる。

このやり取りを見ていると、人を苛めて楽しむSなのか抵抗を楽しんでいるMなのか……どちらにせよよくわからない男であることは間違いない。

ただ、根性がねじくれているという点については誰しもが納得して頷くだろう。

「まず一つ目の朗報だが、お前にスキルがついたぞ」

むくれた日莉の顔を満足そうに眺めると、クロードは前触れもなく〝朗報〟の一つを口にした。

「……ほんとですか？」

その言葉に、日莉の顔がパッと明るくなる。

いくらこの世界がスキルの存在する場所であったとしても、そのスキルを得るのには並ならぬ努力が必要なのである。

はっきり言えば、適性がなければどんなに努力してもスキルが身につくことはない。

これは生まれつきの才能のようなもので、意外とこの世界は努力する者に優しくないのである。

「あぁ、作画スキルが身についた。とはいっても、所詮はランクFだがな。いい気になるなよ？　そんなの初歩の初歩なんだからな」

持ち上げたと思ったらすかさず叩き落すのを忘れない。

まったくもっていつものクロードだ。

だが、日莉はそのままニヤニヤと笑みを浮かべ、そっかースキルついたのかーと嬉しそうにしている。

クロードはそんな日莉の様子が気に入らないのかケッと唾を吐くように悪態をつくと、懐から銀色の細い棒を取り出した。

「もう一つは、こいつが完成した」

「なんですか、これ？　万年筆？」

差し出されたモノを見て、日莉が思わず首をかしげる。

たしかにその形状は万年筆に似ているが、どちらかというとむしろ鉛筆に近い。

おまけに、そこには芯となる黒鉛も、インクを流すペン先もなかった。

しいて言えば、ＣＧを描くときのペンタブが一番近いだろう。

いったいこれが何だというのだろうか？　首をかしげる日莉を他所《よそ》に、クロードは極めて平坦な声でその謎の道具の名を告げる。

「ミスリルペンだ」

「……あの、それだけじゃわからないんですけど」

それがペンの一種だということは理解したが、その用途までは理解できない。

ただ、魔法金属と呼ばれるミスリルを持ち出してきた以上は、ただ文字を書くというだけの代物ではないだろう。

「そうだな。まぁ、そのミスリルペンというものは、魔力をインク代わりにして物体に術式を焼きつける道具だ。

早い話が付与魔術の触媒の一つだと思っていい」

「え？　それって、高いんじゃ」

材質がミスリルというだけで、安物ということはありえない。

それが同じ重さの金よりも高価な物質であることは、この世界に来てからまだ日が浅い日莉でも知っている程度の話だ。

「むろん高価だ。ドワーフに発注して三日もかかった代物だぞ」

ただでさえ金よりも高いミスリル製品で、しかもがめついことで知られたドワーフの職人の作である。

購入しようとすれば、下級貴族の身代が傾くほどの金が必要になることは間違いない。

「そんな高いものをいただくだなんて……」

そう言いながらも日莉が恐る恐る手を伸ばすと、それを見計らったかのようにクロードはパッとミスリルペンを持つ手を引っ込めた。

「誰がやるといった。店の備品だ。お前の練習用に貸してやる」

「――ケチ」

収まりどころのない手で空気をわきわきと握りながら、日莉が横目で睨みつけてクロードをなじる。

だが、言われた本人は嬉しそうな顔でこう返すのだ。

「そんなに褒めるな。照れるだろう?」

褒めてなんかいないのは百も承知。

だが、あえてその罵倒を名誉として受け取ることで、相手の不満を煽り立てる……これがクロードという男なのだ。

最低！

日莉の目が口ほどに物を言うなら、きっとそんな台詞が聞こえたであろう。

だが、被雇用者である彼女にできることは、雇用者であるクロードの顔を力いっぱい睨みつけるぐらいだ。

口にしたならば、きっと倍になって返ってくるのが目に見えているし、クロード自身がそれを今か今かと待っているのだから、ここは我慢したほうが勝ちなのである。

サディストの相手は、これだから面倒臭い。

そして、日莉はわざとクロードの楽しみを提供するようなマゾヒストでもなかった。

「でだ、お前にはこいつもくれてやろう」

日莉が怒りを堪《こら》えることに成功したのを見て取ると、途端にクロードはつまらなそうな顔で指を鳴らす。

すると、その音を合図に空中からドサドサと重い物が大量に降ってきた。

「なんですか、これ？」

「皮製品を作ったときの端切れだ。まぁ、材質としては牛の皮が主だな」

端切れといっても、鞄のパーツを取ったりすることができないだけで、物としては一流である。

捨てるにはあまりにも勿体《もったい》ない代物だった。

「こんなの使って何をするんですか？」

拾い上げた端切れをしげしげと眺め、日莉は一人眉をしかめる。

言われた通り、材質としては確かにほとんどが牛。ただ、部位は腹皮《ベリー》がほとんどである。

確かにバッグなどを作るときには使わないので、端切れとして余るのはわかるのだが……クロードならばいくらでも使い道があるはずなのに、日莉に譲るというのはおかしな話だ。

「チャームだ」

突然告げられた単語に、日莉は違うな……と思いながらもとりあえず思ったことを口にしてみた。

「魅了ですか？」

案の定、クロードは馬鹿にしたように鼻から息を吐き、肩をすくめる。

そもそもクロードの説明不足が原因だというのに、酷い扱いだ。

「違う。チャームってのは……まぁ、お守りみたいなものだと思ってくれればいい」

「お守り……ですか」

そこまで言われて、日莉はふと思い出す。

そういえば、携帯のストラップのような飾りのことをチャームと言っていた友人がいたっけ。

「そうだ。こんな端切れでも、まだチャームの部品を切り取って使うことは十分にできる」

そう告げるなり、クロードは腰に差していたヘラのような形の刃物を突き立て、端切れから正方形のパーツを切り取った。

「このパーツに、このミスリルペンで×を描いてみろ」

「×ですか？」

「そうだ。×は○と並んで最も基本的な紋章だ。しかも魔除けとしての意味が強い」

その×をいくつも重ねたモノが、オカルト好きなら大概知っているであろう『九字切り』である。

交差する線は人の目を引き、そこに視線を引き止める。

それゆえにオカルティズムな世界では、もっとも原始的な呪詛《じゅそ》である『邪視』を防ぐ力を持つとされ、重要視されてきた。

五芒星《ごぼうせい》などが魔除けになるのもこの延長線にある話だ。

「えっと、こうですか?」

日莉がミスリルペンで皮の表面をなぞると、ペン先に触れた部分だけが黒く焦げたように変色する。

インクも熱もないのに実に不思議な現象だ。

「そうだ。そのまましばらく持ってろ」

日莉、言われるままにチャームを手からぶら下げる。

すると、クロードは突如として日莉に向かって小さな魔術弾を放ち、人気のない店の中に激しい音が鳴り響いた。

「きゃっ!? な、何するんですか!! ……あれ?」

気がつくと、魔術弾を受けたはずなのに痛みがない。

まるで何かの結界で守られたかのような現象に、日莉は小さく首をかしげた。

「そのチャームを見てみろ」

「……え? あ、なんかボロくなってる」

状況を考えるに、この皮の切れ端が魔術を弾いたとしか思えない。

だが、こんな簡単に作ったもので攻撃魔術を防いだというのだろうか?

そんなことが簡単にできるなら、今頃その辺の防具屋は潰れて絶滅危惧種になっているはずである。

「意外だろ。

そんな端切れと初歩的な魔除けの印でも、勇者候補であるお前が魔力を込めるならそれなりに力を持つ。

だが、誰がやっても同じだけの効果を持つと思うなよ?

いいか、異世界からの来訪者であり、勇者候補という稀有《けう》な存在が、その強い魔力を注いで描いたからそれだけの力を持つってことだけは覚えておけ」

魔術の理論の中に、稀少なものは〝稀少である〟ということだけで強い力を持つという法則があり、さらに価値が高いと認識されているものはその力を増す。

つまり、エネルギー保存の法則よりももっと大きな枠で等価交換が行われていると考えたほうがいい。

このあたりが、魔術と物理の大きな法則の違いの一つだといえよう。

「……はぁ」

だが、日莉は困惑するように気の抜けた返事を呟くだけだった。

まだこの世界に来たばかりの日莉は、自分がそんなたいそうな存在だと言う認識がないのである。

そんな日莉を他所に、クロードは日莉の手にした革の護符をじっと見つめた。

「この護符の効果は、魔術を受けるたびに身代わりとなって劣化してゆくというものだ。

……そうだな、強度的に今みたいな魔術なら一〇回以上は弾くだろう。

冒険の初心者なら、いくらでも欲しがるヤツがいるはずだ。売れるぞ」

「へぇぇー、私が作ったものでも買ってくれる人いるんですか⁉」

まったく期待をしていなかっただけに、嬉しさもひとしおなのだろう。

日莉の顔にパァッと喜色が広がる。

「魔術を使えるような奴は少ないし、特にこの国では付与魔術の使い手は貴重だ。

暇なときに作らせてやるから、休日はそいつを露店にでも出すといい」

だが、なぜかそこで日莉は顔を曇らせた。

「クロードさんが珍しく優しい。明日は槍《やり》でも降るのでしょうか」

日莉がポツリとこぼした台詞に、クロードの眉が若干跳ね上がる。

舌の先からコブラよろしく毒が滴っていそうなクロードだけに、日莉のその反応も無理はないだろう。

まさに普段の行い。自業自得である。

「……ミスリルペンのレンタル料と端切れの代金を請求してやろうか？」

「すいません、ご好意に深く感謝いたします」

ジロリと睨むクロードに、日莉は即座に頭を下げてその場を切り抜けた。

何気に適応の早い少女である。

「ふん……それでいい。

付与魔術の資料も一緒に貸してやるから、あとは暇な時間に一人で練習しろ。

わからないところは訊いても構わんが、返事をするかは気分次第だな」

その言葉と共に、虚空から山のような付与魔術の本がドサドサと降ってきた。

「が、がんばります」

目の前に山と積まれた本を見て、日莉が引きつった声を上げる。

まさかこの本全てに目を通せというのだろうか？

いや、クロードのことだから間違いなくそのつもりだろう。

「あと、こいつは俺からのお勧めだが……」

そう言いながら、クロードは日莉からペンを取り上げて皮の切れ端にサラサラと一枚の護符を描き上げた。

「こいつを多めに作っておけ。

簡単ではないが、必ず需要があるはずだ」

それだけを告げると、一瞬にしてクロードの姿が消えた。

「あぁっ、もぅ、まだ他にも訊きたいことあったのに」

クロードの消えた跡を見つめながら、日莉は拗《す》ねてプウッと頰を膨らませる。

いつもながら自分の言いたいことだけを言って後はほったらかしな男だ。

だが、日莉は文句を言いながらもその手は素直にクロードの残した護符を拾い上げて机の上に丁寧に広げていた。

クロードは恐ろしく無愛想な男だが、必要なことはちゃんと準備してくれることを知っているからだ。

「あーぁ、なんであんな人に関わっちゃったんだろ……ってたまに後悔するぐらい許されますよね」

その行動も放任主義なのか過保護なのかわからない、なんとも矛盾した男である。

彼をもし一言で言い表すなら、間違いなくロクデナシだ。

だが、少し前にそんな彼の心の隙間を埋めると宣言しただけに、悪口を言うのも少し躊躇《ためら》われる。

何よりも、日莉自身が彼を見捨てる気にならないのが一番不思議だ。

これが愛？　……なんてことも考えたことはあるが、その対象があまりにも酷すぎて確信はない。

どうせ好きになるなら、もっと優しい人がいいと思うのが乙女という生き物だ。

せめて、この恋の葛藤にも似た心の苦しさが彼の罪となって、いつか断罪されればいいと思う……そう心の中で呟いて、店のカウンターで一人ため息をつく日莉だった。

「さて、何だろうね？　この紋章」

見た限り、緑のラインがハートマークにも似た形に引いてあるが、その効力を判断する材料はまるでない。

だが、クロードが意味もないモノを作るはずはないし、彼は需要があると言った。

つまり売れるという意味である。

少なくとも、その手のことで彼が嘘をつくとは考えられない。

いったいどんな効果があるのかはわからなかったが、おそらくそれも自分で調べろということなのだろう。

日莉の目は机に積まれた大量の本に移るが、その中から一枚の護符の効力を調べるのはあまりにも面倒すぎた。

「はぁ、やるしかないか」

何をするにも、まず基礎知識というものは大切だ。

日莉は時々愚痴を呟きながらも、膨大な呪符の見本の記された解説書を捲り始めた。

〈第二話〉

あぁ、退屈だな。

依頼された鞄の修復を手がけながら、俺は椅子の上で小さく欠伸を噛み殺した。

革製品というものは、単価が高い代わりにそうそう数のハケるものではない。

ましてや俺の店はちょっと大通りからは外れた場所にあるから客の目を引きにくく、なおさら暇になりやすいのだ。

ゆえに今日も客が来ない。

いや、仕事だけはあるんだがな。

俺は元々接客が苦手だったから、仕事のほとんどを業者相手の定期的な納品に絞っている。

だから、客が来ないからといってウチの店の経営が傾いているとかそういうわけじゃないんだ。

ただ、この状態だと店番はひたすら退屈なんだよな……。


かといって店番を置かないわけにもいかないし。

自分が店番をしていたときは、宿命通で未来を予測して客が来るタイミングで店を開けるという方法も使えたが、それをやると今度は時給制である日莉の給料が激減するから今は使えないし。

ほんと、チート能力なんてあったところで世の中はままならないことばかりだ。

まぁ、全てが思うがままだなんてすぐに生きていることに飽きてしまいそうだがな。

少し前の自分の苦労を思い出しながら、俺は誰もいない店内の向こうでカウンターに腰掛ける小柄な少女に目を向けた。

今日も彼女は俺が修練と暇潰しを兼ねて与えた課題をこなすためにシュッシュッと革の上に銀色のペンを滑らせて紋章を刻み込む。

紋章を刻み終わったら、針と糸でその紋章の描かれた革と無地の皮を何枚か重ねて縫いとめて、あとは革紐を編んで持ちやすくしてやれば、日莉謹製のマジックアイテムの出来上がりだ。

簡単だと思うか？

だったら試してみるといい……革に針を通すのは思っている以上に大変だぞ。

基本的に針が通らないから、先に糸を通す部分に穴を開けなきゃならないぐらいだしな。

とはいえ、本格的な呪物を作る作業に比べれば実にお手軽で、それでいて効果は高い。

まぁ、同じことができる人間は極めて少ないがな。

いわゆる勇者の特権ってヤツだと思って差し支えないだろう。

出来上がったものを繁華街にある出張販売所に置いてみたところ、ここ三日ほどで結構な数が売れたようだ。

日莉が革の切れ端に紋章を刻み始めてからまだ一週間ほどだというのに、すでにリピーターまでついているらしい。

おまけに絵を描く作業にも適性があったらしく、気がつけば作画スキルもEにランクアップしていた。

意外と器用で何でもこなせるタイプみたいだが、これりゃ将来有望だな。

この分だと、数年もすればこの技術だけで食い扶持《ぶち》を稼ぐ程度のことはできるようになるだろう。

……もっとも、その程度の実力で満足されても困るがな。

この俺を子羊だなんて呼んでアレだけ熱烈に口説いてくれたんだ。

そう簡単に逃がしてもらえると思うなよ？

悪魔ってやつは、それはそれはしぶとくてしつこいんだからな。

さて、色々と愚痴ってしまったが、俺の宿命通で見たものが正しければこの退屈ももうすぐ終わる。

それまでの我慢だ。

まずいな、思わず顔がにやけそうになる。

日莉に今ばれたら楽しみが半減するから我慢しなきゃな。

「……何不気味な笑顔浮かべてるんですかクロードさん。怖いからやめてください」

そんなことを考えていると、いつの間にか日莉がこちらを振り向いて何か言いたげな目をしている。

「俺が笑おうが泣こうが、お前に何か言われる筋合いはない。

それよりも、どうした日莉。俺のほうを見るってことは、革の切れ端の補充か？」

声をかけてみると、なぜか少し困ったような顔をしたまま視線をそらす。

……ふむ、何を迷っているのか知らないが、黙っているというのは面白くないな。

隠し立てするなら、心読むぞ。

「それもあるんですけど……クロードさん、これって結局何の紋章なんですか？」

そう告げながら示したのは、俺が需要があるからと言って多めに作るよう指示を出した呪符だった。

「そうだな。今思っているヤツで構わないから言ってみろ」

「間違っていたら思いっきり馬鹿にするでしょ」

そうぼやきながら、ジロリと横目で俺を睨みつける。

いかんな、なんで俺は日莉のこんな仕草の一つ一つが可愛くて仕方がないんだろう？

「当たり前だろ？　それが嫌なら自信がつくまで勉強しろ」

「いっ、意地悪！」

「それがどうした？」

あぁ、いいな。

俺はこの涙目で睨みつけてくる顔がたまらなく好きなんだよ。

何もかも汚して、もっとボロボロにしたくなってしまう。

気をつけろよ……あんまり可愛いと我慢ができなくて襲うぞ。

「たぶんだけど……これ、金星の精霊と鷺《さぎ》の姿をシンボライズしたものですよね？

金星の精霊の力を原動力にして、鷺の象徴する力を発動させる。

それによって望む魔術の効果を生み出す……って感じでしょうか」

なんだ、わかってやがるじゃないか。

「残念だが正解だ。そうだ、それは鷺の紋章《ヘロン》だ。そこまでわかっているなら、その護符の効力も見当がつくだろ？　言ってみろよ」

俺は顎をしゃくって答えを促す。

だが、日莉はうろたえることなく姿勢を正してこちらを見返した。

あぁ、これは面白くない。

俺にからかわれて、顔を真っ赤にしていじけるところが見たかったのに。

「私の見た記録が正しければ、北欧の女神フリッグは全てを知る権限を持つが、同時にその知識を語ることはしない。

そしてその沈黙と分別を象徴したものとされているのが……彼女の頭上を飾る鷺の羽の冠。

ゆえにこの紋章は秘密の守秘について権限を持つ」

そして女神フリッグは、英語で金曜日を意味するFriday の語源でもある通り、七惑星の術式で分類すると金星の領域に配属される女神である。

まぁ、細かい魔術的な整合性の説明はおいといて、術式のパーツはきっちりと噛み合っているのだということだ。

「よくできたな。その通りだ」

俺が頷くと、日莉はほっとしたかのように胸を撫で下ろした。

生物や日本史といった暗記がモノを言う科目はさぞ得意だったのだろう。

まぁ、地球で学んだ歴史関係の知識は今後一切使うことがないだろうからご愁傷様だが。

「けど、だからこそわからないんです。なぜクロードさんがこの護符を多めに作るように言ったのかが」

あぁ、そういうことか。

なら、俺が言うべきことはただ一つ。

「……もうじきわかるさ。楽しいことになるぞ」

俺は微笑んだつもりだったが、日莉はまるで恐ろしいモノを見たかのような顔で身動ぎをしただけだった。

「あら、これは何かしら?」

まさに鈴を転がすようなその声が店の中から聞こえてきたのは、すでに太陽が西に傾き始めた昼下がりのこと。

声の主は、見事な金色の巻き毛が印象的な、質素なドレスに身を包んだ少女だった。

――貴族だな。

彼らが質素な服を身につけてお忍びで街に下りてくることは珍しくはないが、忍ばれる街の人間からすると正直迷惑な話だ。

うっかり同じ平民だと思って対応したら、いきなり『この無礼者が』と豹変されてみろ、たまったもんじゃない。

だから、平民ならば誰でも親に聞いて貴族と平民の見分け方を知っている。

その一つが、爪を見ること。


特に相手が女ならば一発でわかるはずだ。

平民の女の爪は長くもないし、どんなに手入れをしても家事の中で美しく汚れてゆくものだから。

まぁ、裕福な商家の娘という可能性もあるが、あいつらは親から聞いた俺の悪名を恐れて滅多に近づいてこないので除外しておこう。

誰だって心を読めるようなヤツと商談なんてしたくはないだろう?

そしてこの女の爪はというと、長く美しく磨かれて、まるで色粉を混ぜ込んだガラスでできているかのようだ。

この爪の美しさを維持するのに、いったいどれほどの費用がかかっていることだろうか?

そんな彼女が白魚のような長く細い指がつまみ上げたのは、日莉が作った簡易版の呪符。

明らかに育ちの良さそうな彼女が、その怪しげな飾り物をしげしげと好奇心に満ちた目でじっと見つめている。

実に違和感のある光景だ。

もしかしてこいつだろうか？

いや、こいつに違いない。

俺は天眼通や宿命通を使い、彼女の身元を確認する。

あぁ、やはりこいつだ。

ようやく待ち人がやってきたのか。

彼女はしばらく思い悩むようにその場に立ち尽くした後、その呪符を手に日莉の座っているカウンターまでやってきた。

「そこの貴女。これは何かのお守りかしら？」

「あ、それですか。えっと、これは異界の女神フリッグの力を帯びた呪符です」

「面白そうね。どんな効力があるのかしら？」

なおも質問を重ねる令嬢に、日莉は少し躊躇うようなそぶりを見せかけてから答えを口にした。

「……沈黙です。秘密を守る力といったほうがいいかもしれませんけど」

「沈黙？」

その意外な答えに、その令嬢は目を見開く。

恋のお守りならともかく、『沈黙』ではな。

呪具の専門店ならともかく、あくまでも日用品を扱う革細工の店には似つかわしくないことは百も承知だ。

だが、お前には必要なのだろう？

他でもない、『ソレ』が。

獲物が餌にかかったことに気を良くした俺は、目を細めながら我が身に与えられし権限、他心通をもって令嬢の心をそっと覗き見る。

あぁ、ずいぶんと心がざわめいているな。

さぁ、遠慮なく買えよ。

そして幸せになるがいい。

……多くの人間の不幸を贄《にえ》にしてな。

「もう少し詳しく教えていただけるかしら？」

冷静な仮面を被ったまま日莉に問いかける令嬢だが、その心臓は初恋に心乱れる乙女のように、激しく鼓動を刻んでいた。

「はい。

この呪符は、その内に込められた魔力を消費することで呪いをかけることができます。

具体的には、一つの秘密を他人が理解できなくする力ですね」

日莉は日頃の学習の成果を見せつけ、流れるように
その効力を語る。

どうだ、お前には喉から手が出るほど欲しい力だろう？

俺の反則的な力を持つ耳は、令嬢がこっそり唾を飲み込む音を捉えていた。

「何度ほど使えるのかしら？」

おい、令嬢。心なしか声が震えているぞ？

まぁ、日莉にはわからんだろうがな。

「多分、一度だけです……すいません。まだ未熟でして……」

萎《しお》れた声でそう答える日莉だが、未熟だなんてとんでもない。

こんな反則じみた呪具を、こんなに手軽に作れるやつはほとんどいないだろうな。

だが、それを教えることは俺の楽しみを奪うことになるので、今のところあらゆる方法をもって邪魔をしている。

日莉が優れていることは、俺一人が知っていれば良いのだ。

「これ、貴女が作ったの？」

「はい」

「その若さでたいしたものね。

というより、なぜ店番にしか見えない貴女が商品まで作っているのか理解に苦しむけど、そこは訊かないでおくわ。特に興味もないし。

あと、これの在庫はいくつあるのかしら？」

「四つです」

「全部買うわ」

俺が見守る中、令嬢の買い物は流れるように進んでゆく。

あぁ、それでいい。

それでもう、その力はお前の物だ。

「毎度ありがとうございます」

日莉は呪符を専用の梱包材《こんぽうざい》で包むと、令嬢から代金を受け取ってそれを差し出した。

……さぁ、これで物語が動き出すぞ。

実に楽しみだ。

「楽しそうですね、クロードさん」

令嬢が店から出てゆくと、日莉はカウンターを離れて俺の作業部屋にやってきた。

何か思うところがあったのだろう。

「わかるか？」

「なんとなくですけど」

よしよし、その勘の良さに免じて、この物語にほんの少しだけお前も参加させてやろう。

「あの女、この国の東隣にあるツェルケーニヒ国の公爵令嬢でな。

しかもその国の王太子の婚約者なんだが……お前の作ったあの護符で騒ぎ起こすぞ」

「……なっ⁉　どういうことですか⁉」

おお、いいリアクションだな、日莉。

それでこそ、わざわざ教えてやった甲斐があるってものだ。

「気になるのか？」

「気にならないほうがおかしいですよ！」

あぁ、わかったから耳元で叫ぶな。

だいたい、もう売ってしまった後なんだからゴチャゴチャ言うなよ。

「……というか、クロードさん、こうなることがわかっててあの護符を私に作らせましたね⁉」

「当たり前だろう？

こんな楽しいこと、見逃せるはずがないじゃないか」

「この……悪魔！」

「悪魔で結構。この世界の住人に俺が優しくしてやる理由もない。

むしろ、彼女に願いを叶《かな》える力をくれてやったんだから、今回は感謝されてもいいと思うんだがな」

そうだよな。

今日の俺は、我ながら珍しく優しかったよな。

だが、日莉はそうは思わなかったらしい。

「騒動の火種に爆弾を投げておいて、何一人で納得して頷いているんですか！　……止めなきゃ！」

そう告げるなり、血相を変えて店を飛び出そうとする。

いや、今更追いかけても捜すの無理だろ？

お前に俺と同じ力があれば別だがな。

「どこに行くつもりだ？」

「あの護符を返してもらいにゆくんですよ！」

振り返ると、日莉は噛みつくようにそう吠えた。

「やめとけ。もう人混みにまぎれて見つからないし、本人にとっても大きなお世話だ」

「でも！」

あぁ、聞き分けのない奴め。

少し言ってやらんといかんな。

「いいか、日莉。まず、お前はいくつか勘違いをしている。

それを別にしても、あの女のやりたいことを邪魔するのはこの俺が許さない」

俺がそう告げると、日莉の眉間にぎゅっと皺が寄った。

おぉおぉ、一丁前に拳なんか握り締めおって。

くやしいのぉ……くくく。

「かわりに、その成り行きを見届けろ。

そうすれば、何が正しくて何が正しくないのかがわかるだろう。

全てを見届けた後じゃなければ、異論はいっさい受け付けないと言っておく」

「……改めて言わせてもらいますが、あなた、最低です」

最低……ね。

それは俺も知っているよ。

けど、お前は前に言ったよな。

俺のことを迷える子羊だと。

ならば……。

「それでもお前は俺に寄り添いつき合わざるをえないんだろ？　羊飼い」

日莉の口からギリッと何かが軋《きし》む音が聞こえる。

あぁ、実に気持ちのいい音色だ。

「わかりました。全てを見届けてきますから、しばらく店を休ませてもらいます！」

俺は目の端に涙を浮かべながら駆け出してゆく日莉の背中をこの上もなく最高の気分で見送った。

さて、そろそろ俺も旅に出る準備をしないとな。

特等席で観賞させてもらおうか。

やんごとなき人々の悲哀ってやつをな。

俺は配下のコボルトを呼び出してしばらく店を閉めることを告げると、旅に必要な荷物をまとめるためにその場を後にした。

〈第三話〉

我ながら趣味の悪い話をしよう。

最高の料理を作るには入念な下ごしらえが必要であるように、トラブルを楽しむためにはできるだけ手の込んだ舞台を作る必要がある。

火花の中を歩くなら、火傷をしないための厚手の服と分厚い靴底が必要だろう？

だから、近すぎて火傷をしないように。

遠すぎて目を凝らす必要がないように。

最新の注意と悪意でもって。

できるだけ安全で、できるだけ現場に近い場所に舞台を作るのさ。

だから……旅の支度を終えた俺はまず日莉の目的地である隣国に住んでいる古い知り合いの家を訪ねることにした。

素敵な舞台を作るために。

「おい、マンナ！　いるんだろう？」

転移の力である神足通を使い、人里離れた場所にある四四四層からなるダンジョンをすっとばし、俺は『オフィス　愛の家』というふざけた看板のかかったドアを挨拶代わりに蹴り飛ばす。

無礼？　失礼？

あいにくと、ここの主とはそんな礼儀を必要としない間柄だ。

いや、むしろ下手に好意を示したら面倒なことになる。

あぁ、そうだよ。

ここの主は非常に厄介な性格をした手合いなんだ。

名前は『千々石万奈《ちぢわまんな》』。

俺と同時期に日本から拉致された被害者であり、日本にいた頃から近代魔術に傾倒していたという変人である。

その専門は地球世界の神々の力を使った魔術全般……敵に回せば際限なく地球式の呪詛の雨を降らせるというおっかないヤツだ。

しばらくすると、奥から衣擦れの音と、全身に鳥肌が立つほど巨大な魔力が近づいてきた。

来るぞ……油断は禁物だ。

何せ、相手はあのマンナだからな。

そして待つこと五分。

いっこうに扉の開く気配はない。

――あぁ、こりゃいつものヤツだな。

心の中で深くため息をつきながら天眼通を使って扉の向こうを透視すると、癖のないつややかな黒髪を長く伸ばした美女が、頬をほんのりと赤らめた状態で口に手をやり、ただじっと扉にもたれてハァハァと息を荒くしている。

何をしているかって？

おそらく俺がどれだけ我慢ができるかを試してるんだよ。

なにせこいつの趣味は、『人の心を試すこと』という悪趣味なことだからな。

いや、訂正しよう。

マンナの場合はそんな生易しい代物じゃない。

むしろこいつは誰かが自分のために何かをじっと耐

えるという状態に発情する、折り紙つきのド変態だ。

そして俺が我慢できなくて怒鳴り散らすのを待ってて『残念だよ。クロードのボクへの愛はその程度なんだね？』とドヤ顔でのたまうのを今か今かと待ちわびているのだから始末が悪い。

さて、単刀直入に申し上げよう。

わざわざこいつの趣味につき合うほど俺は暇じゃないんだ。

俺は扉から少し距離をとると、

「どっせぇい!!」

助走をつけて思いっきりドアを蹴り上げた。

「きゃあ！」

何とも可愛らしい悲鳴と共にドアが開き、その向こうに背中を押さえたまま蹲《うずくま》るマンナを見つけて俺はニヤリと口角を吊り上げる。

「よぉ、マンナ。そんなところにいたのか？

呼んでも出てこないから、中で干からびているのかと思って心配になっちまって扉を蹴破っちまったよ」

「愛が痛すぎるよ、クロード。君の頭の中に、相手が留守だという可能性は入ってないのかね？」

背中を押さえたままこちらに向き直り、彼女は地面に落ちた黒い三角帽子をパンパンと手で払って頭にかぶる。

そしてその身に纏うは俺様謹製の黒竜の皮を鞣した黒いローブである。ローブの裾を払いながら立ち上がる姿はまさに黒百合の如し。

まるで万人が頭の中でイメージする美しい魔女そのもの……それが千々石万奈という存在である。

「あいにくと、俺の目はお前が留守かどうかなんて一発でわかる特別製でね」

俺がどんな能力を持っているかぐらい百も承知だろうに。

何を今更言わせる気だ？

「まったくもって趣味の悪い覗き魔だよ。君に愛はないのかね？」

「お前の性癖よりかははるかにマシだよ、愛の大魔術師殿」

ちなみに〝愛の大魔術師〟はこいつの二つ名ではあ

るが、こいつは人の仲を取り持つほど善良な性格はしていない。

むしろ人の愛を試すと抜かし、無理難題をふっかけて引き裂いては『君たちの愛は本物じゃなかったんだ』とほざく迷惑なラブロマンス原理主義者の類だ。

「それにしても直接会うのは久しぶりだな、マンナ」

「というよりも、君がボクを訪ねてくるということ自体が天変地異レベルだよ。

商売以外には興味がなかったんじゃなかったのかい？」

普段こいつとのやり取りは通信用の魔術や使い魔を通したものだけにしている。

何せお互いに傲岸不遜で面倒な性格をしているし、顔を合わせた状態で意見が食い違いでもしたらロクなことにならないのはわかっているしな。

「失礼な。俺にだって仕事以外の楽しみはあるさ。まぁ、今回の用件の半分は仕事だがな」

「あぁ、頼まれたモノができたんだ？」

腰に手を当てた偉そうなポーズのまま、視線だけで注文の品を見せろと要求してくる。

やれやれ、本当に失礼なヤツだ。

俺は腰のポーチから手袋を出して両手にはめると、神足通を使って頼まれた商品を転移させた。

「へぇ……クリフォトの無知を司る大悪魔の名を刻んだことで本の持つ力を相殺するのか……すごくいい出来。さすがクロードだね」

俺が手にしたモノを品定めし、マンナはそっと感嘆のため息を漏らす。

ヤツが注文したのは、灰色に染めたゴブリンの皮に呪詛をこめて彫刻を施した魔導書封印専門のブックカバー。

同じ部屋に入っただけで呪われるようないわくつきの書物でも、こいつで包むだけでただの文字の刻まれた情報媒体に変わるほどの一品だ。

これだけの代物を作れるのは、少なくともこの世界では俺だけだろう。

「じゃあ、さっそく……」

マンナがパチンと指を鳴らすと、表紙に口と牙の生

えた魔導書の成れの果てがマンナのオフィスの奥から三冊ほど飛んできた。

あー、こりゃヒデェわ。

よくこんな悪質な書物を見つけてきたもんだよ。

十中八九、邪法しか記されてない類のやつだな。

「ほらよ」

だが、この程度なら何もあわてることはない。

俺がブックカバーを放り投げると、そのカバーは空中で溶けてスライム状になりながら自動的に暴れ回る魔導書を追いかけて絡みつき、再びブックカバーとしての形状を取り戻す。

そしてカバーがかけられた瞬間、魔導書は蚊取り線香にあてられた蚊のように力なく地面に落ちた。

「いつもながらお見事。愛を感じるね」

不埒《ふらち》な魔導書を始末するというだけなら、マンナ一人でも余裕だろう。

だが、無力化してただの書物に戻すとなるとこのような手段を頼らざるをえない。

それゆえに、俺の仕事というものは極めて専門的なものが多く、同時に極めて高額なのだ。

「いや、別に愛はないから。それよりも、代金寄越せ」

「愛がないなんてことはないだろ？

ボクと君の……一緒に魔王を倒した仲じゃないか」

その瞬間、空気が凍った。

マンナの顔もしまったと言わんばかりの表情だが、もう遅い。

言いやがったな、この失言大魔王。

「嫌なことを思い出させてくれるな。

お前だって思い出したい話じゃないだろう？」

世の中には、言って良いことと悪いことがある。

コイツは言っては悪い類の話なんだがなぁ……久しく会っていない間に、こいつボケたか？

言っておくが、ついウッカリなんていう言い訳が通じる話じゃないぞ。

「あぁ、どうやらお前も自分が元の世界に帰れなくなった理由を思い出したくなったらしいな」

売り言葉に買い言葉という言い回しもあるが、これはむしろ殺し文句に殺し文句といったところだろうか。

お互いの絶対に許せない部分に踏み込んだ禁句中の禁句だ。

マンナの眼からも、光が消える。

ほら、かかってこいよ。

殺し合いがしたいんだろ？

今更悪気はなかっただなんて認めないから。

「なんだ、クロード。わざわざ顔を出したかと思ったら、とうとうこの世界に絶望して死にたくなったわけ？」

「その言葉、そっくりお前にも言ってやるよ」

その瞬間、ゾッとするほど巨大な魔力が瞬時にして膨れ上がり俺のほうに押し寄せる。

「砕け散れ！」

マンナはその眼にドス黒い殺意をこめて短く叫んだ。

バァン！と何かを叩き壊すような音と共に大気が砕け、壊れた原子核が光と稲妻、万物を無に帰すほどの電磁波へとその姿を変えて周囲へと破滅を撒き散らす。

単純に言葉に魔力をこめて放っただけだが、その威力たるや鉄の壁を軽々と砕き、小さな城をも天に弾き飛ばすほどだ。

まさに魔王殺しの咎を背負うにふさわしい力といえるだろう。

だが……甘い。

俺は一瞬で安全圏の確認と転移を行い、マンナの攻撃範囲から逃れると同時に、大気圏外に浮いている直系一〇メートルほどの隕石《いんせき》の軌道をそっと転移で捻《ね》じ曲《ま》げた。

マンナの住まいであるダンジョンを離れ、俺は陽の当たる地上に舞い降りる。

そしてマンナの放った光の柱が、ダンジョンを消し飛ばしながら高く天を衝《つ》く光景に目を細めた。

――誰に喧嘩を売ったか、その身で思い知るがいい。

「落ちろ！」

落下によって巨大な火球流星となった隕石を地表すれすれで再び転移させる。

その座標は、もちろんマンナのダンジョンの真上。

そして世界は破滅の炎に包まれた。

――数時間後。

破壊の嵐が吹き荒れた後、俺とマンナはクレーターの真ん中に座り込んで醜く責任をなすりつけ合っていた。

「……ねぇ、クロード。ちょっとやりすぎじゃない？ 数少ない同胞の君にそこまで殺意向けられると正直ショックだよ」

「お前こそ殺す気マンマンだったくせに。人のこと言えた義理じゃねぇだろ」

「それよりもコレ、ほっとくと数ヶ国単位で天候に悪影響出るよね」

「……うげ」

たしかに飢饉《ききん》や洪水を起こすほどじゃないだろうが、収穫に少なからず影響が出ることは否めないだろう。

となると、国の連中、いやむしろ神殿共がコレ幸いと俺たちに仕事を押しつけてくるに違いない。

まずい、それは激しく面倒臭い！

くそっ、ちょっとやりすぎたかもしれん。

でもまぁ……少しやりすぎたぐらいのほうが互いの歯止めになるだろう。

これからしばらく顔を突き合わせることになるのだから、派手な喧嘩は最初に済ませておいたほうがいい。

そう思ったからこそあらかじめ顔を合わせておくことにしたのだし。

「えっと、じゃあ神殿と政府の連中への言い訳はクロードよろしく。ボクはクロードの落とした隕石の後始末に入るから！」

そう言い放ち、マンナはそそくさと逃げ出そうとする。

数ヶ国を巻き込むような異常気象でも、コイツにとってはせいぜい部屋の掃除をするぐらいのレベルの話だ。

「誰がするか！ 俺たちが喧嘩してこの程度で済んだんだから、むしろ連中は泣いてその幸運を喜べ！」

「うっはー、君ってやっぱり最悪だね！」

うるさい。最悪はお互い様だ。

俺は無言でジロリとマンナを睨みつける。

だからこいつと直接会うのは嫌なんだ。

ちょっとした喧嘩で大惨事になっちまう。

「でさ、さっき半分は仕事の報告って言ってたじゃない。

もう半分って何なの？」

「あぁ、それか」

さっきの喧嘩のせいで危うく忘れるところだった。

「なぁに、ちょいと遊びのお誘いがしたくてね」

「楽しいことは大歓迎だよ。で、ボクを誘うというからには、それは愛がある話かな？」

「もちろんだとも。すばらしい悲哀に満ちた話だ」

少し芝居のかかった調子で、俺はマンナに底意地の悪い笑顔を向ける。

俺が過去と未来を見通す宿命通の力によって見つけた未来の出来事……それは本人たちにとっては限りなく悲劇で、他人から見ると哀れなほどに喜劇でしかない話だった。

「少し込み入った案件でな。口で説明するのは面倒だから紙面にしたためてきた」

「では、拝見」

俺の差し出した書面を受け取り、マンナはそそくさとその内容に視線を走らせる。

最初にマンナは驚いた顔をした。

そして続いてその顔はニヤリと笑みに崩れ、最後には喉の奥からククと忍び笑いがこぼれ出す。

「すばらしいね。これを知ったからには、君に頼まれなくても僕は見届けざるをえないだろうよ」

「そう言うと思ったよ。楽しめそうかな？」

もちろん楽しいよな？　お前がこの話に乗ってこないだなんて考えられないから。

しかも、これからこの喜劇の舞台となる場所はマンナが永久名誉講師としての資格を持つ魔術学園の中である。

むしろ誘わなければ後で盛大な嫌がらせをしてくるのは火を見るより明らかだ。

「不謹慎だね、君は。でも、胸がドキドキすることは否めないね」

「じゃあ……」

よし、これで準備の半分は終わりだ。

あとはひたすら楽しい話になるだろう。

「引き受けよう。むしろボクになんの断りもなくこんな楽しいことをしたら怒るよ?」

「それはよかった。で、ここにさらに面白くなる要素があるんだが」

俺はニヤニヤした顔を隠しきれないまま、日莉の似顔絵を差し出した。

「こいつも巻き込んでやろうと思うんだ。

だから、こいつが臨時で学園に入り込めるように手配してくれないか?」

「それだけでいいのかい? お安い御用だとも」

その程度のこと、永久名誉講師であるコイツにとっては実に簡単なことである。

だが、俺の意図を計りかねるのか、マンナは怪訝な顔で首をかしげる。

しかし断るだけの理由もないので、すぐに首を縦に振った。

さて、あと少しの準備が終わったら、日莉を迎えに行ってやるとしよう。

あいつの困った顔を見られないのは、とてもとても寂しいからな。

俺は目を閉じて、遠く異国の地を旅する小さな少女の姿を思い浮かべる。

遠くから小さく可愛いクシャミの音が聞こえた気がした。

〈第四話〉

「はぁ……少し早まっちゃったかなぁ」

脳裏に浮かんだ視界の中で、一人の少女が空を見上げて暢気《のんき》に呟いている。

俺が天眼通で日莉の姿を探すと、彼女は晴れた空の下、隣国へと続く一本道を一人で歩いていた。

……というか、なんであいつ歩いているんだ？

せっかく死霊魔術を教えてやったんだから、何か適当な生き物をゾンビにして馬車でも曳《ひ》かせればいいだろうに。

これだから地球の常識にとらわれた奴は使えねぇんだよ。

少しはこっちの世界ならではの常識を覚えやがれ。

さて、こうして遠くから覗いていても仕方がねぇから迎えに行ってやるか。

この世界に来てから身につけた俺の異能は、もはや呼吸をするのと変わらないほど体になじんでいる。

ほとんど意識することもない。

指先を動かすような感覚で俺の体は虚空を伝い、望む場所へとその姿を結ぶ。

「で、何が早まったんだ」

転移で後ろに回り込み声をかけてやると、日莉はビクッと一瞬硬直し、それからギギギと音がしそうなほどぎこちない動きで後ろを振り向いた。

おいおい、こいつ大丈夫か？

「……なんでこんな所にいるんですか、クロードさん」

おい貴様、日莉の分際でこの俺に汚物を見るような目を向けるとはいい度胸だな。

泣くまでいびるぞ。

そうでなくてもいびるけど。

「アホが。俺はいつでも、どこにでも現れる。

それにだ、お前みたいな半人前が保護者もなしに旅行できるほどこの世界は甘くねぇんだよ。身のほどを知れ」

いつものような罵声をプレゼントしてやると、なぜか日莉は俺から目を背けた。

「うぅっ、反論できない」

ん？　なんだ？　えらく抵抗が弱いな。

いつもなら嫌味や皮肉の一つや二つは返ってくるんだが、どうも調子がおかしい。

これはたぶん何かあったな。

俺に隠しごとができるとでも思ったのか？

そういえば、さっき何かを早まったとか言っていたな。

どれ、ここは一つ何を困っているか覗いてやろうか……。

「なんだよお前、何を困っているのかと思ったら本当にしょうもないな。

俺が面倒見なきゃトイレすらもまともにできねぇのかよ！」

日莉の悩みとは、『トイレットペーパーを切らして困っている』というものだった。

……ったく、文明人の感覚が抜けきらないってのに、旅の途中でアメニティーセットを切らすとか馬鹿じゃねぇの⁉

まぁ、この世界に慣れた奴なら現地調達という手段もあるのだが、こいつには無理だろう。

なにせ、普段その手の物は俺が手を回して現代日本とほぼ同じものを取り揃えているからな。

おかげで日莉の奴はいまだにこっちの一般的な生活用品に慣れてねぇんだよ。

こっちのモノを使えって言われても、手に入るヤツはとんでもなく質が悪いからなぁ。

そりゃ使う気にならねぇわなぁ。

わかるか？

こいつは、俺が日莉を逃がさないように設えた、見えない鳥籠だよ。

……地球にいる頃と変わらない便利なアメニティーグッズが使える環境にいれば、日莉は絶対に俺から離れることはできないって寸法だ。

なぁ、可愛い俺の日莉。

お前はいつこの檻の存在に気づくかな？

「人の困りごとを勝手に調べないでくださいっ！　変態！　最低っ！」

よほど人に知られたくなかったのだろう。

日莉は顔を真っ赤にしながら殴りかかってくるが、俺は容赦なく避けまくる。

そんなへっぴり腰で拳骨振り回したところで当たるかよ、ボケ。

「避けないでください！　この、乙女の敵!!」

ほほう？　乙女の敵とな？

こいつは驚きだ。

まさか俺を敵に回せるほどの力がお前にあったとは、この俺ですら知らなかったよ。

こいつは力の差をはっきりさせるために、教育的指導が必要だよなぁ。

俺の口元が自然と吊り上がるのを見て、日莉の顔に恐怖という名の感情が浮かび上がる。

もう、おせぇよ。

「乙女の恥じらいってのがあるのかもしれんが、トイレを我慢すると体に悪いぞ？

あと、お前の最後のお通じがいつだったか言ってやろうか？」

「いやぁぁぁぁぁぁぁぁ!!」

俺が日莉が最も隠したがっている秘密を口にすると、そのまま日莉は絶叫しつつ耳を塞いで蹲った。

見ろ、この圧倒的な戦力差を！

この俺に逆らうなど二〇年早いわっ！

「……そういうクロードは、日莉ちゃんを苛めるいやらしい妄想で昨晩は何回お楽しみだったのかな？

よっ、嗜虐趣味のド変態！」

「趣味が悪いなマンナ。そういうことは乙女が口にする台詞じゃないと思うが？」

気がつくと、俺の後ろにマンナがニヤニヤと不気味な笑みを浮かべて宙に浮かんでいた。

ちっ、勝手についてきやがって。テメェの恥ずかしい秘密も暴露してやろうか？

「うふふ、相変わらず君の愛情はゆがんでいるねぇ。愛を貪りたい気持ちはわかるけど、先に用件を済ませたほうがいいんじゃないかと思うんだが、どうかな？」

一見して穏やかな表情をしているように見えるが、目が笑ってない。

余計なことを口走ればこの世界に存在するクレーターの数が一つ増えるな。

しょうがない、弄ぶのはこのぐらいにしておくか。

別にこの世界の人間にどれだけ迷惑がかかろうが俺たちの知ったことではないが、俺の先の楽しみに影響が出るのは避けたい。

「別にお前に言われなくてもさっさと用件を済ませるつもりだ」

俺は懐から書面の入った封筒を取り出すと、怪訝な顔でこちらの出方を窺っている日莉に突きつけた。

そして書類を受け取った日莉は、その中身を確認するなり理解ができないとばかりに首を捻る。

「……学園の入学許可書ですよね、これ。何で私の名義なんですか？」

「お前、この学園に入学しろ」

「ちょっと待ってください！　いきなりなんですか⁉

私は自分が売ってしまった危険な商品を回収に行くわけで、学校に入れとか意味がわかりません！

……はっ⁉　もしかして、私を店から追い出したかったんですか⁉　何を勘違いしている。」

はぁ？　何を勘違いしている。


やれやれ、これだから普通の人間は……とか考えていたら、横からマンナに睨まれた。

何だよ、何か文句でもあるのか？　このド変態女。

「愛が足りないし言葉も足りないね、クロード。誰しもが君のように万物を見通す眼を持っているわけじゃないということにそろそろ気づいたらどうだい？」

恐ろしく余計なお世話だ。

お前だって、愛があるならお互いの望むことは言葉にしなくても理解できるとかお花畑じみたことを信条にしているだろ？

実際には欠片も信じていないくせに。

「お前もそろそろ愛というものがただの妄想で、その存在について白黒つけようとするほどに虚しくなることを理解したほうがいいと思うぞ、マンナ」

なんとなくムカついたので、俺はマンナにとってアウトコースギリギリの言葉をあえて投げつけた。

案の定、奴の眉間に皺が寄る。

はっ、未熟者め。

だが、そこに口を挟む馬鹿がいた。

「言い分としては、そちらの見知らぬ方のほうが正しいですよ、クロードさん。

突拍子もないことをするなら、せめてその理由ぐらい聞かせてください！

それが人としての正しい会話の作法だと思います！」

日莉、てめぇ……えらく生意気なことを言ってくれるな。

説明だと？　よかろう、説明という名の愛の鞭《むち》をくれてやる！

「説明ね。やれやれ、めんどくさいな。

じゃあ、訊くが……お前どうやって例のお嬢さんに近づく気だ？　道を歩いているときにいきなり声をかけるのか？」

「それで何か問題でもあるんですか？」

こいつ……臆面もなく最悪の答えを口にしやがった。

やれやれ、これだから日本の感覚が抜けない奴は困るんだよ。

ここをどこだと思っているんだ？

「お前……俺が助けてやらなかったら、ひょっとすると死んでいたかもな」

「……え？」

え？　じゃねぇよ。この考えなしが！

「まず、いくら勇者の称号があるとはいえお前は貴族ではない。

かといって平民でもないという、実に奇妙な立場だと理解しろ。

そしてこの国じゃ平民が相手の許可もなく貴族に声をかけたら、それだけで不敬罪が成立する。

間違っても相手がお忍びで動いているところを見つけようなんてことは考えないほうがいい。

情報を集めただけでも不審者として国家権力に目をつけられるぞ。

そして、この国の礼儀作法も知らないお前が、馬車でしか移動しない他国の公爵家のお嬢様を道端でいきなり呼びつけて商品の回収を要求すればどうなるか、想像できるか？

　お前は牢獄に一直線だし、当然お前の後見役になっている国はクレームをつけるよな。

　だが、この国からしたら自国の高位貴族を馬鹿にされて文句まで言われたとしか考えられない。

　お前は国際問題を引き起こしたいのか？」

「……はぅっ⁉」

　俺の言葉が胸にでも刺さったのだろう。

　日莉は胸を押さえたままその場に蹲った。

「そもそも、わざわざ国を越えてまで追いかけて商品を回収とか、普通に考えたらむちゃくちゃキモいぞ。

　相手が話のわからない奴だったら、危険なモノを売りつけたと言って因縁をつけられて投獄されても文句は言えないよなぁ？」

　俺の言葉に打ちのめされて、日莉の表情が苦痛にゆがむ。

　いいね、その顔。

　今晩はいい夢が見られそうだ。

　俺がニヤニヤしていると、今度はマンナが肩をすくめながら俺の言葉をさらに補足し始めた。

「クロードから話は聞いているけどさ、あんな恐ろしいもの、普通だったら怖くて買えないよ」

「怖い……ですか？」

　理解できないとばかりに日莉は首をかしげる。

　まったく、お前は想像力が足りないんだよ。

　その辺が可愛くて気に入ってはいるがな！

「だって、権力を持った連中からしたら、あんな便利なものはないと思わない？

　自分の人に知られてはまずい話を隠し放題だからね。後ろ暗い秘密を抱えた人ほど欲しがるだろうさ」

「……あぁっ！」

　日莉は目を見開き、ついでに俺の顔を涙目で睨みつける。

　今頃気づいたか、馬鹿め。

「その効力を理解した上で購入したのだとしたら、非常にまずいね。

　回収の話を持ってゆけば、きっと邪魔者扱いで排除されるよ。

つまり、君が売った『鷺の紋章《ヘロン》』の呪符を回収したいなら、相手が納得するような理由を用意する必要があるってわかっているかな？」

「それはクロードさんが不吉なことを言うから……」

日莉は、眼を俺からそらしながら力なくそう呟いた。

ほほう？　お前、こともあろうに俺のせいにするとはな。

しかもこいつはマンナの言っていることがまるでわかっていない。

マンナは『相手がメリットを手放すだけの代わりのメリットを用意する必要があるのだ』と言っているのだが、どうもピンと来てないらしいな。

「ふぅん、俺が不吉なことを言ったから……ね。

そんな理由で納得できると？　このマヌケめ。

たとえばだが、国家の危機に関わるような罪が闇に葬られるということも『不吉なこと』に入るよなぁ？」

「えっ、えぇぇっ⁉　う、うそぉぉぉっ！」

自分のやらかした失敗の大きさに、日莉はとうとう悲鳴を上げた。

恐怖のあまり震える手から、入学許可書と学校案内の書類がバサバサとこぼれ落ちる。

おいおい、俺はその呪符の効力をお前に確認させたはずだぞ？

秘密を守らせるなんていう効力を持つ呪符がどれだけ危険かだなんて、少し考えればわかることだろ？

政治屋の連中なら誰しもが、喉から手が出るほど欲しがるに決まっているだろうが！

ククク……まぁ、たぶんそこまで考えてないと思ったからこそお前にやらせたんだけどな。

さて、鞭は十分に楽しんだし、そろそろ飴も投げてやるか。

「ちなみに例のお嬢さんを説得したいのなら、チャンスをくれてやろう。

知っているか？　彼女はお前に渡した書類で入学できる学校に在籍しているぞ。

同じ学園の生徒なら、身分が違っても話しかける程度の無礼は許されるんだよなぁ」

俺は体を屈《かが》めて日莉の肩に手を置き、その耳元でゆっくりと陶酔するような声で囁く。

あぁ、我ながらこの言い回し、熱で溶けた飴玉みたいにねちっこいなぁ。

そんな自画自賛をしつつも、俺は転移を使って地面に散らばった書類を全て回収し、手の中で束ねてパンと土埃《つちぼこり》を叩き落とし、それを丸めて日莉の胸元をポンポンと叩く。

「それを……それを早く言ってください！」

書類に手を伸ばす日莉をひょいと避けて、俺は顎に手を当てて思案するフリをする。

「あのお嬢さんと接触するならお前自身が学園に潜り込むしかないなぁ。

でもお前、俺の楽しみを邪魔したいんだっけ？」

あぁ、それは困るなぁ。

実に困るなぁ。

「どうしようかなぁ、やっぱりこの入学許可証は捨てちまおうかな？」

「うっ、うぐぅっ……仕方ないから今回だけは提案に乗ってあげます。

だから、その書類を……」

手をワキワキとさせながら、日莉が物欲しそうな視線で俺の手を見つめる。

あぁ、実によい気分だ。

だが、ちょいと言葉遣いを間違えてないか？

相変わらず学習が足りんねぇ、日莉君。

「はぁ？　何か言ったか？

聞き間違いかもしれないが、なんで俺がお前に頭を下げてまで入学許可証をもらっていただかなくてはいけないんですかねぇ？」

「すごいねクロード、君の愛はどこまで深くねじくれているんだい？」

横で見ているマンナが、感動のあまり目を潤ませているが、そんなこと知ったことか。

少なくとも、お前のためにやっているんじゃないし。

「くっ、このっ……お願いします。その入学許可証を私にください」

屈辱で涙目になっている日莉に、わざと屈んで目の高さを同じにしてやると、俺はできるだけ嫌味と愛情をこめてこう言い放った。

「土下座と様づけが抜けているぞ、このヘッポコ勇者」

「ひ、ひどい！　この、鬼畜っ！　外道っ！」

実に満足だ。

あぁ、そろそろいいかな……あくまでも今日のところは、だが。

「くくく……いい吠え面だな。

まぁ、十分楽しませてもらったから、今回は特別にくれてやる。感謝しろよ」

俺が優越感に浸りながら書類を差し出すと、日莉はそれをひったくるようにして懐にしまい、そしてそのままましゃがみ込んで愚図り始めた。

やれやれ、この程度で心が折れてくれるなよ？

お前が勇者をやり続けるなら、最後に待っている絶望はこんな生易しいものじゃないんだから。

「さて、日莉が納得したところでそろそろ移動を開始しようか」

「クロード、君は本当にブレないね」

マンナがなぜか呆れたような声で呟く中、俺は神足通を発動させると日莉の通うことになる学園のある街へと転移を開始した。

〈第五話〉

一瞬視界がぶれ、まるで掻《か》き回した水の中から見ているように乱れた世界が徐々に明瞭さを取り戻す。

だが、すでにそこに映る景色は俺たちが寸前までいた場所ではなくなっていた。

そして、再び音が流れ出す。

「さぁ、目的地に到着したぞ」

俺が悪戯《いたずら》に成功した子供のような顔でそう告げると、日莉は期待通りに戸惑った顔で俺の顔を見上げた。

「……どこですか、ここ」

目の前にあるのは、見覚えのない大通り。

道幅はかなり広く、大きな馬車が四台ほど並んで走ってもまだ余裕があるだろう。

いきなり現れた俺たちに、周囲の人間がザワザワと不審な目を向けてくるが、そんなものは無視だ無視。

「おい、貴様ら何者だ！」

「警備隊だ！　おとなしくしろ!!」

とりあえず、暑苦しそうな警備の連中が近寄ってきたので、神足通で風通しのよい屋根の上にでもご招待しておこう。

君ら、高いところは好きかい？

俺は大好きだよ。愚かな群衆を見下すのは最高だ。

「なんだ、貴様！　抵抗する気か？」

「ウザい奴だな。遊んでやるからおとなしくしてろ。ほぅら、高い高ぁーい」

俺が手をかざすと、警備隊の連中の姿が一瞬で掻き消える。

やれやれ、これでやっと落ち着いて話ができるぜ。

場の空気を読まない奴は嫌いだよ。

「ここは、ボクの住んでいるツェルケーニヒ国。その首都であるノルクレヒト市の一番賑やかな通りだね」

こんな人の多い場所に来るのは久しぶりだよと、マンナが周囲を見回してニッコリと笑う。

おそらくマンナの顔を知っているであろう数人が、その存在に気づくなり顔を真っ青にして卒倒した。

まぁ、知ったことではないがな。

「あの、何か怒鳴られているけど、いいんですか？　あれ」

日莉が近くの教会の屋根に転移させられた警備の連中を指差し、心配そうに尋ねてくる。

……ちっ、もっと遠くに飛ばしてやればよかった。

「面倒臭いからどうでもいい。

それより、お前がしばらく暮らすために借りておいた仮の住所に案内するぞ」

日莉を住居に案内すべく俺が一歩前に踏み出すと、周囲の野次馬がモーゼの十戒のごとくきれいに割れた。

なんだお前ら……俺を危険物か何かとでも思っているのか？

悪いが、蟻《あり》の群れをいちいち踏んで歩くほど暇じゃねぇよ。

ふざけた態度していると、星の雨を呼ぶぞ。

俺たちは人々が遠巻きに見守る中を悠然と歩く。

本当は一瞬で転移もできるのだが、せっかくだから旅の気分を味わわせてやるのも悪くないだろ？

……というより、うら若い美女二人を独り占めして歩くと、周囲の男共から突き刺さる嫉妬と羨望が実に心地よい。

なに、爆発しろ？　嫌だね！　俺はまだこの世界でやりたいことが山のようにあるんだよ。

「日莉、マンナ、何か欲しいものがあれば言え。

今日は気分がいいから店ごと買ってやってもいいぞ？」

「……どこのアラブの石油王ですか。そんな非常識な買い物したくないです！」

「まぁ、お店なんか買ってもらっても運営面倒だしね。ボクはこの焼き菓子がいいかな」

マンナがふと足を止め、露店で売っている素朴な外見の焼き菓子の袋を手に取る。

……ポルボロンか。悪くない。

誰がこの世界に伝えたのかは知らないが、元はスペインの伝統的な祝い菓子だ。

一見してクッキーのように見えるが、あらかじめ粉に火を通してから焼き上げるため非常に作るのに手間のかかる品である。

「じゃあ、俺と日莉とマンナで三人分。好きなだけ買えばいい。

……おい、いくらだ？」

「へ、へぇ。六〇〇ディネルになります」

おいおい、露店の人間が接客で口ごもってるんじゃねぇよ親父。

俺が一プラドール銀貨を六枚取り出すと、店の親父はそれをおっかなびっくりしながら箱にしまい込んだ。

「ねぇ、知ってる？　このポルボロンってお菓子、口に入れるとすぐに崩れて溶けちゃうんだけど、溶ける前にポルボロンって三回心の中で唱えることができたなら、幸せが訪れるんだって」

「いいですね、それ！」

女二人はそんなおしゃべりをしながら焼き菓子を取り出し、目を閉じて口に放り込む。

その賑やかな会話が、実に耳に心地よい。

はたしてあいつらは菓子が溶けきる前に呪文は唱えられたのだろうか？

と考えながら、俺も口の中に菓子を放り込む。

残念なことに、俺の食った菓子は一度も呪文を唱え終わることもなく口の中で儚《はかな》く崩れた。

しばらくすると、あたりの店の種類が雑貨や食料品ではなく、宝石店や高級衣料中心になり始めた。

店の奥から俺の顔を知っている連中がチラチラと声をかけたそうにしているが、煩わしいので取り合う気はない。

空気読めよ。見ての通り、俺は女二人とデートを満喫中なんだ。

「このあたりは主に衣類を扱った店が多いエリアだな。革製品を卸す関係で顔の利く店ばかりだから、欲しいものがあれば俺の名前を出せばいい。かなり安くなるぞ」

……というより、俺の名前を出せば店のデザイナーがよってたかって自分の作品を見せに来るだろう。

もしも日莉が服を買ったなら、それだけで『アモリ・クロードの女が購入した服』という売り込みが使えるからだ。

それが悪いとは言わない。

ファッション業界なんて、半分はそんな代物だ。

だが……そう簡単に使われる気はない。

俺の名はそんなに安くないし、安売りすれば価値が下がる。

そんなことを考えながら、日莉やマンナに似合う服はないかと物色しているうちに、俺はふと日莉の着ているコートが少し傷んでいることに気がついた。

「日莉、しばらく旅をしたせいで革が傷んでいる。少し手入れをするぞ」

「あっ……ごめんなさい。先を急いでいたので、つい……」

革というのは生き物の一部だっただけあって、一般的に思われているよりもずっと繊細で変質しやすい。

特に水に濡れるとよくないのだが、逆に乾燥してもひび割れてしまう。

日莉の身に纏っている鹿革のコートは、土埃と強い日差しで潤いが不足しているように見えた。

「誰もお前にそこまでの細やかさは期待してない」

「……それはそれで、何だか嬉しくないです」

フォローのつもりで言った台詞だが、日莉はげんなりした表情で目を下にそらす。

改めて思うが、俺には人を慰める才能はないようだ。

「おやおや、クロードが珍しく優しいね。これは雨か雪でも降るんじゃないだろうか？」

「やかましいぞ、マンナ！　俺はいつも通りだ‼」

「そういうことにしておきますかね。ふふふ」

くそっ、余計な奴にだけはしっかりバレてるし！

なんだよ、マンナ！　その生暖かい視線で俺を見るのはやめろ！

「しかし……エンジニアブーツにディアスキンのコートか。

まず、旅行用の靴やコートのチョイスは褒めてやろう」

話題をそらす意味もこめて、俺は日莉の服を褒めることにした。

靴もコートもどちらも油で鞣されたディアスキンと呼ばれるメス鹿の革で、水を弾きやすく耐久性も高い。

旅に出るときの衣装というならこれ以上の選択肢はないだろう。

特に靴のチョイスがいいな。

エンジニアブーツはもともとが労働者の足を守るための靴で、作業中の落下物からつま先を守るため、つま先に鉄製かプラスチック製のカップが内蔵されている。

日莉の履いている靴の場合は、重さが歩くときの負担にならないように、鉄ではなく何か大きい生き物の骨……おそらくドラゴンの骨が使われているようだ。

ついているロゴを見ると、俺の配下のブランドではないが、小規模だが質のいい靴を作っているメーカーのものである。

本当にいいチョイスだ。

デザイン的に難があるとしたら、女性が身につけるにしては少しデザインが厳ついことだろうか？

だが、そのギャップが逆にいい味を出している部分もあるので、あながち悪いとは言えないあたりが小憎らしい。


それはそうとして、日莉が……というか、自分の店の従業員が俺の作ったブランドでない品を身につけているのは、ちょっと面白くないぞ。

「あ、これ、クロードさんのお店で働いているゴブリンさんに教えてもらったんです。

女の子が着るにはちょっとゴツいけど、旅をするならこれがいいって。

型遅れの中古品だから安くしてくれましたし」

俺の視線が少し恥ずかしいのか、少し気まずそうな顔をする日莉だが、そんな仕草ですらかえって男心をくすぐることにしかならない。

ほんと、顔が可愛いって得だよな。

「あいつらの入れ知恵か。道理でセンスがよすぎるはずだ」

というか、ゴブリン共め、日莉に入れ込みすぎだ！

どう考えたって赤字にしかならないだろうが！

本人は気づいてないだろうが、日莉が身につけているのはまぎれもなく一級品である。

確かに型遅れは本当だし、旅をするなら最適な装備。

嘘は言ってない。

だが……どう見ても新品な上に、たとえ中古でも日莉の買えるような値段の代物じゃないぞ！

流行のデザインではないというだけで、時代に流されず長く使える趣味がいいタイプの奴だ。

こんな贅沢で渋いものを身につけるとか、どこの年季の入ったお貴族様だよ！

それだけじゃない。

これ、コート自体が結界になっていて、狼に襲われた程度じゃビクともしないヤツだろうが。

しかも、こっそり手を加えてコートの中の温度と湿度が一定に保たれるように追加のアミュレットまで縫い込まれていやがるし!!

「あの……クロードさん？」

どうやら、日莉の服の品定めをしているうちに黙り込んでいたらしい。

日莉が心配そうに俺の目を覗き込んでくる。

「何でもない」

「あーぁ、他の奴に大切にされているのを見るのが嫌なら、自分がもっと優しくすればいいのに」

わざと突き放すように答えた俺に、すかさずマンナが余計な茶々を入れてくる。

「今回はコートの手入れを教えてやる。靴のほうは俺がメンテナンスしてやるから、ありがたく思え！」

俺はマンナを視線で黙らせると、近くにあった革製品の店に日莉を連れ込み、手入れに必要な道具を買い揃えた。

正直あまり質はよくないが、贅沢を言える状況ではない。

店の職人を威圧と権力で追い出すと、俺は作業台に日莉のコートを広げた。

「まず、作業の概要を説明しよう。

単純に言えば、このコートに満遍なくディアスキン用のワックスを塗りつける。ただそれだけだ」

……とはいっても、こう質の悪いオイルではなぁ。

「少し買い物をしてくる。その間に、ブラシで埃を払っておけ。あと……おい、しばらく工房を借りるぞ!!」

俺は店の人間にそう告げると、ディアスキン用のワックスの材料を求めて市場に飛び出した。

「さてと、ちゃんと売ってるかねぇ」

最初に購入するのは、手入れ用のワックスの主成分である蜜蠟《みつろう》だ。

養蜂技術が未発達なこの世界ではなかなかに高額な代物であり、俺もひそかに自分で養蜂場を作りたいと思っているのだが、これがなかなかうまくいかない。

おっと、なかなか質のよい蜜蠟があるじゃないか。

さすが大国と呼ばれる国の首都だけはあるな。

「あとは、紫膠《シュラック》とカルナバ椰子《やし》の蠟とナナカマドの実と食用油、それと牛乳と塩酸か」

なにぶん扱っている店のジャンルが異なるので、全部揃えるとなるとなかなか骨が折れる。

カルナバ椰子の蠟とナナカマドの実と油は雑貨屋に行けば大丈夫だな。

紫膠と塩酸は薬局。牛乳はその辺の店で買えばいい。

結局、全ての材料を買い揃えると結構な時間がたっていた。

「もぅ、クロードさん遅いですよぉ！」

「やかましい。俺が欲しがるようなものになると、そうそうどこにでも売ってないんだから仕方がないだろ！」

頬を膨らませる日莉を一喝し、俺はさっそく調合に取りかかる。

まずは鍋で温めた牛乳に塩酸を少しずつ入れ、その沈殿物を漉《こ》し取っておく。

続いてナナカマドの実と油を取り出すと、それをマンナに押しつけた。

「乳化剤が欲しい。お前のほうが得意だろ」

「ソルビタン脂肪酸エステル？　なるほどね」

ソルビタン脂肪酸エステルはコーヒーフレッシュやチョコレートなどにも使われる添加物で、この薬剤の調合においては成分の分離を防ぐ大事な触媒となっている。

俺はマンナが乳化剤の調合を行っている間に、蜜蠟とカルナバ椰子の蠟を溶かして固めた牛乳由来の成分を混ぜ込む。

紫膠は水に溶けないが、熱にはすぐに溶けるので、熱した蠟と一緒に混ぜて……と。

日莉だけやることがないようにも見えるが、奴は俺が口頭で説明する秘伝の知識をメモに取るので手がいっぱいだ。

……こっそり後ろで店の職人がメモを取っているが、仕事場を使わせてもらっているのもあるし、今回は大目に見てやるとしよう。

「さて、そろそろ出来上がりだな」

余分な熱を取り去り、鍋の中でクリーム状になったコーティングオイルを布に染み込ませ、コートの目立たないところに少しだけつけてみる——という設定で、未来を覗き込む。

……よし、特に問題はなさそうだ。

調合に失敗すると、クリームをつけたところだけ変色してしまうので、ここが一番緊張する場面である。

「よし、では大きなパーツから塗っていこうか。あまり力を入れすぎるなよ？　汚れを落とすようにゴシゴシと擦《こす》るんじゃなくて、優しく擦り込むんだ。

そうだ、いい感じだぞ」

「あまり見た目は変わらないけど、なんだか質感がしっとりしてきましたね」

「それだけ潤いを失っていたってことだ。ディアスキンは見た目があまり変わらないし、基本的に長持ちするから手入れがおろそかになりがちだが、手間をかけてやればそれだけ質感で応えてくれる素直な素材だ」

俺は革の縫い目までしっかりオイルを塗り込むように指示を出すと、ブーツのほうの処理に入る。

こちらはいい靴のクリームとエッジクリームと呼ばれる革の切断面につけるいい塗料があったので、わざわざ素材を調合する必要もない。

「日莉、皺になった部分は下に手を入れて革をよく伸ばしてからオイルを擦り込め。

革のメンテナンスは愛情だ」

「あ、はい」

日莉は俺の指示通りに肘の部分の皺を伸ばしてオイルを丁寧に擦り込んでゆく。

うん、実にいい具合だ。

素人にはわからないだろうが、革の照りの具合がまるで違う。

「その細やかな愛情を人間にも注いでくれたなら、周りからの評価もいろいろと違うと思うんだけどね」

「何か言ったか、マンナ」

「べーつに？　自分でモテると思ってる馬鹿な男にはつける薬がないってことだよ。

肝心な獲物を逃がして後で泣いても知らないから」

ほんと、日莉と会ったあたりから、お前やたらと俺につっかかってきてないか？

台詞がいろいろと刺さるんだが。

「さて、そろそろ手入れは終わりだな。

おい、アパルトメントに行くぞ。店主、邪魔したな」

「お邪魔しました！」

まだ何か言いたげにしているマンナを無視し、俺は目配せをしてその店を出た。

気づいたらずいぶんな時刻になっていたが、幸いアパルトメントはここから歩いて五分とかからない。

「おい、そろそろアパルトメントに着くぞ。アレだ」

「え？　ここなんですか⁉」

俺が指し示したのは、ちょっとした城ぐらいある建物だ。

まぁ、実際に城として造られた建物をそっくりそのまんまここに移設した物らしいから城そのものといってもいいんだがな。

「ここは俺が気に入ったデザイナーの面倒を見るために管理しているアパルトメントだ。

部屋は大量に余っているから、管理人に相談して気に入った空き部屋を使うといい」

「へぇ、クロードさんそんなパトロンみたいなことをしていたんですか？」

なぜそんな意外そうな顔をする？

どうやら、俺に対する認識が大きく間違っているようだな。

「お前な、俺を誰だと思ってやがる？

これでも世界中の王族に革製品を販売している一流企業のオーナーだぞ。

この手の拠点はこの世界中に作ってあるに決まってるだろ」

「王都の一等地に販売所があるのは知っていましたけど、国外にもあるっていうのは初めて聞きましたよ」

「あぁ、店じゃなくて拠点だけだからな。

俺のところの製品は、あえて末端価格を吊り上げるために流通を抑えているってのもある。

代わりに俺が出資して育ててやったデザイナーはそこら中にいるぞ」

デザインというものは決して万人受けしない代物だ。

たとえ俺が絶対の自信を持って提示したデザインでも、嫌いだという奴は必ず一人はいる。

だから、いろんな感性を持ったデザイナーと技術者を身内として抱え込むことが必須と言っても良い。

「クロードはこれで結構な金持ちだよ。何せあの異能だからね……一時期は世界中の物流を手のひらで躍らせて荒稼ぎしたものさ」

「なんでお前が誇らしげに言うんだ、マンナ」

「何を言っているのだね、クロード。優れた友人というものは自分にとっても誇らしいものだよ」

そう告げながら、マンナは緑の芝生の中を通る石畳の上を小走りに駆け出し、勝手にアパルトメントの中に入ろうとする。

あ、さてはこいつ……このアパルトメントにしばらく住みつく気だな⁉

お前、自宅からでも普通に通えるだろう‼

「おい、日莉。うかうかしていると欲しい部屋をマンナに取られるぞ！

あと、部屋が決まったら入学祝いに美味《うま》い店に連れて行ってやる。

だから、その色気のない服を勝負服にでも着替えてこい！」

「く、クロードさん相手に着る勝負服なんてありませんっ！」

とか言いながら、日莉は服を隠すように腕を体に巻きつけながらマンナの後を追いかけていった。

……あ、コケた。

下着は白地にピンクの水玉か。

あと、意外といいケツしてるな日莉の奴。

思わぬ収穫だ。

さて、どの店に連れて行ってやろうかな。

どうせマンナはくっついてくるだろうし、雰囲気よりも味を重視でいいか。

今日はせいぜい羽を伸ばしてくれ……どうせ明日からは楽しい学園生活が始まるんだからな。

〈第六話〉

波乱の予感に満ち溢《あふ》れているにもかかわらず、翌日はとてもよく晴れていた。

「おはようございます、クロードさん。……朝っぱらからパンツとシャツだけって、わりと目の毒なんですけど」

「うるさい。俺の所有地で俺がどんな格好だろうと俺の勝手だ。

それよりもさっさと朝飯を食わんと、初日から遅刻するぞ！」

ちなみに、低血圧であるマンナはもう少し時間がたたないとたぶん起きてこない。

起床予定が五分前だから、もうあと五分は粘るだろう。

下手に起こすと屋敷ごと消し飛ばされるので、触らぬ神になんとやらだ。

「はーい……って、このご飯誰が作ったんですか？

まさかクロードさん⁉」

「俺が作ったら何か悪いのかよ」

「いえ、ちょっと意外だったので」

「……安心しろ。一日に三回来る管理人が作った飯だ」

あいにくと、俺に料理の適性はないらしく、何度やっても微妙な味にしかならないのであきらめている。

まぁ、食えないほど酷い失敗はしないのがせめてもの救いか。

雲がまばらに遊ぶ空の下、朝食を簡単に済ませた俺たちは揃ってアパルトメントの外に出る。

太陽の光はまだ黄色を帯びていて、肌を撫でる風の中には朝露の匂いがかすかに混じっていた。

隣を見れば、これから通う学園の制服に着替えた日莉が微笑んでいて、濃紺のブレザーの上に同じ色のマントを羽織った姿が眼にまぶしい。

「どうしたんですか、クロードさん？」

「いや、何でもない」

ええい、聞くなボケ。

俺ともあろう者が小娘ごときに見とれていただなんて、死んでも口にできるわけないだろ。

その、わかってますよーみたいな生暖かい笑顔、マジ殴りたい。

ちなみにその横でマンナが、いつの間にか俺の名前と金で買ったスーツをちらつかせ、これ見よがしに褒めろと無言で迫っている……が、こっちは完全に無視だ無視。

「おい、マンナ。大丈夫だとは思うがヘマするなよ」

俺はあざといポーズを繰り返すマンナを横目で睨み、わざと低い声を作って釘を刺す。

非常に残念なことではあるが、俺は独り店に戻って店番をしなくてはならなかった。

念のためにと昨日のうちに宿命通を使ったところ、緊急を要する来客が予測されたのである。

そして代わりの店番の都合がどうしてもつかなかったのだ……さすがに冒険者の相手をゴブリンやコボルトにやらせるわけにはいかないしな。

だから、非常に不安ではあるが学園の中のことは基本的にマンナに頼まなければならなかった。

あぁ、慣れない環境でうろたえる日莉の姿を直にこの眼で焼きつけたかったよ。

「ほんと失礼だね、君は。素直に日莉ちゃんのことを頼むとは言えないかね？」

「失礼というか、むしろ当然だろ？」

お前自分の今までの犯罪歴を思い出してみろ。

しっかり釘を刺しておかないと、何をするかわかったものじゃない。

さらに恐ろしいことに、こいつを含めた異世界人という奴の行動は、俺の宿命通による予知を簡単にひっくり返してしまうことがあるのだ。

おそらくこの世界の理《ことわり》から半分はみ出しているのが原因だろう。

本当に……他に使える伝手《つて》があれば確実にそっちを使っているぞ。

「無理ですよ、マンナさん。

……というより、クロードさんからそんな素直な言葉が出たら気持ちが悪いです」

お前、人の気も知らないで……喧嘩なら買うぞ。


二人揃ってフルボッコにしてやる。

「おい、お前らな……」

「やだ、もうこんな時間？

遅刻しちゃう！　じゃあ、行ってきますね！」

俺は文句を言おうと口を開いたが、その前に日莉は笑いながら制服の裾を翻して逃げ出した。

「待て、逃げるな！」

だが、待てと言われて待つ獲物はいない。

いつの間にかマンナが起動させていた空飛ぶ絨毯《じゅうたん》に飛び乗ると、音もなく空へと舞い上がってゆく。

……逃げられたか。

まぁ、深追いをするほどのことじゃない。

それよりも、そろそろ店に戻らなくては。

俺が苦虫を嚙み潰したような顔で店に戻ると、予知通り朝早くから馴染みの冒険者が俺の帰りを待っていた。

店の前を、動物園の熊のようにうろうろとうろついていた大男は、この街に所属する冒険者の中でも腕利きで知られた一人で、名をエアハルトという。

昔は仰々しい苗字とミドルネームを持っていたようだが、今はただのエアハルトだし、本人もそう扱われることを望んでいる。

「よぉ、エアハルト。ずいぶん早い時間だが、何の用だ?」

「……すまない、アモリ師。仕事中にヘマをやらかした」

そう告げるなり、奴は土に汚れたマントを脱いで問題の部分を俺に見せた。

「あぁ、こいつは酷いな……胸がざっくり裂けているから、この部分だけ革を張り替える必要がある。素材は『巨人狼《ヴリコーダラ》』か。最近は入荷が少ないから同じ素材で修復するとなるとしばらくかかるぞ?場合によっては付与魔術で強化した牛革か『水ライオン《イェンリッシュ》』みたいな他の素材で補修したほうが良いかもしれん」

俺がざっと見立ててみると、予想通りエアハルトは渋い顔をした。

まぁ、そうなるだろうなぁ。


巨人狼《ヴリコーダラ》はヒルジャイアントと狼を掛け合わせたような姿をした、巨大な亜人の一種だ。

素材としてはかなりの上物で、対刃性だけを取ってみてもその辺のナマクラで切りつけても傷一つ付かない強度を持つ。

だが、特筆すべきはその類稀な軽さと特殊シリコンのような衝撃吸収力。

つけていることを忘れるほど軽く体にぴったりフィットする機動性と、馬車に撥《は》ねられても傷一つ負わない対衝撃性を同時に併せ持つこの特性は、まさに第二の皮膚といっても良いだろう。

総合的な価値で言えばドラゴンの革ですらも凌《しの》ぎ、盗賊《シーフ》や野伏《レンジャー》なら喉から手が出て、勝手に悪魔との契約にサインをしてしまいそうな逸品だ。

余談だが、俺が日莉に作ってやったボディープロテクターの素材もこいつである。

「壊してしまって面目ない。予備の装備があるからしばらくはそっちを使うつもりだ」

「気にするな。こいつをコレだけ切り裂くような奴だ。

どうせ、傷なんぞを気にしていたら勝てない相手だったんだろ？

命を守れてこその防具だからな。お前の体が無事であるなら、こいつも本望だろうよ。

……しかし、ずいぶんと気に入っちまったようだな」

「あぁ、惚《ほ》れ込んじまっている。この軽さと一体感はちょっと他にないからな」

エアハルトは困った顔をしたまま苦笑いを浮かべた。

こういうこだわりのある依頼は大好きだから、できれば何とかしてやりたいものである。

とは言ってもなぁ、巨人狼《ヴリコーダラ》を狩るとなるとここを留守にせざるをえないし、こんなときに限って日莉はいないときてやがる。

「わかった。冒険者ギルドに素材調達の依頼を出すから、そっちのほうでも腕のいい知り合いに依頼を受けるように頼んでみてくれ」

俺が台帳に依頼内容を記入し、引き換え用紙を先方に渡すと、エアハルトは肩を落としたまま店を後にした。

ふぅ……強がり言いやがって。

代わりの装備なんてあるはずないだろ。あの革鎧買うのにお前がどれだけ無理をしたか、俺が知らないとでも思ったか？

使っていた鎧を下取りに出した上で、有り金残らずはたいたの知っているんだぞ？

いくら惚れ込んだからって、考えなしに装備に金を突っ込むからそういう目に遭うんだ。

この馬鹿が。

「おい、冒険者ギルドに行くからしばらく店を閉める。急ぎの用がある奴は、すぐに帰るからしばらく待たせておけ」

奥で作業をしているゴブリンたちに声をかけると、俺は店の看板をクローズにして冒険者ギルドに足を向けた。

自分が動けない状態であるなら、他人を上手く使うだけ。

そして、そんなときに金で雇える便利屋こそ、冒険者という奴だ。

「おい、セイル！　いるのはわかっているからおとなしく出て来い!!」

俺が奴の執務室に直接転移すると、そこはもぬけの殻だった。

ちっ、俺が転移してくる気配を察して逃げやがったな？　あのウォンバット！

少し面倒見てやったら、無駄に性能良くなりやがって……。

俺が窓から下を覗き込むと、ここしばらくの努力ですっかり痩せて筋肉質になった若いワーウルフ――この冒険者ギルドのギルドマスターであるセイル・ライトがあたふたと玄関から逃げ出してゆくところだった。

阿呆《あほう》が――この俺から逃げられるとでも思っているのか!?

俺はテーブルの上にあった真鍮《しんちゅう》製の派手な文鎮を拾い上げる。

角度よし。宿命通、発動……命中率一〇〇パーセントに補正完了！

発射！

俺は手にした文鎮を窓からセイルめがけて容赦なく投げつけた。

「こ、この因業革細工師め！　もしも僕が死んだらどう責任取るつもりだ!!」

セイルの奴め……気絶したところを回収し、執務室で優しく拳で起こしてさしあげたというのに、開口一番この台詞である。

なんて理不尽な奴だ、ぶっ殺すぞ。

「銀製品で殴ったわけでもなし、心配しなくてもワーウルフがこの程度で死ぬかよ。それより依頼だ。大至急。最優先で五分以内に片づけろ」

俺がソファーの上で控えめに足を組み直して依頼書を投げつけてやると、セイルの奴はその文面をひったくって目を通すなりワナワナと震え出す。

なんだワン公。この俺から依頼をいただいた嬉しさのあまり、嬉ションでも漏らしそうなのか？

「なっ、巨人狼《ヴリコーダラ》だと!?　そんな珍しい魔物、探すだけでも一ヶ月はかかるぞ！

お前、どんだけ無茶言いやがる!?」

依頼書をテーブルに叩きつけて、口から泡を吹きながらこの台詞である。

そんなに熱く見つめるなよ。俺に惚れたのなら、悪いが今すぐ失恋してくれ。

あいにく美女にしか興味ないんだ。

「仮に見つかったとしても無理だ。ウチの今動かせる登録者でそんな化け物を狩れるような奴はいない！」

「ちっ、使えない奴め。しょうがないので居場所の情報提供だけはしてやるから、あとはどうにかしろ」

「鬼！　悪魔!!」

実にオリジナリティーのない悪態だな。

この俺を罵倒するならもう少しセンスを見せてくれよ。

まぁ、罵った分は後でキッチリ殴るけど。

俺は部屋の隅に大事そうに飾ってあった皿を取り上げると、水差しの水を注いで水盤を作り上げた。

そして天眼通で巨人狼《ヴリコーダラ》を探し出すと、水盤に同調させてその景色を見えるようにしてやる。

揺れる水盤に巨大な二足歩行の狼の姿がうっすらと浮かび……。

「そういえば、今日は日莉はいないのか？」

何の前触れもなく、セイルがボソリと呟いた。

その瞬間、術が乱れて水盤にはまったく違う物が映し出される。

なんだこれ、フリルとリボンのついた白い布地……。

「うわっ、なんだこれ!?　ま、まさか、これは女の子のスカートの中!?」

「アホオオカミ！　お前が馬鹿なこと言うから違うもの映しちまっただろ！」

そのまま映像を切ればよかったのだが、柄にもなく焦っていた俺は選択を間違え、視界のアングルの変更でその場を凌ごうとしてしまう。

そして水盤に映し出された、フリルのパンツの持ち主は……げ、日莉だ。

俺は反射的に映像を遮断した。

セイルの馬鹿が日莉の名を出すから無意識に透視をしてしまったらしい。

俺も修業が足りんな。

「おぉおぉ！　因業店主！　もう一度だ！　眼に焼きつけるからもう一度今の映してくれ!!」

「ふざけんなエロガキ！　触るな！　服に鼻血がつく!!」

「ケチケチするな、この因業店主！　減るものじゃないだろ!!」

「減るんじゃなくて増えるんだよ！　俺の欲求不満が!!」

俺はすばやく巨人狼《ヴリコーダラ》の居場所を探し出してメモに記すと、発情してギャンギャン喚くセイルを渾身《こんしん》の膝蹴りで地面に沈め、さっさと神足通を使って店に帰った。

あぁ、くそ、馬鹿犬が。

余計な気力と体力使わせやがって！

ふてくされた俺は、溜まっている仕事の続きをすることにした。

冒険者から預かった破損した防具をパーツごとに分解し、傷んだものを水槽に入れて上から市販の傷治療用ポーションに英霊ピグマリオン王の名を刻んだ呪符を漬け込んだ薬液を注ぐ。

部外者には決してできない話だが、実はこうやるとポーションの傷を治癒する効果が革にも適用され、切れ端が残っているだけでも防具を修復できるのだ。

何せ元は生物の体組織だから、治癒魔法の応用でも同じようなことができたりするのである。

ただし、便利な面ばかりではない。

まず作業を完了するのに一週間単位の時間がかかるし、一度再生させた場所は本来のモノよりどうしても柔らかくなってしまうのだ。

というのも、ハードレザーの類の革は一度加熱処理をするのだが、これが煮込みすぎても、煮込みが足りなくてもダメな代物なのである。

そして再生された部分はどうしても煮込む前の状態で再生されるため、無事な部分と再生した部分で素材に格差が生まれてしまうのだ。

結果として、無事な部分は熱の入りすぎで脆《もろ》くなり、せっかく直した革鎧も中古の二流品として専門の怪しい業者に卸すしかない。

……まぁ、こっちの革製品業界はそうやって回っているんだから仕方がないがな。

さて、おそらく今日の仕事はこれでほぼ終わりだ。

あとは修復の度合いに合わせて薬液を追加するだけ。

……なんか、暇だな。

手持ち無沙汰になった俺は、目を閉じると日莉の様子を見るため天眼通を発動させた。

〈第七話〉

閉じた視界の中に白く光る霧が生まれ、その霧をバックスクリーンにして望む映像を映写機で映し出す。

——天眼通を使ったときのイメージを言葉にすればそんな感じになるだろうか？

ようするに、期待するほどの臨場感はない。

何かを鑑賞するというのなら、現場で見るのが一番だということだ。

革鎧の修理のために持ち場を動くこともできず、作業待ちによって時間をもてあました俺は、天眼通を使って日莉の様子を見守ることにした。

あぁ、いるいる。

俺が再び日莉の姿を透視したとき、あいつは担任教師らしきローブ姿の中年男の後ろを歩いて教室に向かうところだった。

緊張した顔が実に初々しい。

あぁ、クソ……本当ならば保護者扱いで後ろから授業の様子とかも眺めるつもりだったのに！

居心地の悪そうなクソガキ共を眺める楽しみをこんなことでフイにするとは、我ながら大失態だ。

「じゃあ、しばらくそこで待っていてください。

今からホームルームなので、その途中で貴女の紹介をします。呼ばれたらすぐに入ってくるように」

中年男は日莉に向かって事務的な口調でそう告げると、教室の扉に手をかけ……あ、トラップしかけてあるのに気づいてないぞ、あいつ。

「先生、待って!!」

「……は？」

直前でトラップの存在に気づいた日莉の制止も虚しく、中年男はドアを開けてすぐの床に描かれていた魔法陣を見事に踏み抜いた。

「ずわぁぁぁぁぁあっ！」

魔法陣に足が触れた瞬間、中年男は見事に足を滑らせる。

どうやら、使われたのは効果範囲内の摩擦を大幅に低下させる地の魔術のようだな。


そして中年男はそのまま後頭部を床にぶつけ、ピクリとも動かなくなった。

うわぁ、白目剝いてやがる。

あれ、かなり打ちどころが悪かったぞ。

「イエエエエエエエ！　やったぞ！」

「うひょぉ！　モロに後頭部からいきやがったぜ！」

教室の中から湧き上がった歓声は、おそらく今回の下手人たちのものだろう。

子供の悪戯……といえば聞こえが良いかもしれないが、それは結果が笑って許せる程度であればこその話だ。

こいつら、今の悪戯で人が死ぬ可能性を考えなかったのだろうか？

無邪気な子供といえば聞こえはいいが、無知ゆえに良心の呵責《かしゃく》すらないそれは、もはや悪魔の所業と何ら変わるところはない。

「……先生、先生!!」

日莉が中年男の体を揺さぶっているが、男はまったくピクリとも動かない。

さすがにまずいな。簡単にスキャンしてみて……げ、やばいぞこいつ⁉

この異常にまったく気づかず、糞ガキ共は獣のように叫んで踊ってと、やりたい放題だ。

おい、お前ら馬鹿か？　このままほっといたら死人が出るんだぞ！

まぁ、この男が死んだところで俺は痛くもかゆくもない。

だが、もしもあの悪戯に引っかかったのがウチの日莉だったらどうしてくれる！

それ以前に、目の前で人が死んだのに何もできなかったとか、俺の日莉が死ぬほど落ち込むだろ‼

俺が日莉を泣かすのはいいが、他人がそれをやるのは絶対に許さん！

その前に、こんな問題児を集めたような教室じゃ、とても日莉を通わせるわけにはいかんだろ……どうしてこうなった⁉

学園の連中……さてはマンナに無理やり押しつけられた生徒を扱いかねて、臭いものには蓋をしろとばかりに問題児と一緒にして隔離しやがったな？

お前ら、アホすぎだろ！　そんなまねして生徒から屈辱的な扱いを受けたと保護者に報告されたらどうなるのか考えなかったのか！

自分の担当じゃないからとかいう言い訳は受けつけんぞ。

学園に所属する職員全体の責任を追及するからな！

俺は革の修復を行っている水槽に目をやり、しばらくだけなら目を離しても問題ないことを確認すると、学級崩壊状態の教室へと無言で転移を開始した。

「初日からロクでもない事故に巻き込まれたな」

「ク、クロードさん⁉　どうしてここに？」

俺が教室に現れると、すぐさま日莉が救いを求めるような眼を俺に向けてくる。

まぁ、今回に限っては助けてやろう。

「話は後だ。その男を今すぐ医務室に運ばないと死ぬぞ」

「し、死ぬ⁉」

「脳内出血を起こしている。かなりヤバい状態だ」

かわいそうに、日莉。

入学早々、同級生が罠の仕掛け方をしくじったせいでこんなショッキングな目に遭ってしまうなんて……。

こいつにこんな顔をさせていいのは俺だけだってのに、なんてザマだ！

しかもこいつらときたら、まったくもってなってない！

「周囲の異常に気づかない。マイナス10点」

虚空からいきなり人が現れたというのに、まったく俺の存在に気づきもしないとは何事だ？

これなら、馬鹿犬セイルのほうが一〇倍はましだぞ。

しかも、一時的な戦術的勝利に酔いしれて警戒を怠るとは基本的な心構えがなってない。

……十年物のパンツのゴム紐よりも弛んでいるわ‼

俺は半泣き状態の日莉と意識のない中年男を医務室に転移させると、教壇に立って馬鹿共を睥睨《へいげい》する。

覚悟しろよ屑共《くずども》。俺の調教はちょっとばかり厳しいぞ。

「まずは、小手調べだ」

自分に言い聞かせるようにしてそう呟くと、俺は神足通を発動し、教室の窓とドアを全て土砂で埋めて閉鎖した。

「きゃあぁぁぁぁ⁉」

「うわぁ！　なんだこれ！」

「真っ暗で何も見えないぞ‼」

太陽の光が遮られることで教室の中が暗闇に閉ざされ、たちまち全員がパニック状態に突入する。

ヘボ共が……。

突然のトラブルに冷静に対処できない。

さらにマイナス10点だ。

ふむ、残念ながら君たちはこの世における最も重要な教科である【生存能力】において見事赤点を叩き出したようだな。

このクロード先生の教育的指導は、スパルタ式を通り越してライオン式だぞ。

手始めとして、まずは地獄を味わうがいい。

そして生き残った者のみ、人生という次の授業を受けてよし！

俺は指を鳴らすと教室の中に蚊を一〇〇〇匹ほど転移させ、そのまま転移にて教室を出た。

とりあえず説教は後だ。

「あ、クロードさん！」

俺が医務室に顔を出すと、日莉がホッとした顔で駆け寄ってきた。

俺以外の奴のせいで流れた涙の跡が実に痛々しい……というか、許しがたい。

「あ、あの、先生の容態だけど、処置が早かったから治癒魔術をかければ後遺症もないんだって。でも、しばらくは様子を見たほうが良いから……」

見れば、部屋の奥のほうで白衣を着た校医らしき男が、中年男を寝かせたベッドの横に立ち必死の形相で治癒魔術の詠唱を続けている。

まぁ、あの様子なら特に命に別状はないだろう。

俺にとっては激しくどうでもよいが。

「そんなこと知るか。わざわざ報告するな、鬱陶《うっとう》しい」

「あぁ、うん。クロードさんってそういう人だったよね」

必死で報告してくれるところ悪いが、俺はそいつの命に胡麻粒ほどの興味もないんだよ。

「それよりも大事なのは、人の保護対象をあんなクソでもない教室に放り込んだこの学校への落とし前だ。マンナ!!」

俺はこの件についての監督責任のある魔女を、神足通の力で強引に虚空から引きずり出した。

まずはお前から説教だ！

「あー クロード！ 助かっ……」

なぜかホッと安堵《あんど》の息を吐くマンナに、俺は迷わず拳を叩き込んだ。

「ふぎゃっ!? な、何すんのさ！」

何をするって、説教だよ。

ちなみに、俺の説教はほぼ確実に鉄拳制裁を伴うから これが通常運転だ。

女だからって容赦すると思うなよ？

「俺は家を出るときに、くれぐれもヘマするなよって言ったよな？」

「く、クロードさん、女の子の顔を裏拳で殴り飛ばすのはいかがなものかと……」

壁に叩きつけられたマンナは恨めしげに俺の顔を見上げ、ただ何をして良いのかわからない日莉は俺とマンナの顔を交互に見比べつつただ肩を震わせることしかできなかった。

まぁ、若いってそういうもんだよな。

「しょうがないじゃない！　この学園の連中が悪いんだよ！　人の顔を見るなりボクを質問責めにしてくれたせいで、日莉ちゃんの面倒を見る暇なんてなかったんだから！」

言い訳を口にしつつ、膨れっ面で目をそらすマンナ。

むろん本人もそんな言い訳が通じるだなどとは欠片も思っていない。

ただ俺に甘えているだけだ。

まぁ、俺はこいつにとってずっと兄みたいな存在だったから仕方がないともいえるし、それを許す程度の愛情は持ち合わせているつもりではある。

「……邪魔なら殺せばいいだろ、そんな奴ら。

どうやら、最重要事項が何だかわかってなかったようだな？」

そう呟いた声は、自分でもびっくりするほど音が低かった。

まずいな、自分が思っていたよりも、自分は機嫌が悪いようである。

「わかったよ！　わかったらその握り拳はやめて！……ほんと、容赦ないんだから」

「文句も言い訳も一切聞くつもりはない。行くぞ！」

そう告げると同時に、俺はマンナの襟首を掴んで引きずりながら外に出た。

とりあえずこいつはこのあたりで許してやるか。

「ちょっとクロード、痛い！　自分で歩けるから放して！」

「ど、どこに行くんですか！」

ぶつぶつと文句を言うマンナとオロオロするだけでどうしてよいかわからない日莉を連れて、俺は学園長の執務室へと向かう。

案内板なんて必要ない。

この学校の記録と記憶を読み取るだけで十分だ。

「お待ちなさい！　ここは学園長の部屋……」

「失せろ」

学園長の部屋の前でスーツ姿の知的美人に声をかけられたが、邪魔なので問答無用とばかりにここから一ヶ月ほど歩いたところにある辺境の街の奴隷市場へと転移で弾き飛ばした。

運がよければそのうち帰ってくるだろう。

では、改めまして。

「舐めてんじゃねぇぞ、ボケが!!」

俺は学園長室のドアを文字通り蹴破ると、わざと足音が立つような歩き方で部屋の中に踏み入った。

……ぁん？　誰もいないのか？

気がつくと、俺の蹴り飛ばしたドアが独りでにガタガタと小刻みに動いている。

なんだ、そんなところにいたのか。

「な、なんだね君は！　このワシにこんなことをしてただで済むと思っておるのか!?」

ドアの下から這い出してきたのは、真っ白なひげをえらそうに伸ばしたジジイだった。

およそ七〇手前ってところか？

身につけた濃紫のローブには、そこかしこに護符と宝石が縫い込まれている。

ふん、ただ金をかけただけの代物だな。……この、成金が。

「ただで済む？　お前こそこの程度で済むと思ってるのか？」

俺が指をペキパキと鳴らして拳を固めると、ジジイは怯えたように腰を抜かしたまま後ろに後ずさる。

「おい、よくも俺の庇護にある人間を、あんな掃き溜めの中に配属してくれたな」

俺はジジイの胸倉を片手で掴み上げると、ごみを投げ捨てるように手近なソファーに向かって投げつけた。

ちなみに俺に敬老精神なんてものはない。

この世界に来て遭遇した老害があまりにも多すぎたせいだ。

尊敬すべき老人？　皆無ではないが、そんな例外をいちいち想定していられるか！

「げ……ゲホッ、かはっ……この……狼藉者《ろうぜきもの》が！　何が望みだ！」

この期に及んでまだ悪態をつく老害に、マンナが笑顔で近づいて囁きかける。

「紹介するね。彼、日莉ちゃんの保護者で、ボクの昔の仲間でもあるアモリ・クロード君。

あ、アモリのほうが苗字ね。

むしろ〝世界を見る眼《オルクス・ムンディ》〟っていったほうがわかりやすいかもしれないけど」

「ひぃぃぃぃぃぃぃぃぃぃぃぃい⁉」

その瞬間、老害の顔が見事なまでに白くなった。

どうやら俺が何者であるか、ようやく悟ったらしい。

「ご、誤解です！　ユヅキ君を腫れ物扱いにして掃き溜めのような教室に送ったというつもりはまったくありません！

ただ、彼女の学力では、あのクラスに入ってもらうしか……」

「あぁ、知らんのか。俺は人の心も記憶も全部読み取れるんだよ。お前が今何を考えているか、ウチのかわいい日莉をどんな風に思っていたのかも全部知っているると言ったらどうする？」

あぁ、久しぶりに思い出したよ。

人はぶちきれると笑顔になるってことをな。

「うわぁ、クロードったら怖い笑顔。でもね？　それもこれも学園長の愛が足りないから悪いんだよ。

反省……はもう無理か。とりあえず君の来世に期待してるよっ！」

「そ、そんな！　助けっ……うぐっ‼」

助けを求めて縋ろうとする老害の手を、マンナは風の精霊を呼び出してすげなく追い払う。

「まぁ、とはいってもこのままクロードが暴れると困るんだよね。

愛の足りない人なんてどうでもいいんだけど、こいつが死んだゴタゴタで他の清らかな愛が犠牲になるのは面白くないから、今日はボクに免じて引いてくれない？」

俺の目の前に立ち、上目遣いでお願いしてくるマンナ。

恐ろしいことに、これは俺に対してのアピールではない。

マンナの狙いは日莉。

そして、日莉の見ている前で格好をつけたがる俺の心理を見越しての言動だ。

まったくもって俺という人間を知りすぎている。

「……ちっ」

まぁ、腹立たしいのは確かだが、冷静に考えればマンナの顔を潰してまでぶちのめしたいほどではない。

ここは兄貴分の度量で我慢してやるか。

いいか、決して日莉の前で格好をつけたいからじゃないぞ!!

「ふふふ、ありがとクロードおにいちゃん」

「もう一回殴っていいか?」

俺は笑顔で拳を握り締め、マンナはそそくさと距離をとった。

「とりあえずさ、日莉ちゃんに関してはそのままのクラスにしておこうよ」

「おい、お前ふざけてんのか?」

俺がジロリと睨みつけるが、マンナは軽く肩をすくめてその視線を受け流す。

「ふざけてないよ。だってね、クロードからしたらクラスを変更しても絶対に不満が出るに決まっているでしょ。愛ゆえに」

「愛ゆえにはともかくとして、確かに言われてみればそうだな」

とりあえず、クラスの男子がなれなれしく日莉に話しかければイラっとくるし、甘い青春の一ページなんか作りやがったら学校ごと引きちぎりたくなるだろう。

確かにクラス変更に意味はないな。俺は思わず納得してしまった。

「そのぐらいなら、この学園においていらない子である彼らを犠牲にするのがベストじゃないかと思うんだ。日莉ちゃんを在籍させても大丈夫と判断できるレベルまで、徹底的に調教したら?」

おお、さすがマンナ!

そりゃいいアイディアだ!!

「そんな! 困ります! 確かにあのクラスは我が校において不適切な人材の隔離場所ではありますが、彼らに何かあれば学校の責任問題に……」

ケッ、俺らも相当なエゴイストだが、こいつも大概だよな。

少なくとも、これで教職の長とかマジでありえないわ。

「俺が知るか」

「愛に犠牲は付き物なんだよ」

俺は歯を剝き出しにして、マンナは冷たい笑顔で学園長の言葉を切り捨てる。

あぁ、そういえば。

「犠牲で思い出した。あの屑共を閉じ込めた巣箱に空気穴あけておくの忘れていたわ」

もしかすると、全員死んでいるかもな。

俺の言葉を聞くなり、老害は悲鳴を上げながら飛び出していった。

〈第八話〉

「よし、お前ら……点呼を開始する」

教壇の上でそう告げると、この教室に存在している六二の瞳のうち六〇の瞳が反抗的な光を宿して俺を睨み返してきた。

つまりこの場で唯一まともな眼をしているのは日莉だけである。

その日莉といえば、今から起きる惨劇を予感して一人顔を伏せたまま肩を抱いて震えていた。

いい度胸だ、お前ら。

まずは俺がどういう人間かを、徹底的に教えてやる必要がありそうだな。

「最初の授業が決まった。……遠足だ。大自然の力をみんなで理解しよう」

俺は指を鳴らすと、その場にいる全員を転移させた。

行き先は北の果てにあるツェルガノフ海峡。

鉛色の海、立ちはだかる氷山！　逆巻く無数の大渦！

『その景色を震えながら語る人を聴衆は大袈裟《おおげさ》なホラ吹き笑い、その語り手はこの地の恐ろしさを語るには言葉が足りないことに気づいて震える』と謡われる文字通りの魔境である。

五分やるから、この地方の名物であるシャチやアザラシとしっかり交流を深めてこい。

「ク、クロードさん、まさか殺してないですよね？」

「殺してないぞ？　まだ……な」

おいおい、殺したりするはずないだろ。死んだらそこでお楽しみタイムが終わりだからな。

「ドMとクズ生徒は限りある資源です。計画を立てて、大切に使い潰しましょう」

「に、人間の台詞とはとても思えない」

あ……すげぇ引いてる。

なんだよ、ちょっと遊んだだけだろ？

日莉があまりにも心配そうな顔をするし、ちょっと予定時間よりは早いが生徒を教室に戻してやるか。

ただし、体だけ。

服は海に置き去りだ。

俺が指を鳴らすと、教室の床が素裸の生徒たちで埋め尽くされる。

おお、まるで魚河岸のような光景だな。

渦に弄ばれて肝を冷やしたのか、生徒たちは倒れたまま動かず、死んだように静かだった。

だが、そのうち体力と意識のある奴が自分の状態に気づいて次々に悲鳴を上げ始める。

「うわぁぁぁあ！　なんで服が！」

「きゃあぁぁぁ！　見ないで!!」

「うるさいから静かにしろ。お前らゴミ屑風情に服は必要ないだろ？　そんなことより早く席に着け。点呼を始める」

いまだにぎゃあぎゃあ喚いているサル共を黙らせるため、俺は教壇を鞭で叩いて威圧する。

まぁ、この程度じゃ黙らんわなぁ。

「テメェ、それでも教師かよ！」

「俺たちを殺す気か！」

「服を返しなさいよ、この変態教師!!」

おお、若いねぇ。

この俺にまだそんな口を利けるとは。

くくく、実にいい。

「おいおい……何を勘違いしている？　俺は教師になんかなった覚えなんぞまったくないぞ」

生徒たちの盛大な勘違いに、俺はわざと眼を丸くしながら大げさな笑顔を浮かべてこう告げた。

彼ら一人一人の心の罅割《ひびわ》れに銛《もり》を打ち込むように、紡ぎ出す言葉にあらん限りの悪意をこめて。

「俺は調教師だよ、家畜共」

そのとき、生徒たちの心は等しく無になった。

心を覗ける俺が言うのだから間違いはない。

いや、こうも簡単に仏教の悟りの領域に生徒たちを導けるとは、俺って意外と才能があるのかもしれないな。

一瞬、生徒たちの感情が沸騰するような気配を感じたが、

「ほら、番号を呼ぶからさっさと返事をしろよ。返事のない奴は不用品とみなしてこの世の果てに投棄するからな」

俺が優しく諭してやると一斉に沈下した。

「一番」

「……はい」

「二番」

「……ケッ」

「返事が悪い。しばらくツェルガノフの海峡の渦に揉まれていろ」

え？　生徒の名前を呼ぶ必要がないのかって？

顔と番号が一致して識別できればそれでいいじゃないか。

少なくとも俺は必要としていないし、そもそも俺はこいつらとまともな交流を持つつもりはない。

単に人としての自尊心とか救いを求めるような希望を徹底的に破壊して、こちらの指示に妄信的に従う生きた人形を作りたいだけだ。

気がつくと、恐怖のあまりすすり泣く声がいくつも聞こえる。

ったく、耳障りな奴らだな。

「泣くな。返事が聞こえないだろ？　俺の作業を邪魔する奴は捨てるぞ」

その一言で、教室の中はしわぶき一つ聞こえなくなった。

なんだよ、やりゃできるじゃねぇか。

「あ、悪魔……クロードさんの調教が完璧すぎる」

その様子を見ていた日莉の口から思わずそんな言葉がこぼれた。

完璧か、まさにそうだな。

俺も自分の完璧さ加減にちょっと感動しているよ。

「よし、講義を開始する。

授業の最後にテストを行い、合格点を取れなかった奴はさよならだ。

縁がなかったと思ってあきらめてくれ」

点呼が終わった後に笑顔でそう宣言すると、俺はツェルガノフ海峡に飛ばした奴らを回収し、早速調教を開始した。

「今日の調教の目的は、魔力で物質を動かすことだ。

その本質は、魔力というエネルギーを運動エネルギーへと変質させる作業に他ならない。

予想はつくと思うが、この作業は地、もしくは風の領域の力を使うこととなる。

この世界の法則が五つの元素によって形成されていることはすでに習っていると思うが、今日の内容としてそのうちの一つ地の元素に絞って教えるぞ」

俺は黄色のチョークで、黒板に地の象徴である正方形の図面を描き記す。

「一般的に地の力は大地を象徴する力と捉えられているが、実はこれは正しくはない。

地の元素を構成する要素がたまたま大地と深く根づいているのであって、大地のイメージをそのまま地の力として捉えると、最初は習得スピードが速くなるかもしれんが魔術師として視野が狭くなって大成できなくなるから注意しろ。

その地の要素の一つに重力エネルギーという物があるのだが……」

「あの、そんなこと教科書のどこにも……」

「教科書は閉じたままで、黙って聞け」

教科書は使わなくていいのかって？　そんなの、後で自分で読んで理解すればいいだろ。

さらっと読んでみたが、知識が古すぎてカビが生えている。

俺は俺が必要だと思ったことをこいつらに叩き込むのみだ。

結局、その日の授業の最後に行った小テストは、残念なことに全員合格点だった。

一人ぐらい見せしめになってくれたほうが楽しかったんだがな。

次から一番点数の悪かった奴を不合格にしようか？

そして点数の高い奴から順番に読み上げる……いいね！

「ク、クロードさん……お願いですから手加減してあげてください。

授業自体は恐ろしくわかりやすかったというか、理論を直接精神に移植して強制的に理解させるのは反則というか、効率だけなら完璧なんですが……みんな人としての何かが死にかかってます」

日莉が真っ青な顔でよくわからないことを懇願してくる。

すまんが、言っていることが哲学的すぎて理解できない。

「よくわからんが、死にそうなら死ねばいいだろ。あぁ、あと退学は絶対に認めないと他の奴らにも伝えておいてくれ」

「ひぃぃ、悪魔が、悪魔がここにいる!?」

「おいおい、その悪魔の親玉を殺した面子の一人が俺だぞ？　そんな雑魚と一緒にすんなよ」

俺が機嫌よく笑顔で答えてやったにもかかわらず、日莉はその場にヘナヘナと脱力するかのごとく崩れ落ちた。

そんな日莉を近くにいた女生徒が肩を抱いて慰めている。

いやぁ、そんなつもりはなかったのだが、いつの間にかあいつら仲間意識というものに目覚めたらしい。

さて、今日の俺の担当授業はこれで終わりだな。

そろそろ防具の修復のほうも様子を見る必要がある

し、店に帰るか。

生徒たちが口々に自らの信仰する神に祈りを捧げる祈りの場と化した教室に背を向け、俺は神足通を発動してその場を後にした。

しかし、調教師ってのもやってみるとなかなか面白いな！


昼食を終えて戻ってくると、なぜか日莉が一人で黄昏《たそが》れていた。

「どうした、日莉。イジメに遭ったなら、全員虐殺するぞ」

「やめてください。みんな、かつてないほど親密になっていますから。

……というか、クロードさんに管理されている場でイジメとかしている余裕はないです」

まぁ、言われてみればそうかもしれない。

「だいたい、そんな現場を見つけたら、嬉々として近寄ってきて『人をいじめる余裕があるってすばらしいな！　その余裕をぜひ全員で共有してくれたまえ』とか言って全員拷問にかける気でしょ」

すごいな、日莉。なんで俺の考えていることがわかったんだ？

マンナが横にいたら、『これが愛の力なんだね！』と大騒ぎするぞ！

「まぁ、俺のいじめ対策は置いといて、何を悩んでいたんだ？」

「はぁ……それがですねぇ」

日莉はため息を一つつくと、物憂げに今日見たことを話し出した。


まず、今日の昼休みに例の公爵令嬢を見かけたんですよ。

私が店で会ったときとは大違いの、何と言うか全身で『お前とは住んでる世界が違うんだから近寄るな！』って感じのオーラが漂っていて、顔以外は正に別人のようでした。

それでもまずは話しかけないとって思って近寄ろうとしたんですけどね、そしたらいきなり誰かに腕を引っ張られたんですよ。

袖がちぎれるかと思うぐらい強く。

いったい誰だろうと思ってみたら、クラスメイトの一人でした。

まだ名前も覚えていないから誰かと訊かれても困りますけどね。

……というか、番号だけで点呼とるといつまでたってもクラスメイトの名前を覚えられそうにないです。

次から改善してください。

で、話を戻しますと……。

私があの公爵令嬢に話があるって伝えたところ、彼女は即座に「とんでもない！」と首を横に振ったんです。

なんでも、生徒の間には暗黙の了解という奴があって、

「そっちは貴族専用の席だから私たちは近寄っちゃだめなの。ましてや、あの方に話しかけるなんて……取り巻きの皆さんが黙ってませんわ」

なのだそうです。

貴族専用席とか、取り巻きって何ですか⁉

この学校では、その出自に関わらず生徒はみな平等であるって学生証にも書かれているはずですよ？

ええ、だから暗黙の了解なんですよね。

うすうすは気づいてましたよ。

本当ですよ？

結局話しかけることはできませんでしたが、彼女の名前は何とかわかりました！

アンフェルシア・ルルス・コルドニーテさんとおっしゃるそうです。

この国の公爵にして宰相である人を父に持ち、現国王の従姉妹《いとこ》を母に持つ、この国で最高の血筋を持つ社交界のサラブレッドなんですって。

たしかに、クロードさんがおっしゃった通り、彼女はこの国の王太子さんの婚約者さんなんですが……。

何か、様子が変なんですよね。

私が最初におかしいと思ったのは、彼女が取り巻きの皆さんと一緒にご飯を食べているときでした。

実はこの国の王太子さんも同じ学校に通っているらしいのですが、彼女、同じ学校に婚約者がいるのに、一緒にご飯食べてないんですよ。

周りにいるのは、全部育ちのよさそうな女の子たちだけ。

貴族の方々の話だし、もしかして形だけの政略結婚なのかなーなんて寂しいことを考えていたんですが……。

しばらくして、一人の女生徒と顔のいい男子生徒たちが近づいてきたとき、その理由がはっきりしました。

なんていうか、その女の子って私から見てもすごく田舎臭いというか、あんな大きな声で、しかも大袈裟《げさ》なしゃべり方して、まるで幼い子供が体だけ大きくなったみたい。

幼稚園児じゃあるまいしどっか頭が不自由なのかなーと最初思いましたよ。

で、その女生徒……どっからどう見ても平民丸出しなのに、平気な顔して貴族専用の席に入っていったんです。


「あれ、まずくないの？」と、隣の彼女に訊いてみたら、「あぁ、彼女は特別だから」と苦い顔してボソリと返事をしてきました。

そして、「彼女の左隣、すごく知的でハンサムな方がいらっしゃるでしょ？　ライケルマン王太子殿下よ」と、うっとりした顔で一人の男子生徒を教えてくれたんです。

あぁ、なるほど。

王太子殿下と一緒にいるから誰も文句言わないのね。

って、自分の婚約者の目の前で何やってんですか、王太子殿下！

「あの女、あれでも男爵令嬢なのよ？　妾腹《しょうふく》で、しかもつい最近まで平民として暮らしていたらしいから中身は平民と変わらないんだけど……はっきり言って立ち振る舞いは平民以下ね。

私は本当は高貴な血筋だったんだけど、かわいそうだから今まで通り平民にも接してあげるわって考えが外にだだ漏れなのよ。

ついでに、誰も彼女を貴族だなんて認めてないいんじゃないかしら？

頭のおかしい意味で〝奇族〟と呼ぶなら、それはそれでふさわしいと思うけど」

私のクラスメイトさんは、お子様彼女さんにかなり辛辣《しんらつ》です。

まぁ、私も好きになれるタイプじゃありませんが。

なんというか、婚約者のいる男性と一緒に、その男性の相手の前で親しげに食事をとるって何の嫌がらせですか？

冷静に見ると、クロードさん級に嫌な人ですよ、貴女。

気になって視線をアンフェルシアさんに向けましたけど、案の定そこだけお化け屋敷みたいに陰鬱な空気が漂ってましたね。

なんともおいたわしい限りです。

後で訊いてみたら、あの頭の悪そうな子の周囲にいた顔のいい男の子たちって、みんなこの国の重要な地位にある家の子供たちで、みんなあの頭の悪そうな子を狙っているんですって。

しかも、全員が成績優秀で婚約者持ち。


いわゆる逆ハーってやつですか？

物語としては楽しめましたけど、実物見るとかなり不自然で気持ちが悪いですね。

これはクラスメイトさんの言葉ですが、「誰が好きなの？」と訊くと「みんな好きなの」って言うらしいですよ。

本当にその人のことが好きなら、ずるずると関係を続けないで本命以外は全員すっぱり自分から解放してあげるのがその人のためになることに気づいてないんでしょうか？

恐ろしく自分本位で残酷ですよね。

彼らが貴女のために費やした時間と労力は二度と返ってこないし、返したくても返せないんですよ？

それに、男子生徒たちのほうもダメですね。

恋のために家を捨てるとか、一見してロマンチックに見えますが、それをやっていいのは小説の中だけですよ。

いくら能力が優秀でも、色恋沙汰を優先して家のことを顧みない上に女を見る目がまったくない男って論外じゃないですか。

たとえ彼らのうちの誰かと結婚するとしても、女を見る目がないから、すぐにダメな女にほだされてホイホイついていっちゃいそうだし。

他の誰かを好きになってしまったら、自分の家族のことは一切考慮してくれないのが目に見えていますしね。

そんな男の人、結婚相手としては怖すぎです！

はっきり言って、いくら成績が良くて家柄が良くて顔が良くても、アレはもう廃棄物でしかないってのがこの学園の女子生徒の公式見解になっているようです。

たぶん、そのうちあの女の子に捨てられて夢から醒めるでしょうけど、少なくともこの学園に在籍する限り二度と彼らがモテることはないと思います。

ただ……あの王太子さんだけは、なぜか悲しそうに見えたんですよね。

好きな女の子と楽しくおしゃべりしているはずなのに、なぜかすごく寂しそう。

いったい、どうしてなんでしょうか？

〈第九話〉

「おい、豚ども。HRを始めるぞ」

授業開始から一週間。

俺が教室のドアを開けると、そこには姿勢を正した生徒たちが衣擦れの音一つ立てずに着席して、俺の指示を待ちわびていた。

俺の懇切丁寧な教育と、現在の魔術薬技術の最先端をも大きく引き離すレベルのドーピングにより、この教室には痩せた者もふくよかな体をした者もすでにいない。

全員腹筋が割れ、絞り込まれた鋼のような肉体の持ち主へと生まれ変わっている。

そこにはクズと呼ばれた生徒たちの姿は欠片も残っておらず、その目には鉄のような強い意志と、弱者にかける慈悲を持たぬ強者の尊厳、そして誇り高き殺戮《さつりく》者《しゃ》としての光が宿っていた。

よしよし、計画通りの仕上がりだな。

少し、この一週間の動きを振り返ってみようか。

まず、初日に生徒の心を完全に叩き折り、怒鳴り込んできた生徒の親たちを誠意ある対応《きょうふとぼうりょく》で納得させ、二日目から薬物の投与を含む肉体改造、死霊魔術と月魔術を併用した精神改造、魔術の基礎理論の徹底と現場での実践、暗殺者式の戦闘術の実践教育などの徹底したカリキュラムを開始。

特に、俺が昔返り討ちにした――当時の闇社会において国一番と評価されていた暗殺者の頭蓋骨を使って、夢の中で奴の人生を追体験させるという教育方法は効果絶大だったな。

中には夢の中で過去の俺を倒したとか抜かす奴も何人かいたが、そいつには放課後しっかりとその思い違いを指導してやったし。

そもそも暗殺者人生を一〇回ぐらい周回した上で、しかも決まりきった反応しかしない俺の影を相手にだろ？

夢の中と実戦での戦いはまるで違うんだよ、ガキが。

まぁ、強くなったのは素直に認めてやろう。


しかし、俺もつき合いが良くなったよな。

こいつらの成長を見ていると、俺の調教師っぷりもかなり板についてきたんじゃないかと思う。

そして昨日はこの一週間の調教の集大成として、学年でトップの成績である生徒のみを集めた騎士科Aクラスと特進魔術Aクラスを襲撃し、どちらも二〇秒以内に完全制圧に成功した。

……というか、あいつら弱すぎ。

完全に包囲した上でわざと隙を作って罠に誘導する予定だったはずが、騎士科の連中は誘導どころか小手調べのフェイントで全員戦闘不能になっちまうし。

魔術師共もふがいない奴らばっかりだったな。

魔術の専門家を目指すなら、壁の向こうで付与魔術を使われた時点で襲撃に気づけよ！

五メートルも離れていないんだぞ？

まぁ、おかげでこいつらが自信をつける役には立ってくれたし、マンナも驚きながら高評価をつけてくれた。

この俺が携わったんだから当然の結果だがな。

あぁ、改めて犠牲者共を評価させてもらおう。

君たちは最高の噛ませ犬だったよ。

その後、クラスを担当している魔術師からなぜか一方的な抗議を受けたが、トラブル発生時に適切な行動の取れない奴は無能であることを理路整然と実体験を交えつつ説明してやったら、感動のあまり全員が失禁してしまった。

うん、我ながら実に良いことをしたと思う。

今朝の職員朝礼に参加した教師の人数が半分ぐらいになっていたが、まだ感動の余韻に浸っているのだろうか？

子供じゃないんだから、ちゃんと給料分は仕事しろよな。

さて、結論から言うと……もはや彼らはクズではない。立派な魔術師の卵だ。

他のクラスの生徒たちからも畏怖の目で見られているらしいし、間違っても彼らを馬鹿にするような台詞はもう聞こえてこない。

俺の『日莉が学習するための理想的な学習環境を作る』という計画は、ひとまず完成したといっても良いだろう。

彼らの職能を鑑定したところ、なぜか全員『忍者』になっていたが、実に些細《ささい》なことだ。

え？　ここは魔術師を養成するクラスじゃなかったかって？

知らんよ。

魔術ならちゃんと使えるようにしてあるしな。

別に魔術師が騎士や戦士より肉弾戦に優れていても悪いことはないだろ。

さて、回想はこのぐらいで良いか。

「実は来週、俺の提案で学校行事として魔物狩りを行うことになった。

獲物は巨人狼《ヴリコーダラ》。喜べ、今の貴様らにとっても十分な強敵だ」

俺の告げた言葉に、生徒たちから無言の歓喜と共に陽炎《かげろう》のような闘気が立ち上る。

よしよし、いい傾向だ。

この一週間のカリキュラムと、この学園のトップを完膚なきまでに打ち倒したという自信と実績が、こいつらを完全なる戦闘民族へと変貌させている。

しかし、これでようやく巨人狼《ヴリコーダラ》の皮が手に入りそうだな。

公私混同？

違うな、これはこの俺への正当な報酬だよ。

何せ、こいつらを調教するに当たって俺は一銭も報酬をもらっていないんだし。

その報酬がなぜ学校行事になったかと言うと、少し話が長くなる。

つい二日ほど前の話だが、切り裂かれたヴリコーダラ・レザーの修復も完了し、暇になったからそろそろ冒険者ギルドをせっついてやろうかと思った矢先に悪い知らせが入ったんだよ。

冒険者ギルドのギルドマスターであるセイルから「狩りに向かった冒険者が全滅した」との知らせがな。

……あの無能が。

で、しょうがないから俺が直々に狩り尽くしてやろうと思ったとき、ふと目に入ったのがこの生徒たちの名簿だった。

少し厳しいだろうが、こいつらならば、巨人狼《ヴリコーダラ》が相手でも十分に対応できる。

そして自らの限界に挑むような敵との戦いは、これからの彼らの進路にも大いに役に立つだろう。

正直、今のやり方じゃこいつらの成長もそろそろ頭打ちだからな。

ここから先は選ばれた者のみが入ることを許された領域であり、促成栽培ではもう通用しない世界になる。

あいつらが自分の限界を超えるには、厳しい試練が必要だ。

こんなおいしい経験を逃す手はない。

まぁ、ぶっちゃけ俺が狩りをしたほうが早いし、サポートに入りながら生徒に狩らせるのは面倒なんだけどな。

どうやら、一週間ほど面倒を見たことで少しは愛着が出てきたらしい。

まったく俺らしくない話だ。

……というわけで学校側に打診したところ、マンナから「そんな貴重な戦闘体験をクロードの生徒だけで独占するのは不平等ではないかね？」との指摘が入ってしまった。

そのため、学園長を蹴って殴って拷問にかけて生かさず殺さずの状態にした末に、不本意ながら急遽《きゅうきょ》学校全体の行事と相成ったのである。

ちなみに魔物の標本を作る際のサンプルの採集の訓練にもなるので、マニアックな趣味を持つ職員からは歓迎されたと言っておこう。

ちなみに、そのマニアックな教員がどれぐらいいたかは秘密だ。

「……というわけで、これから一〇日ばかりの間、お前らのサポートをしてくれる冒険者の方々をお招きした。

おい、セイル。とっとと入ってこい」

俺が廊下に向かって声をかけると、銀色に近い灰色の毛並みをなびかせたセイルを筆頭に、屈強な男たちがゾロゾロと教室に入ってきた。

何だよ、この必要以上に物々しい連中は⁉

おそらく冒険者の長として見栄を張りたかったのだろうと思うが……まったくもって無駄な抵抗だと思うぞ。

なにせ……。

「ひぃぃぃぃぃっ⁉　なに、この劣化クロード《あくま》の群れは‼　ここは魔界か？　それとも地獄の最下層か⁉」

そして日莉と一緒にいられるという餌に釣られてインストラクターを引き受けたセイルは、教室を見回すなり叫び声を上げた。

その後ろに控えている冒険者たちに至っては、完全に気圧《けお》されていて声も出ない。

そうだろうなぁ。今やこいつら、下手なベテラン冒険者よりもはるかにヤバい雰囲気を放っているからなぁ。

「ほんと、そうですよね。一週間前の混沌《こんとん》とした騒がしさが、今はとても懐かしいです。

今は他のクラスからも『魔王に従う影の軍団』って呼ばれてますよ」

やかましいぞ、日莉。

俺がこいつらを調教したのは、いったい誰のためだと思っているんだ？

「失礼な奴らだな。これは俺の可愛い家畜共だよ。ほら、挨拶しろ」

俺が顎をしゃくって指示を出すと、分厚い胸板と丸太のような腕、どこの米軍海兵隊かと思うほど見事な体格を持つエルフの男子生徒が前に進み出て、機械のように滑らかな動きで一礼してみせる。

「……エル……フ？」

セイルの声が、疑問系のアクセントを帯びる。

まぁ、無理もないな。

その長い耳とさわやかな美少年顔がなければ、オーガといわれても納得するだろう肉体美だ。

「はじめまして、冒険者ギルドの方々。

このたびは狩猟祭のインストラクターを引き受けていただき、応用魔術科Ｆクラスを代表してお礼を申し上げます」

一見して無防備なその佇《たたず》まいには、実は一切の隙もなく、その実力はここにいる冒険者たちが一斉に奇襲を仕掛けたとしても一人で全員を返り討ちにできるだろう。

こいつは俺が育てた生徒《かちく》の中でも一番の成長株だ。

ほんの一〇日ほど前まではまともな運動すらできないモヤシ少年だったとはとても思えないな。

すばらしい成長だよ、家畜29号君《ワトキンス》。

こいつらの中であまり変化が起きてないのはせいぜい日莉ぐらいのものだ。

まぁ、こいつに限っては俺がわざと改造しなかったんだがな。

「因業店主……こいつら、本当にインストラクター必要なの？」

「要るはずないだろ。他のクラスの生徒にインストラクターをつけなきゃならんから、こいつらにも形式上つけるだけだ」

「……だよね」

戦士として完全に負けていることを理解したセイルが、弱々しくため息をつく。

そう落ち込むな。

こいつらが終わったらお前も調教してやるよ。

「さて、今日の講義はハンティングに関する心得についてだ。

大事なのは、いかに良い状態で獲物を仕留めるかということになる。

火を使う魔術は論外。

背中への攻撃は価値を大きく下げるから厳禁。

頭と手足は基本的に利用価値が低いので、皮をとるだけのつもりならば攻撃しても構わない。

そして肉を食用にする場合は、できるだけ苦痛を与えない方法でトドメをさすのが好ましい。

死の瞬間に苦痛や大きなストレスを感じると、血が肉の中に入り込み、臭みの原因となる。

よって、眉間を衝いて一撃で倒すのが最高の素材を得る方法であり、ハンターの理想にして最終目標である。

……以上を踏まえた上で具体的なやり方を説明するぞ」

とまぁ、そんなわけで授業はハンティング技術を中心にすることになったのだが……。

おい、なんで俺が他のクラスの奴の授業までせにゃならんのだ⁉

そんなこと、冒険者ギルドの連中にやらせればいいだろう？

そう言って断ろうとしたのだが、そこに口を挟むやつがいた。

「他の教官じゃ、アンタほどの技術がないだろ。そりゃ不公平だと思わないか？」

セイルから技術のレベルが違いすぎて他の生徒との間に不公平が発生すると指摘され、おまけに冒険者たちの基礎能力の上昇のために特別クラスを臨時で設置して、そこで冒険者相手の講義もやってほしいと頼まれてしまった。

セイル、お前ちょっと人の使い方が上手くなったな。なかなかいい押しきりっぷりだったぞ。

その成長に免じて今回は引き受けてやるが、次に同じような真似したらドラゴンの生息する谷間に逆さ吊りで一晩放置するからな。

おっと、そろそろ授業の時間が終わるようだ。

「では、今日の授業はここまで。

各自、今回の内容を復習しておくように。

質問は次回の授業の冒頭で受けるから、それまでに自分で調べておけ」

俺はそう言い残して教壇を後にする。

「ダメだ……内容が高度すぎて半分しか理解できない」

見れば、一緒に授業を受けていたセイルが机の上でだらしなく突っ伏していた。

「い、いえ、あれは理解できないんじゃなくて……教え方自体はわかりやすいんですけどね……モノにするにはわれわれの基礎能力が足りていないというか……一度に高度で複雑な理屈詰め込まれすぎて憶えきれないというか……」

セイルの横にいる冒険者たちも、どうやら全滅しているようだ。

ふがいない奴らめ。宿題は出さない主義だが、あとで特別に課題をどっさりとくれてやる。

しっかり復習しろ！

「ほんと、人格と手段を選ばないところを除けば有能な教師なのに」

そんな死屍累々《ししるいるい》の状態を眺めつつ、日莉がボソリと呟く。

「何か言ったか、日莉」

「いいえ。それよりも、今日の昼からの実習はウサギ狩りですか？

ほんと人のトラウマをえぐるのが好きですよね」

「……大好きだろ？　ウサギ」

「ええ、食べるときと愛でるときだけは」

心配するな。

今回はウサギを捌いてシチューを作るところまで全員にやらせるから！

まぁ、俺の育てた生徒の中にその程度で心が揺れるような輩《かちく》はいないと思うけどな。

〈第一〇話〉

巨人狼《ヴリコーダラ》という生き物についての話をしよう。

森林に住む強大な魔物の一つで、その名の通り狼の頭を持つ全長約八メートルという巨大な人型生物である。

青みを帯びた銀色の美しい毛皮を持ち、首を刎《は》ねようが灰になろうがその魔力が残っている限り即座に再生して襲いかかってくるというすさまじい生命力を誇る。

その巨体と常時発動式の肉体再生魔術を維持するためか、常に猛烈な飢餓に苛《さいな》まれており、生物を見れば即座に襲いかかる性質を持つため非常に凶暴だ。

むろん人狼と名につくだけあって銀の武器は有効だが、残念なことにその弱点を衝いたとしても決定打というには程遠く、結局は肉体を再生する魔力が尽きるまで延々と殺し続けなければならない。

——ちなみに俺がなかなか店を離れてこいつを狩りに行けなかった理由は、仕留めるまでにえらく時間がかかるからだ。

そして俺の知る中で一番良い退治の方法は、首を刎ねて残った体を束縛した上で銀の鎖をもって大地に繋ぐこと。

もしくは刎ねた首を銀糸で編んだ袋に入れ、その状態で半日ほど逃げ回ることである。

両方試せるなら、なお効率がいい。

こうすれば巨人狼《ヴリコーダラ》の魔力が銀に吸い取られて大地に還り、通常より早く衰弱するという寸法だ。

当然ながら生命力だけが問題ではない。

その鋭い爪は鉄の鎧も簡単に切り裂くし、その身の丈に合わない敏捷性《びんしょうせい》は反則だと言いたくなるだろう。

あとは小型の竜巻ですら引き起こすほどの風の魔術も使うから、一流の冒険者が六人以上でよってたかってフルボッコにしてようやく何とかなるといった具合だろうか。

こいつを一人で倒せるならば、もはや超一流のハンターと言っていいだろう。

そうそう人目につく場所に住む生物ではなく、棲息《せいそく》圏《けん》は人里を遠く限られた僻地ばかりだ。

当然の話として、そんな場所に学園通いのヒヨっ子を全員連れてゆけるはずもなく……。

「てなわけで、お前さんたちにはしばらく引越しをしてもらいたいんだな」

俺は目の前の簀巻《すま》きにされた巨人狼《ヴリコーダラ》を足で蹴りつつ、捕獲した獲物の数を記録する。

そろそろ十分な数だし、こいつを試験会場に転移させたら学園に戻るか。

「グルルル……」

「威嚇しても無駄だ。お前を縛っているその革紐は、俺とマンナの合作だぞ？

魔王か最終成長を果たした勇者でもない限り引きちぎるのは無理だね」

「グゥゥゥゥ……キュゥゥゥゥゥ」

どうやら自分の状態を悟ったらしく、命乞いをするように悲痛な鼻声を出して哀れみを誘うが……。

悪いな、俺は犬派でもなければ猫派でもないんだ。しいて言うなら、牛派か？

あいつらは革製品の素材になるから、文字通り愛さずにはいられない。

「今からお前をとある森に連れて行く。

三日だ。三日間、誰にも狩られずに生き延びることができたなら、お前を元の場所に戻した上で牛を三頭くれてやろう」

「……わふっ⁉」

俺が牛一頭分の肉を呼び出して奴の前においてやると、奴は驚きながらも猛然とした勢いで肉を食らい始めた。

「どうだ、俺との契約を受け入れるか？」

「……ばうっ」

よし、契約成立だ。

俺は革紐を解いて奴を自由にしてやった。

一流の冒険者たちの間でもほとんど知られていない話だが……巨人狼《ヴリコーダラ》は人と変わらないほど知能が高く、本来は凶暴な性格ではない。

こいつらを凶暴にしているのは、ひとえにその激しい飢餓である。

奴らの食欲を満たしてやった上で意思疎通の方法を確立できれば、交渉はおろか友人にですらなれる存在なのだ。

ゆえに俺みたいな革職人は、この魔物を巡って一部の魔物使いと激しい対立関係にある。

地球で言う、捕鯨反対集団のようなものだと思ってくれればわかりやすいだろうか。

あいつら、本気で環境テロリストとやること変わらないしな。

おかげさまで、俺は魔物使いという奴らが大嫌いだ。

一部の過激派でなくとも、魔物使いという輩はどいつもこいつも気に食わない。

連中は俺の商売を指していつもこう言うのだ。

『飼育《テイム》可能な種類の魔物は人類の友達だ。

彼らは人間の次に知能が高い生物であり、これを一方的に襲って殺すなんてとんでもない！

なぜそんな残酷なことができるのだ？

知性ある生物を殺して、その革を薄汚い商売に使うのは邪悪な行為である』

……だとよ。

お前らの理屈を突き詰めたら、最終的には肉も魚も卵も植物も食えねぇんだよ！

そもそも知能や性格で命に格差をつけるな、この差別主義者！

だいたい、巨人狼《ヴリコーダラ》を保護するにしても、その生命を維持するのにどれだけの命を食い潰すと思ってるんだ？

「さてと、そろそろ移動するぞ。

お前の今から行く場所には、俺の牧場で増えすぎた雄鹿を大量に放ってあるから、契約期間の間は好きなだけ食べていい」

「ワオッ!!」

口の周りを滴る血で赤く染めながら、そのまだ若い巨人狼《ヴリコーダラ》は嬉しそうに尻尾を振って俺についてきた。

……おいおい、いくらなんでも人を疑うことを知らなさすぎだろ。

はたしてこのワンコロはちゃんと試験期間を生き延

びることができるのだろうか？

「やぁ、クロード。仕込みはバッチリみたいだね」

俺が新入りの巨人狼《ヴリコーダラ》を試験会場の森に放つと、マンナが様子を見に現れた。

「あぁ、問題ない。契約した巨人狼《ヴリコーダラ》は全部で一五頭。俺のほうは状態のいいのが一体分あれば十分だし、さすがに一頭も狩れないなんてことはないだろう」

多少厳しくはあるが、俺の調教した忍者軍団ならほぼ確実だ。

後は俺がほんの少し手助けしてやればいい。

残りの巨人狼《ヴリコーダラ》は余ってしまうことになるが、それでも他の生徒たちにとっては生きた教材として十分に役目を果たしてくれることだろう。

「それなら心配しないで。ボクがデモンストレーションで一頭狩るから、君は安心してトラブルを引き起こせばいいよ」

「……何のことかな？」

マンナの奴、予想外なことを言い出しやがった。

まさか、気づいているのか？

「予知が君の専売特許だと思ったら大間違いだ。愛の星がね、この行事の途中で大きな波乱が起きると囁くのだよ。

ボクにもわかることが、君にわからないはずがない……そうだろ？」

なるほどな。

まぁ、知られたからといってどうということではない。

ただ、サプライズ感がなくなるのが面白くないだけだ。

「二日目だ。楽しみにしていろ」

俺が笑みを深めつつそう呟くと、マンナもまた闇がこぼれ落ちそうな笑顔でそれに応えた。

試験当日、学園長の無駄に長い訓示を俺が渾身のフライングニールキックによって短縮し、マンナによるデモンストレーションが始まった。

「さて、いよいよだ。解説してやるから目を見開いてよーく見ておけよ」

講堂のスクリーンに試験会場の様子を映し出し、俺は壇上にて生徒たちを見下ろす。

「まず、お前らじゃ、巨人狼《ヴリコーダラ》とは正面から戦っても勝ち目がない。

よって、奇襲を仕掛ける必要がある。

いいか、死んだら終わりだ。卑怯《ひきょう》な手段をとるのが嫌だというなら、今すぐ試験を放棄しろ」

俺の言葉に反応し、騎士科の連中を中心に非好意的なざわめきが生まれた。

まぁ、この行事自体がほとんど俺のエゴと都合だ。

お前らに強制するつもりはサラサラねぇよ。

「奇襲の際の懸念事項を確認しよう。今回は巨人狼《ヴリコーダラ》が相手のため、主に嗅覚と聴覚に対しての処置が必要になる。

嗅覚を誤魔化すために風下に回って奇襲を仕掛ける必要があるし、聴覚を誤魔化すためには森の中に鳴子を仕掛けて注意をそちらに引きつけたりするのもいいだろう。

どんな方法をとるかは、自分の班の連中とよく相談するんだ。

いいか、全員とだ。

相手が自分より劣っているからといって、その意見を無視するようなことは絶対にするな。

そいつには、お前には見えなくて、そいつにしか見えない世界というものが必ずある。

そして運命の悪意ってのはな、お前が見ることのできないそんな世界を通ってこっそり近づいてくるんだ。

いいか、破滅の足音をいち早く察知するには他人の目と耳が、それもできるだけ多くの目と耳が必要だ。

お前が『他人の意見なんて必要がない、自分のことを完璧だ』と思っているなら、それは目を閉じて何も見えていないのと同じだと思え」

俺がそう演説を締めくくると、生徒たちは気圧されたように黙りこくり、引きつった顔のまま俺の顔に注目する。

おっと。

俺が壇上で説教をかましている間に、どうやらマンナが獲物を見つけたらしい。

あぁ、そいつで間違いないよ、マンナ。

その個体は今回の試験の内容を俺に確認し、そしてやってきた生徒を罠にはめて貪り食おうと考えた愚か者である。

——アホが。獲物らしく逃げ回っていれば良いものを。

そもそも、俺が生徒が食われてしまうようなリスクを見逃すとでも思ったか？

ちゃんと生徒が試験中に死なないように、緊急転移だの身代わり人形だのと、マンナがいろいろと準備しているに決まっているだろうが。

そのマンナは、まるで狩人のお手本のように湿った落ち葉だけを踏んで足音を殺しつつ、風下から風上へと移動する。

そして獲物を確認すると、まるで猫のようにすばやく巨人狼《ヴリコーダラ》の背後に忍び寄り、懐から武器を抜き放った。

あーこいつ、魔術師のくせに魔術を使わない方法を使いやがったよ。

しかも、よりによってソレか？　えぐい武器を用意したなぁ。

彼女が手にしているのは何と大きな銀製の針。

しかもささくれのような細かい返しがついていて、痛みのあまり暴れるほどに肉に食い込んでゆくようにできている。

つまり、ヤマアラシの毛針を模したものだ。

ほんと、大自然の英知って恐ろしい。

「グガァァァァァァァ!!」

マンナの投げた針が背中に刺さるなり、地面が震えるほどの絶叫が巨人狼《ヴリコーダラ》の喉から迸《ほとばし》る。

あー、あいつ、わざと手の届きにくい場所を狙いやがった。

おい、一本だけなら大目に見てやるが、それ以上背中の皮を傷つけるんじゃない！

まぁ、片がつく頃にはきれいに傷も治っているだろうが、見ていて気持ちのいいものじゃないんだよ！

そして巨人狼《ヴリコーダラ》がマンナの方向を見据え、その存在に気づいたことを確認するや否や、マンナは大きく後ろに跳んで距離を稼いだ。

同時にその唇からは流れるように呪文が紡がれる。だが、その詠唱を耳にするなり生徒たちの顔が驚愕《きょうがく》にゆがんだ。

その顔はこう言いたいのだろう？

その魔物にその呪文は効率が悪すぎる……と。

「魔神ロキの名において地の諸力に命ず。汝が悪意と天を衝く怒りにて、かの者の足を拒め」

マンナが唱えたのは、初心者用の地の魔術である〝躓き《スネアー》〟だ。

相手ごと地面を持ち上げてひっくり返す魔術で、体の大きな相手に仕掛けるならそれだけ多くの魔力を消費する。

この場においてその効果を考えれば、対費用効果が悪すぎると考えるのが普通だろう。

ただし、それは普通の使い方をした場合の話だ。

しかも、相手の足が地面につくギリギリのタイミングを狙うあたり芸が細かい。

こいつ、どうやらわざと生徒たちでも可能に見える方法で狩りをする気らしいな。


この世界の魔術は専門外のくせに、さも手馴れているかのように使いこなす才覚はまさに大魔術師の貫禄《かんろく》といったところか。

こいつはちゃんと解説しておいたほうがいいだろう。

俺は大画面に映る映像を巻き戻した上でスローモーションに切り替えて、生徒に解説してやることにした。

「知っての通り、〝躓き《スネアー》〟は地面を隆起させて相手のバランスを崩す魔術だが、使い方しだいではそれ以外の効果をもたらすことができる。足を突き上げる角度をよく見ろ」

俺は巨人狼《ヴリコーダラ》の足元を拡大し、魔術によって隆起した土の塊を教鞭《きょうべん》で指し示す。

「垂直に足元を突き上げるのではなく、少し角度をつけている。そうやってひと手間加えることで……」

画面の中の足を取られた巨人狼《ヴリコーダラ》はなぜか真横に倒れ、脳震盪《のうしんとう》を引き起こした。

「不思議な倒れ方をしただろう？

あれは体術の応用だな。足止めの魔術を使って、投げ技を仕掛けたんだ。

このときこの場に発生した運動エネルギーの、それぞれのベクトルの方向を図にするとこうなる。

巨人狼《ヴリコーダラ》の体の重心がここで、この重心から地面に対して垂直に伸びる線をY軸、進行方向をX軸とする。

で、体の重心を司る骨盤の位置がゼロ基点な。

そしてマンナの放った〝躓き《スネアー》〟の角度がこうで、強さを線の長さで表すとこのぐらい。

巨人狼《ヴリコーダラ》の前進する運動エネルギーと、足を踏み下ろす運動エネルギーはこのぐらいになる。

さて、ではベクトルの出し方の復習だ。

こいつの足にこの角度で衝撃を加えると、腰のあたりを支点とする回転運動が発生し、巨人狼《ヴリコーダラ》の進行方向に対するZ軸に向かって運動エネルギーが発生する。

Z軸に運動エネルギーが発生することで推進エネルギーのベクトルがゆがみ、この方向に体が引っ張られてだ。

その結果として歩行が不可能な体勢へと変化。

結論として巨人狼《ヴリコーダラ》は受身すら取れずに転倒、そして頭を強打して失神してしまったというわけだ」


ふむ、ちょっとした物理の解説なのだが……こいつらにはちょいと刺激が強かったかな。

せっかく俺が停止画像に図表を書き加えて解説してやったというのに、全員がポカンと口を開けて画面を見ている。

「何を呆けている？　こんなこと、俺と一緒に魔王を退治した連中の共著『巨人殺し《ジャイアントキリング》論』の最初のほうに書かれている内容とほぼ同じだぞ？

巨大な体躯《たいく》を持つ生き物は、転倒したときに大きなダメージを受ける。

その理論を実際に形にしたこの戦い方がこれだ……勉強が足りてないな」

少しわかりにくいかもしれないが、要するにマンナのやったことは足止めの魔術を使って柔道の〝出足払い〟をやってのけたにすぎない。

柔よく剛を制すというのは、何も柔道だけにしか使えない考え方ではないのだ。

ちなみに……マンナの柔道の師匠は俺だったりする。

得意技は、ご覧の通り〝出足払い〟。

あいつ、結構強いんだわ。

「魔術による攻撃ってのは、ただ呪文を唱えてぶっ放せばいいってもんじゃない。知識ってのは、深くは知らなくても幅広いだけで十分に脅威となる」

本当に怖い魔術師ってのは、強い呪文を放てる奴のことではない。

一つ一つの魔術についてとことんまで応用を利かせる魔術師だ。

そして、腕のいい魔術師ほどめったに大きな魔術は使わない。

なぜなら、魔力が尽きてしまった魔術師などただの人であるということを知っているからだ。

そういう奴らは小さな魔術で同じ効果を導き、極力自分の力を温存する習慣が身についている。

「さて、画面を今の時間に戻すぞ」

俺が再びリアルタイムのマンナを移すと、マンナはすでに銀の鎖で失神した巨人狼《ヴリコーダラ》を縛り上げていた。

よし、そろそろ終わりにしよう。

実に良くやった。

デモンストレーションとしては完璧だな。

「じゃあ、マンナ。仕上げを頼む」

俺が画面の向こうにそう語りかけると、マンナは一つ頷いて喚起魔術にて巨大な断頭台と石人形を呼び出した。

そして怪力を誇る石人形を使って意識のない巨人狼《ヴリコーダラ》を断頭台にセットし、画面の向こうの生徒たちに向かって、はいチーズ。

結果、女子生徒を中心に一〇名が貧血で医務室に運ばれていった。

……マジか⁉

お前ら、こんなんじゃ先が思いやられるぞ？

〈第一一話〉

「では、これより巨人狼《ヴリコーダラ》討伐祭を執り行う！　各自、全力を尽くせ!!」

騎士科の指導員が号令をかけると、生徒たちは歓声を上げながら自分の班の仲間を引き連れて森へと入っていった。

このイベントは三日間の間行われ、生徒たちは一チーム一二人ずつグループを作り、サバイバル生活を送りながら森に放たれた魔物を狩る。

俺の手によって森に放たれた魔物は全て記録がつけられており、狩ってきた獲物によってポイントが加算され、一番ポイントが高かったチームが優勝だ。

なお、死亡事故を防ぐべくあらかじめマンナの手によって救護用の魔術が森全体に仕掛けられており、トラブルが発生したら森を監視している無数の人工精霊が反応し、死亡事故が起きる寸前に保護してそのまま救護キャンプへと転移させる仕組みになっている。

そして救護室に転送された生徒は、その場で失格。

このイベントにおける最低限の評価基準は『生き残ること』であり、それすら満たせない奴は評価するに値しないというのが俺とマンナの共通意見である。

さて、生徒が行動を開始してからおよそ一〇分。

ほとんどの生徒も教師も出払ってしまい、運営委員会本部の設置された職員用のキャンプには俺と数人の教師が待機しているだけだ。

マンナは救護キャンプの責任者になっているので、別のキャンプ地で仕事中である。

そして俺がここで何をしているかというと……天眼通による日莉の監視ではない。

とある人物を待っているのだ。

おっと、どうやらようやくその待ち人が来たようだな。

俺はキャンプを抜け出し、その裏手へと足を向けた。

「よぉ、計画は順調か？」

「ええ、おかげさまで」

俺が声をかけてやると、やってきたその人物はニコりともせずに当たり障りのない言葉を返す。

ほんと、こいつは可愛げのない男だな。

だが、この男こそがこの喜劇と悲劇の真の主人公にして、事の発端。

そして終わりの幕を引くべき人物なのだ。

「まもなくお前の願いは叶う。だが、それで本当に良かったのか？」

「ええ。良いも何も、これが最良の答えであることは間違いありませんから」

ともすると、まるで迷いなどまったくない言葉に聞こえるが、それは表面だけだ。

俺の無粋な能力は、こいつの心の中が今も血を流しながらのたうち回っていることを知っている。

……なんて無様で、そしてなんて愛すべき魂。

この地獄の底から叫んでいるようなその悲鳴を感じるだけで、俺がこの計画に手を貸したことへの対価に値する。

「確かにお前の意見は正しい。

だが、それは人の心というものを無視した上での話しだ。

男としてはある意味最低だぞ」

俺は意地の悪い笑みを浮かべながら、鷺の紋章《ヘロン》の刻まれた革製の呪符を差し出した。

日莉の作ったものではない。

この男の依頼により、俺とマンナが全力をこめて作った代物だ。

もはや魔王ですらこの呪符の力に抗うことは難しいだろう。

「知ってます。けど、私は……」

受け取った呪符を受け取った手は、意図せずかすかに震えていた。

「まぁ、いい。せいぜい俺を楽しませてくれ」

「期待してくれて構いませんよ」

呪符を懐にしまい込み、どこか空虚な笑みを浮かべると、男は振り返りもせずに森へと帰っていった。

その後ろ姿を見送りながら、俺は珍しく恍惚《こうこつ》とした顔のまま心の中で独り言を呟く。

あぁ、未来が収束してゆくぞ。

この先の運命を曖昧にしていた可能性の枝葉が次々と切り落とされていく。

そして運命の魔女《ノルネン》たちがその糸を手繰り寄せて、人々を運命の檻に繋ぐのだ。

あきらめろ、もう道は定まった。

誰も逃げられはしないぞ。

そして主役の一人が退出したところで、もう一人の主役が入れ違いで現れた。

なんとこの物語には三人の主役がいるのだ。

「……そこで何をしているんだエアハルト？」

鎧の修理ならようやく素材の入手の目処《めど》が立ったぞ」

茂みの中から現れたのは顔見知りの冒険者……エアハルト。

彼もまた、生徒のインストラクターとして雇われた冒険者の一人であり、今は控えとして休憩を取っているはずの時間帯だった。

「実は、折り入って話があるんだが、時間をもらえないだろうか」

青ざめた顔をしたエアハルトは、俺が無言で頷くなり地面に膝をついて頭を下げた。

貴族が目上の人間に頼みごとをする際の作法だが、なかなかに見事なものだ。

安物の、しかも中古らしき革鎧を身に着けたその姿は、以前とは見比べることもできないほどみすぼらしい。

鎧を修理する金を捻り出すため、苦しい生活をしているのだろう。

精悍で整った顔はうっすらと黒く汚れ始め、銅無垢のように輝いていた髪は伸びて絡まり、鳥の巣のように乱れていた。

ただ、立ち振る舞いだけは相変わらずである。

この男を浮浪者と間違えるものはどこにもいない。

姓を失おうとも、どんなに落ちぶれようとも、この男はどこまでも貴族だった。

「何の真似だ、エアハルト？　聞くだけなら構わんぞ」

「あんたに頼みがある。その前に確認だが……最初からわかっていたんだろ？　俺に鎧を修理するだけの金がないことは」

　プライドをかなぐり捨てた、血を吐くような告白だった。

「あぁ、知ってるよ。お前の悩みも、願いも、その運命も。あの鎧を買ったそのときから、お前が破滅することぐらいは知っていた。

　ただ、未来というものは曖昧な上に気まぐれすぎる。俺も最初から全てを知っていたわけではない。

　知ったからといって、よくなるとも限らない。

　そして、つい先ほどになってようやく全ての結末が明確に定まり始めたところだ。

　……何も教えなかったことを酷いと思うか？」

　俺の言葉に、エアハルトは黙って首を横に振る。

「いや、あの鎧を欲しがったのは俺自身だ。

　最初から忠告が欲しかったとは思わない……と言えば嘘になるが、言われたところでどうせ信じなかっただろう。

　人は自分にとって都合の悪いことからは目を背けてしまう生物だからな。

　むしろ、こんな俺を見限らなかったことに感謝している」

　あぁ、この期に及んでも、この男は変わらない。

　だからこそ、俺はこいつを気に入っているんだがな。

「チャンスをくれてやる。

　俺の名において、お前が休憩時間に森で狩りをすることを認めてやろう。

　……お前の力で巨人狼《ヴリコーダラ》を狩って来い。

　あとの代金はお前の心意気と引き換えにしてやろう。

　俺は自他共に認める悪魔のような男だが、だからこそ自らの美学には忠実だ。

　そしてお前の生き様は美しい。

　どんなに無様に見えていても、俺にとっては美しいのだ。

　ゆえに、神が見放しても悪魔たるこの俺が恩寵《おんちょう》をくれてやる。

　だが、それは甘くて人を酔わせる毒でもあることを忘れるなよ？

　これはむしろ俺からの試練といってよいだろう。

戦士エアハルト。この俺という悪魔と戦い、見事勝利してみせるがいい」

「……感謝する」

短くそれだけを言い捨てると、エアハルトはその目に決意の光を宿し、森の中へと入っていった。

あぁ、そうだ。

俺はちょっとばかり悪戯心を出して、その後ろ姿に声をかけた。

「言い忘れたが、森の中にはアンフェルシア嬢がいるぞ？　まだ、お前のことを憶えているらしい」

「……なっ⁉　なぜその名を‼」

驚愕に目を見開いたまま振り返るエアハルトを残し、俺は追い縋る声を無視して薄笑いを浮かべたまま職員用のテントに戻っていった。

——馬鹿め、俺がそう簡単に勝ちを譲ってやると思ったら大間違いだ。

今頃どんな顔しているやら……。

せいぜい苦労するがいい。

予想外の言葉にうろたえるエアハルトをニヤニヤと想像しつつも、俺はこの物語のもう一人の登場人物の様子を見るため天眼通を発動させた。

その対象は……ミシェール・イスケルベイン男爵令嬢。

王太子の恋人としてアンフェルシアから婚約者を奪い去らんとする、おめでたい頭と腹黒い性格をした女だ。

日莉の様子を見なくてもいいのかって？

悪いが、今回の舞台では、俺も日莉も観客側の人間だしな。

異世界人特性によって舞台に上がり込んでしまう可能性もあるが、今回の件についてはそうなったときに改めて観察すればいい程度の興味しかない。

むしろ放置したほうが面白い結果を持ってきそうな気がするしな。

さて、腹黒ヒロインであるミシェール・イスケルベイン男爵令嬢が現在何をしているかというと……。

彼女はせっせとアンフェルシアを陥れるための工作活動を行っていた。

ある意味、実に勤勉である。

「やだ、どうしよう……」

「どうしたんですか、ミシェール」

森の中で突然立ち止まったミシェール嬢に、魔術師風の装備に身を固めた生徒が声をかけた。

ちなみにこいつはミシェール嬢の逆ハー要員その一である。

「えっと、虫除けの薬が切れているのを忘れてて……」

「本当にミシェールはそそっかしいな。ほら、俺のを貸してやるよ」

そう言って自分の荷物から精油の入った小瓶を取り出したのは、いかにも剣士らしい金属鎧に身を固めた騎士科の生徒。

こいつがミシェール嬢の逆ハー要員その二である。

ミシェール嬢の逆ハー要員は王太子を含めて六人。

そのうちの二人がミシェール嬢と同じ班に配属されていた。

むろん、正当な手続きによるものではない。

ミシェール嬢の逆ハー要員である一人の教員が、戦闘能力が高くて親しい人間が同じ班にいたほうが気が休まるだろうと言って不正に裏操作をしたからだ。

同時にミシェール嬢の本命に近い王太子や公爵家の次男をわざと違う班に配属するあたり、本来なら公私混同もは甚だしいお話である。

うん、実はいろいろと裏があるのだよ。多くを語ることはできないがな。

そして虫除けの精油を差し出されたミシェール嬢はというと。

「ごめんなさい、私、市販の虫除けが肌に合わなくて、すぐに赤くなっちゃうの」

おいおい、虫除けの精油がなくても、お前その服のポケットに虫除けの護符を入れているだろ。

貴族はそれぞれが自分だけの虫除けを職人に作らせて、名刺代わりに周囲に漂わせるのが嗜《たしな》みである。

自分を貴族と思っているならば、どんなに便利でも護符を使わないのが当たり前だ。

そんなものを使うのは、金持ちの商人ぐらいだな。

貴族でありながらそんなものを持っていれば、平民と嘲りを受けてしかるべきなのだが……ほんと、相当な嘘つきだなこの女。

「えぇっ？」

視線をそらしてうつむくミシェール嬢に、わざとらしくがっかりする剣士風の男子生徒。

その様子を鼻で笑いながら、魔術師風の男子生徒が偉そうに胸を張りつつ前に進み出る。

「そんなことは早く教えてください。知っていれば、僕が貴女のために一番いいものを調合してあげたのに」

ほほう？　魔法薬の調合には自信があるってことか。だがな、そのミシェール嬢が薬学の成績においてお前より上であることを忘れてないか？

実はアホだろ、お前。

そのうち専門である攻性魔術の成績でも追い抜かれるぞ。

「それで、普段はどんな虫除けを使っていたんだ？」

「それが……殿下からいただいた虫除けなんです。ローズ・ゼラニウムをメインにして特別に調合した物で、どこにも売っていない代物らしくて」

「ライケルマン殿下から？　そいつは困ったな」

頭を掻きながら、剣士風の男子生徒は眉間に皺を寄せる。

確かこの生徒は平民上がりの天才剣士って話だったな。

切った張ったは得意でも、こういう上流階級への伝手が必要な話は苦手らしい。

しかも、自分の使っている虫除けの精油を誰かに贈るのは、貴族社会における求愛行動の一つである。

つまり、別の意味での虫除けだ。

「あ、実は殿下も人からもらったものらしいんです」

「へぇ？　誰から？」

「あの……それが、実は……この学園の人ではあるんですが……」

「はっきり言えよ」

「はい、その虫除けの精油を調合したのは、アンフェルシアさんだそうです」

その言葉を聞くなり、逆ハー要員二人は苦虫を噛み潰したような顔をした。

「あの女か……」

「でも、ミシェールの肌に虫刺されを作るわけにはいきません。ボクがもらってきましょう」

「待て、俺も行く！」

そう告げるなり、逆ハー要員二人は班を離れて森の奥へとアンフェルシア嬢を探しに行こうとする。

おい、お前ら……大事なことに気づいてないだろ。

ここまでに、いったいいくつ見落としがあると思ってるんだ？

あぁ、やっぱりこいつら馬鹿だな。

「おい、お前ら！　どこに行くんだ!!」

「勝手に班を離れるんじゃない！　何を考えている!!」

「すぐ戻るからしばらくそこで待っていてくれ！」

「ミシェールさんのこと、よろしくお願いします!!」

さすがに班のまとめ役やインストラクターの冒険者が止めに入るが、逆に勝手なことを言いながら二人の男子生徒は走り去ってしまった。

「ふざけんな馬鹿野郎!!」

「よろしくじゃねぇよ！　だからあいつらと同じ班は嫌だったんだ!!」

二人の姿が見えなくなったとたん、同じ班の連中が不満を爆発させる。

「虫除けぐらい事前にしっかり準備しておいてよね！あんた、いっつも迷惑なのよ!!」

「だいたい王太子殿下が優しくしてくれるからって、いい気になってるんじゃないわよ！

アンフェルシア様にもどれだけ迷惑をかけているかわかっているのかしら？」

「……そんな！　私はそんなつもりじゃ」

女子生徒たちからミシェールへの不満も噴き出すが、当の本人は両手で口元を覆い隠し、悲しげに眉を八の字にゆがめている。

知ってるか？

その手で隠した口元、嬉しそうに笑ってるんだぜ。

そしてそのときだった。

「わたくしがどうかしたのかしら？」

森の向こうから、別の班が近づいてきて、そのうちの一人が声を上げた。

「アンフェルシア様！」

その声の主の正体に気づき、ミシェールの班の面子から悲鳴のような声が上がる。

「あ、はい。実は殿下からいただいた虫除けを切らしてしまって……アンフェルシアさんが殿下に差し上げたというアレじゃないと、私、肌が荒れてしまうんです」

「ちょっと、アンフェルシア様に直接口を利くとか、しかも虫除けの香油を欲しがるとか、どんだけあつかましいのよ、あんた!!」

自分の要望を当たり前のように口にするミシェールの面の皮の厚さに、周囲の面々は絶句するしかない。

アンフェルシアもまた、口元を扇で隠したまま不愉快そうに眉をひそめていた。

「彼女は何とおっしゃっているのかしら」

聞こえているはずのミシェールの言葉をわざと聞こえないフリをして側付《そば》きのものから聞き直す。

高位貴族の嗜みとはいえ、面倒な習慣だ。


まぁ、あの物言いでは聞き間違いかと思うのも仕方がないともいえるが。

「アンフェルシア様、あの庶民は貴女様の持っている虫除けを所望したいとのことです」

しかも、前は殿下にそれをいただいたのだとか」

「あれを？　庶民には過ぎた代物ね。しかもその意味もわかってないのかしら？

最近の殿下は何を考えてらっしゃるのか私にもわかりかねるわ」

「ほんと、荒れて困るような肌でもないでしょうに、何をあつかましい」

どうやら、アンフェルシアの班の女子共は、すっかりアンフェルシアの侍女と化しているらしい。

黙って目を閉じ、深く思案するアンフェルシアの横で口々にうるさく騒ぎ立てる。

「まぁ、言葉が悪いわね、みなさん。

庶民の窮状を助けるのも私たち貴族の義務ではあるわ。

少々その身分には不相応ですが、虫除けぐらいよろ

しくてよ。くれてやりなさい」

そう告げると、アンフェルシアは自らの懐から華麗な彫刻を施されたガラス瓶を取り出し、隣の生徒に手渡した。

「ほら、ありがたく使うがいいわよ、この物乞い！」

そしてその瓶を跪《ひざまず》いて受け取った女生徒は、悪意の籠もった目をしたままミシェールに近づくと、瓶の蓋を開いてその中身を地面にぶちまけた。

「ほら、早くその土に混じった油を顔や手足に塗りたくりなさい！　平民にはお似合いだわ！」

さすがにやりすぎたと思ったのか、周囲の生徒の何人かが引いた目でその女生徒を見る。

だが、そのうちの一人がアンフェルシアであることに気づいた生徒はどれだけいただろうか？

そしてミシェールは……。

「あんた、何してんの⁉」

「はい、もったいないので体に塗ろうと思いまして」

油の混じった泥をその白い腕に塗りたくっていた。

この行動には全員がドン引きである。

一見して天然だが、実は計算ずくだ。

「こ、こいつはオマケよ！」

この常識を逸した行動に、ある意味引っ込みがつかなくなったのだろう。

先ほど香油を地面にぶちまけた女子生徒は、ことあろうか空になった瓶をミシェールに向かって投げつけた。

「あっ⁉」

ゴスッと鈍い音と共に、瓶はミシェールの額を直撃。

その額から一筋の血が流れ出した。

「なっ、何よその反抗的な目は！　平民のくせに‼」

自らのやましさをごまかすために、その女生徒はヒステリックに叫び続ける。

あぁ、なんて醜い。

まるで性格の悪い雌鳥を見ているかのようだ。

誰もが自らの目と耳を塞ぎたいと願い、その場には何とも居心地の悪い空気が流れた。

「おやめなさい。それ以上人としての尊厳のない人に関わって、自らをおとしめてはなりません。

そこの者、早く止血と消毒をして治癒魔術をかけてあげなさい」

だが、そう告げて場を収めたのは、アンフェルシアその人だった。

彼女は真冬のように冷めた目で周囲を睥睨すると、

「行きますわよ。無駄な時間をすごしてしまいました」

凛《りん》とした声で仲間にそう告げ、自ら先頭に立って颯《さっ》爽《そう》と森の中を歩き出す。

だが、その場にいた生徒たちはアンフェルシアの派手な振る舞いに気を取られ、誰も気づかない。

ミシェールが打ち捨てられた精油の瓶を拾って、ドス黒い笑みを浮かべながらその懐にしまい込んだことを。

彼女の本当の目的が、アンフェルシアの使っている虫除けの精油の入った瓶を手に入れることだったことを。

物語は、まもなく山場へと突入する。

〈第一二話〉

巨人狼《ヴリコーダラ》討伐祭は二日目に入り、今のところは順調に生徒たちは成果を上げている。

初めて体験する冒険者的な狩りに興奮し、目をぎらつかせて成績上位を目指す生徒もいれば、その血生臭さに耐えかねて、早々にサボりを決め込む奴もいる。

おい……しっかりサボりはバレているからな。

補習の課題は覚悟しておけ！

……とまぁ、全体的に大きな問題はないが、今のところ巨人狼《ヴリコーダラ》を倒したチームはいない。

何度か遭遇したとの知らせはあるのだが、全て返り討ちにされて、今頃は俺が作成した敗因レポートを元に教師たちによる補習をみっちり受けていることだろう。

とりあえず、本番が来たときはちゃんと対処できるように努力しておけ。

努力は裏切らない。少なくとも、実力をつけるという点においては。

そんな中、ついにアンフェルシアのチームが巨人狼《ヴリコーダラ》に遭遇した。

「ひいぃぃぃ！　来るな！　来るな！　来るな！」

「無理だ、こんな化け物！　助けて」

「貴方たち、しっかりしなさい！　盾を構えるのです！　その後ろには盾すら持たない仲間がいるのですよ！」

アンフェルシアの叱責が、深い森の中に響き渡る。

その声に何人かの生徒が正気を取り戻したようだ。

「う、うおぉぉぉぉ!!」

「か、かかってこい!!」

「まともに受けようと思うなよ！　受け流すんだ!!」

アンフェルシアの叱責で盾を構えた騎士科の生徒たちがなんとも頼りない気勢を上げ、インストラクター役の冒険者も、ようやく自分の役目を思い出したようである。

おい、しっかり働けプロフェッショナル。

今の失態はしっかりと報酬から引いておくからな！

さて。


いろいろと言いたいことはあるが、とりあえず第一段階はクリアか。

とりあえず一方的な虐殺とはならず、戦いの形にはなったようだ。

まぁ、無様ではあるがな。

だが、それを笑う奴は俺を含めて一人もいない。

八メートルの巨体と鋭い牙を持つ生物と対峙《たいじ》するというのは、想像以上の恐怖を伴うということを知っているからだ。

考えてもみてくれ。飢えた巨大な生き物が目を血走らせつつ猛烈なスピードで襲いかかってくるんだぞ？

……その迫力だけでたいていの生徒はパニックに陥る。

「ガアァァァァ！」

巨人狼《ヴリコーダラ》がその長い爪を振り下ろすと、その攻撃を受け流そうとした騎士科の男子の盾から悲鳴のような金切り音がほとばしる。

ふむ、なかなか上手いな。

体でまともに受け止めようとして吹っ飛ばされると

思っていたのだが、案外優秀なのが交じっていたらしい。

「おい、早くしてくれ！　長くは持たない!!」

続けて放たれる蹴り、体を捻って振り回す裏拳、そのあともまるで流れるような動きで次々に押し寄せる巨人狼《ヴリコーダラ》の攻撃に、騎士科の生徒たちは完全に押されまくっていた。

その攻撃の激しさゆえにいったん間合いを取ることすらも許されず、常に盾の表面を削り取られてゆく。

彼らの言葉通り、あの調子では持ってあと一分少々だな。

それ以上は体力も集中力も続かないだろう。

人間が全力で戦える時間というものは意外と短い。

だが、彼らがその稼いだその時間を、アンフェルシアは十二分に活用していた。

「我ら、共に御名を崇め奉る。軍神アレスの御名において、地の精霊と地より成りし物に命ず。その御使いたる神鳥の魂にその身を捧げ、我が尖兵《せんぺい》となりたまえ!!」

魔術科の生徒が三人がかりで同じ呪文を詠唱し、お互いの呪力を共振することで自分の実力の数段上の魔術を発動したのである。

「破軍鳥霊《トラキアン・バード》」

その詠唱が終わると同時に、周囲の土が、木の葉がブルリと震え、瞬時にして無数の啄木鳥《きつつき》の姿をとる。

啄木鳥は軍神であるアレスの使いであり、凶悪な使い魔だ。

すばやく宙を舞うだけでも厄介だが、その鋭いくちばしの恐ろしさはわざわざ俺が解説するまでもないであろう。

そして呼び出された啄木鳥の数、およそ二〇羽あまり。

「キエエエエエエエ」

「ゴアアアアアアアっ！」

魂をねじ切るような鋭い奇声を放ちつつ啄木鳥の群れが襲いかかると、巨人狼《ヴリコーダラ》の胸や腹に無数の穴が穿《うが》たれ、周囲には生温かい鮮血が雨のように飛び散った。

そして一瞬にして満身創痍となった巨人狼《ヴリコーダラ》の悲しい悲鳴が、何度も尾を引いて響き渡る。

すばらしい。実に良い魔術の選択だ。

強大な再生能力を持つ巨人狼《ヴリコーダラ》を相手にするなら、一撃が重い攻撃よりも、こうして継続的にダメージを与え続ける魔術のほうがはるかに効率が良い。

ちゃんと毛皮として価値の高い背中を避けて攻撃しているのも、俺としては評価が高い。

そして小さくすばやい啄木鳥が相手では、さしもの巨人狼《ヴリコーダラ》もその動きに対応しきれないらしく、ただひたすら翻弄されるばかりだった。

だが、その戦術的成功に慢心してしまったのだろう。

彼らがホッと息をついた瞬間だった。

「ウオォォォォォン!!」

守勢に回ることを嫌った巨人狼《ヴリコーダラ》が、体に穴が開くのも構わず強引に攻めに転じたのである。

そして驚愕に目を見開く騎士科の生徒を、その大きな手が捉え、握り締めた。

チェックメイト。

——油断したな、未熟者め。

彼らの体が挽肉《ひきにく》になる前に、マンナの放っておいた人工性霊が彼らを救済すべく転移の魔術を解き放つ。

さぁ、形勢が逆転したな。

だが、簡単に終わってくれるなよ?

さて、ここまでの評価をしよう。

確かに使い魔による攻撃は非常に有効ではあるのだが、相手の動きを阻害する力がないことに彼らは気づくべきだった。

その結果として盾役の生徒を失い、啄木鳥に『自分の体力が尽きる前に相手を全滅させれば良い』という選択を与えてしまったのである。

小手先の戦術としては及第点だったが、詰めが甘かったな。

俺は学園に提出する記録用紙に彼らの失敗について記入を行う。

怪我《けが》を治療した後でたっぷり教師に叱られておけ。

さて、こうなると後はもうない。

アンフェルシアが何とか状態を立て直そうと啄木鳥をけしかけるが、巨人狼《ヴリコーダラ》はそのダメージを無視して、恐怖にうろたえる生徒たちに向かって強烈な風の魔術を解き放つ。

荒れ狂う暴風は残った生徒たちのほとんどを弾き飛ばし、森の中にいくつもの転移魔術の光が瞬いた。

「くっ……無念ですわ。あれだけ戦い方を研究していたというのに、まさかこうも容易《たやす》く覆されてしまうとは」

気がつくと、残ったのはアンフェルシアを含めて生徒はたったの五人。

もはや冒険者ギルドのインストラクターすらも倒された後のようである。

だが、それでもアンフェルシアはあきらめなかった。

使い魔たちを縦横無尽に操りつつ、なんとか逃げ回りながら時間を稼ごうと活路を探す。

しかし、彼女が希望の意図を探し当てるよりも早く巨人狼《ヴリコーダラ》が先に勝負を決めに入った。

使い魔を操っているのがアンフェルシアだとようやく悟ったのだ。

巨人狼《ヴリコーダラ》はその攻撃の狙いをアンフェルシア一人に絞り込み、他の生徒を無視し始めた。

「グルルルル」

「くっ、ここまでのようね。でも、簡単に膝を屈するつもりはなくてよ。

最後まであがいてあげるわ‼」

あぁ、もう逃げられない。

恐怖で青ざめたその白い顔に、鋭い爪が振り下ろされる。

せめて相打ちでもいいから一撃食らわせてやろう！

最後の一撃として両手に溜めた魔力を稲妻に変えて解き放とうとしたときである。

アンフェルシアの前に割って入った影があった。

ようやく登場か、待ちかねたぞ主人公めが！

「……誰？」

気がつくと、大柄な一人の男がアンフェルシアの前に立ちはだかり、なんと巨人狼《ヴリコーダラ》の巨大な爪を剣一本で受け止めていた。

その男の顔を覗き込んだアンフェルシアの顔に、驚愕ともなんともつかない表情が張りつく。

「貴方、まさかエアハルト⁉」

「話は後だ。こいつを倒すぞ！」

粗末な革鎧に身を包んだその青年は、魔力を帯びて赤く輝く長剣を手に巨人狼《ヴリコーダラ》へと襲いかかる。

その動きは先ほどの騎士科の生徒と比べても段違いに洗練されており、生き残った生徒たちはその逞しい背中に希望の光を見出していた。

「何をぼんやりしているの！　一気に畳みかけます！」

アンフェルシアの言葉に、ハッと我に返った生徒たちが、矢を放ったり魔術の詠唱をしたりと次々に援護を開始する。

「貴方、すぐに下がりなさい！　前に出すぎています！」

「うわぁぁぁっ!?」

いくら優秀な前衛が助けに来てくれたとはいえ、いまだ戦いは劣勢だった。

風の魔術を交えた巨人狼《ヴリコーダラ》の激しい抵抗を前に、生徒たちは一人、また一人と死亡判定を受けて転送されてゆく。

そして気がつけば、残っているのはアンフェルシアとエアハルトの二人だけになっていた。

このままでは勝てない。

そう悟ったアンフェルシアは、一か八かの賭けに出た。

わざわざ心を読まなくても、彼女が考えていることはよくわかる。

ほんのわずかな時間でもいい。

相手に隙を作らせれば、あとはあの戦士が巨人狼《ヴリコーダラ》の首を刎ねるなどして戦いの天秤をこちらに傾けてくれるだろう。

さぁ、どう出る？

俺が舌なめずりをしながら見守る中、彼女の口からこぼれた魔術は……。

「魔神ロキの名において地の諸力に命ず。汝が悪意と天を衝く怒りにて、かの者の足を拒め！」

アンフェルシアの唇から漏れたのは、マンナがデモンストレーションで披露した〝躓き《スネアー》〟の呪文だった。

この女、この期に及んで大魔術師の真似事をしよう

としているのか⁉

お前、わかっているよな？

マンナがその初級の呪文一つで戦局をひっくり返せたのは、ひとえに幅広い知識と熟練の技があったからだぞ？

下手に地面を隆起させれば、今度は味方が躓《つまず》く可能性すらあるんだぞ？

だが、アンフェルシアに迷いはなかった。

その目は自らの成功を疑わず、同時にこの上もなく意識を深く術へと集中させていて、俺の眼には本物の熟練した魔術師となんら遜色のない姿に見える。

こいつ……思った以上に面白れぇ！

そして、彼女は力を解き放つ。

「――〝躓け《スネアー》〟」

その瞬間、巨人狼《ヴリコーダラ》の足元の地面が大きくめり込んだ。

なんてこった！　これは出足払いじゃない‼

こいつ、術の発動方向をイメージだけで一八〇度反転させて、自分のオリジナルな技としてこの場で組み立てやがった‼


「アウォッ⁉」

足首を地面に開いた穴に挟まれ、巨人狼《ヴリコーダラ》の体がバランスを崩す。

――よし、そこだ！

「せいやぁぁぁぁぁぁっ！」

その瞬間を見逃さず、エアハルトは巨人狼《ヴリコーダラ》の右膝を一気に切り落とした。

やるじゃねぇか、エアハルト！　痺れるぜ‼

「グギャアァァァァァァァ⁉」

片足を失い、巨人狼《ヴリコーダラ》の巨体が地面にひっくり返る。

その隙をついて、アンフェルシアの操る使い魔が巨人狼《ヴリコーダラ》の両目に殺到した。

いいね、実に良いサポートだ！

その隙にさらに巨人狼《ヴリコーダラ》の後ろに回り込んだエアハルトが、怪物の太い首に刃を振り下ろし――この戦いにようやく決着が訪れた。

おめでとう、エアハルト。

君の勝ちだ……第一ラウンドはな。

さて、巨人狼《ヴリコーダラ》との戦いの決着のついた森の中。

エアハルトとアンフェルシアしかいないこの場には、何とも気まずい空気が漂っていた。

「久しぶり……もう二年ほどになるんだっけ」

力なく横たわる巨人狼《ヴリコーダラ》の体に封印の術式を練り込んだ銀の鎖を巻きつけ、エアハルトは決まりが悪そうに微笑む。

だが、アンフェルシアは何も答えず無言で歩み寄ると、そのままエアハルトの鎧に覆われた胸に飛び込んだ。

「何が……何が久しぶりよ！

よくも私の前に顔を出せたものね！

三年よ。私専属の護衛騎士だった貴方が、何も言わずに私の前から姿を消してから、もう……三年もたったのよ……」

アンフェルシアは男の胸に顔をうずめたまま、責めるように、そしてこの上もなく甘く切ない声でそう呟いた。

時折、押し殺した嗚咽《おえつ》と鼻をすする音が聞こえる。

そこにあるのは悪役令嬢でも王妃候補の公爵令嬢でもなく、ただの恋する乙女の顔。

おそらく、これがアンフェルシアという少女の本当の顔なのだろう。

「知り合いに聞いたよ……まだ、俺のことを憶えているって」

「忘れていたわよ。別れの言葉もなく逃げていった卑怯者のことなんかとっくにね！」

「ごめん」

「謝ったって許さないから……絶対に許さないから！」

言葉で謝罪を告げながらもエアハルトのその手はアンフェルシアの背中に優しく回り、柔らかく波打つ金色の髪をそっと手に取り、壊れ物のようにそっと撫でた。

そのままどれだけの時間が過ぎたのだろうか。

あたりは闇に包まれ、東の空にゆっくりと月が昇り始める。

やがて空に星が瞬き、遠くから虫たちが鈴の音のような声で愛を囁き始めた頃、アンフェルシアはポツリと呟いた。

「嘘よ。忘れたいときなんかなかったわ。

だって、初めて好きになった相手よ？　忘れられるはずないじゃない」

涙で低く掠れた声は、ひどく聞き取りにくい。

だが、何を言っているかは間違いなく伝わっているだろう。

すでに予想はついているだろうが、この二人はかつて恋仲だったらしい。

顔のいい男女が四六時中行動を共にしていれば、そうなるのも無理もないだろう。

とはいえ、当時のアンフェルシア嬢はまだ一二歳。

お互いの気持ち以外にはキスぐらいが関の山という、子供らしくて初々しい恋だったようだがな。

「ほんとはね、全部知っていたの。

私が王太子に見初められて、王家から縁談があったから父は貴方のことが邪魔になったのよね？

だから、無理やり婚約者をあてがわれそうになって、それを断って父の怒りを買ったのよね？」

「……ごめん」

「謝らないで。余計に辛くなるから」

二人は再び黙り込む。

俺も詳しくは聞いていないが、アンフェルシア嬢の父親コルドニーテ公爵は、この国の政治において貴族派と呼ばれる勢力の筆頭である。

そのコルドニーテ公爵の怒りを買ったエアハルトは、その年の武術大会に無理やり参加をさせられた上、そこでハメられたらしい。

何でも、公爵から預かった家宝の剣が試合の途中で折れ、無様に敗北した責任を取らされたのだとか。

ずいぶんと露骨な話だ。

おそらく家宝というのはでっち上げで、剣にも何らかの細工がしてあったと思われる。

だが、本人も今更追及するつもりはないらしい。

名誉を回復したところで、次はさらに過酷な嫌がらせが待っているだけだからだ。

もはや汚名にまみれすぎて国内にいることすらでき

なくなり、隣国である俺の住む国に冒険者としてやってきたのがちょうど三年近く前の話である。

「あのね、私……王妃になるの。

王太子殿下のことは好きじゃないけど、嫌な人ではないわ」

「……そうか」

ずいぶんと味気ない返事だが、ほかに言える言葉もないのであろう。

どんなに上手い台詞を考えたところで、本音を言えないのであればむなしいだけだ。

そもそもエアハルトはアンフェルシア嬢ほど口も頭も回る奴ではない。

「でもね、私はエアハルトのことがまだ好きなの。

忘れなきゃ、あきらめなきゃいけないと思っていても、どうしても無理だったの」

「……そうか」

困惑し、どう応えてよいかわからないエアハルトの情けない顔を両手で挟み、アンフェルシア嬢は涙に潤んだ目で彼をじっと見つめる。

「だから、私は貴方をずっと思ったまま王家に嫁ぐわ。

王太子殿下には悪いけど、そうするしかないんだもの。

でも、どうしてもあきらめきれない心残りがあるのよ。

聞いてくださらないかしら？」

ほら、きたぞ。

ここからは第二ラウンドだ、エアハルト。

断言するが、お前に勝ち目はないぞ。

「俺にできることなら、どんなことでも」

いろいろと思うところがあったのだろう。

エアハルトは口にしてはいけない言葉を囁いた。

「もしもう一度会えるならこうしようと決めていたのよ。

抱きしめて、エアハルト。

私の初めてだけは、貴方意外に奪われたくないの」

そう告げると、アンフェルシア嬢はエアハルトの無骨な唇に、自らの唇を押しつけた。

同時に、大きな衣擦れの音が響く。

見れば、アンフェルシアは自らのローブの襟を下に引き、やや大振りな二つの双丘を半分だけ外に晒《さら》した。

「ちょ、ちょっと待って！」

「お願い、拒まないで」

熱に潤んだ目で見つめながら、アンフェルシアはエアハルトの安っぽい鎧のベルトを引っ張る。

すると薄汚れた胸当てがガシャリと音を立てて下に落ちた。

――さっき抱きついたときにこっそりバックルを外されていたことに気づかなかったらしい。

「ねぇ、私のことを嫌いになってしまったの？

私は貴方の噂を追いかけて隣の国まで何度も足を踏み入れたというのに」

「いや……それは……」

うろたえるエアハルトを捕らえたアンフェルシアは、すかさずその形の良い胸をエアハルトの固くしまった腹筋のあたりに押し当てる。

「あ、アンフィ……それはダメだ。お願いだから」

「優しくしてね。私もできるだけ優しくしてあげる」


彼女はもう一度エアハルトの唇に触れた。

今度は深く、自らの思いの熱さを注ぎ込むように。

自分に甘く優しく触れる指先が、急速にエアハルトの理性を突き崩してゆく。

あぁ、これは落ちたな。

ほら、感謝しろよエアハルト。

俺がおごりで娼館に連れて行ってやったときの経験をちゃんと活かすんだぞ。

森の中を月が白く照らす中、衣擦れの音が何度も響き渡り……やがて二人の影は一つに絡まり合った。

口下手なエアハルトが何と言って彼女を受け入れたかは、あえて聞かなかったことにしておこう。

この未熟者め。

……というわけで悪いな、エアハルト。

俺の仕掛けたハニートラップに勝てなかった以上、第二ラウンドは俺の勝ちだ。

ペナルティーとして、お前にはアンフェルシア嬢を受け入れてもらおう。

せいぜい幸せに浸るがいい。

そしてその頃、この森ではもう一つの事件が起きていた。

なんと、ミシェール嬢のチームが大量の魔物に襲われて全員リタイアしてしまったというのだ。

野営をするときは魔物除けの結界を張り巡らせるため、生徒が魔物に襲われるはずがない……だが、実際には一〇〇匹近い魔物が野営中のテントの中に押し寄せてきたというのだから、誰しもが耳と目を疑った。

だが、現実に起きているものは否定できない。

いったい何が起きたのか？

医務室用のテントに転送された生徒から報告を受けた教師たちは、そのあまりの状況の異常さに調査チームを編成し、事件の解明へと動き出した。

……ミシェール嬢の望んだままに。

〈第一三話〉

——ひどい匂いだ。

巨人狼《ヴリコーダラ》討伐祭最終日、俺はむせ返るような雄と雌の絡み合う悩ましげな匂いの中で目を覚ました。

夜明け前の淡い光の中、何も身につけていない裸の体を起こそうとすれば、右腕に妙な重みを感じて振り返る。

見れば、陶器のように白い肌をした女が俺の右腕を枕にしたまま静かに寝息を立てていた。

——あぁ、そういえば昨夜はエアハルトの情事を覗いていたせいで我慢できなくなって、帰りにマンナを寝床に誘ったんだっけ。

マンナとは別に恋人というわけではないが、魔王に喧嘩を売りに行くときも時々こうして互いの性欲をもてあまして慰め合っていた仲ではある。

というか、こいつと恋仲ってのはありえない。

「ほんと、顔も体もいい女なんだけどな」

残念なことにこいつの中身は……すでにマンナの心は壊れている。

いや、俺がこいつと最初に会ったとき、マンナの心はすでにどうしようもなくぶっ壊れていた。

当時のマンナは薬のせいで痛々しいほどに痩せていて、目ばかりがギョロリと大きな、なんとも不気味な少女だった。

この女を抱いた朝はいつもそうなのだが、俺は出会ったばかりの頃のゾッとするようなマンナの姿をなぜか思い出す。

そうだ、過去のこいつの体と見比べてやろう……。

ふと悪戯心を覚えて、マンナの布団をそっと捲り上げれば、いつもは無粋なローブの下に隠れている豊かな双丘があらわになった。

その下に目をやれば、腰はなだらかにくびれ、小ぶりに引き締まった尻からはスラリとした長い足が伸びている。

――いい体だ。

その扇情的な姿に、俺の体の奥から熾火《おきび》のような熱がジワリと首をもたげた。

たまらず俺はマンナの首筋に唇を押し当て、その体を少し強引に引き寄せる。

「……クロード、ダメだよ……それ以上やったら……起き上がれなくなっちゃう」

目を覚まして嫌がるそぶりを見せるマンナだが、そんなこと知ったことじゃない。

俺はきれいなピンクの乳首に噛みつき、その先端を舌先で弄ぶ。

「だ……ダメ、クロード！　ほんと、無理!!　い……やっ!?」

突然の愛撫《あいぶ》に襲われたマンナは俺の胸や背中に爪を立てて、暴れ回る猫のように何度も引き裂いた。

――痛いぞ、マンナ。悪い子にはお仕置きだ。

俺は発情した獣そのものの笑みを浮かべると、彼女の体をゆっくりと、そして徹底的に貪り始める。

静かな朝の光の中で、湿った音と発情した猫のような叫び声が何度も響き渡った。

どのぐらいマンナの体を貪っていただろうか？

気がつけばいつの間にか夜は明けており、すでに日差しの角度は高くなり始めていた。

俺は肉欲という名の毒を彼女の体の中でもう一度吐き出して、ようやく自分の中の劣情の炎が鎮火したことを感じる。

気がつけば、マンナは汗まみれになっていて、俺も背中が血まみれになっていた。

――シャワーを浴びるときに染みそうだな。

後悔をしてみても、後の祭りである。

しかし、当時を思えば思えばこいつもずいぶんといい体になったものだ。

だが、どんなに見た目が美しくなっても俺たちの中身は変わらない。

結局は……俺たちはこの世界においても、最低最悪な生物なんだよ。

マンナが地球においてどんな生活をしていたかはよく知らないし、知りたいとも思わない。

はっきり言えることは、俺が初めてマンナを抱いたとき、こいつはすでに処女ではなかったし、ついでに薬物中毒で肉体も文字通りボロボロになっていた。

まぁ、ヤバさで言ったらそのときの俺もあまり変わらない状態だったけどな。

失業をきっかけに始まった父親のＤＶでほとんど死にかけていたし、おまけに気づいたら視力も聴力も失っていたし、誰も信じることができなくて、まともな愛し方なんてとっくにわからなくなっていたし。

やめよう。昔のことを思い出すと鬱になりそうだ。

「マンナ、起き上がれるか？」

「……無理。働かせるつもりなら……ちょっとは手加減したまえ、この……色欲魔人」

息も絶え絶えに恨み言を呟くマンナ。

おいおい、俺に抱かれた翌日はいつもこんな感じになるだろうが？

今更手加減なんて期待すんなよ。自分が抑えきれないからお前を抱くんだし。

「お前、ひどい匂いだぞ？

起き上がれるようになったらシャワーを浴びてから会場に来い」

——誰のせいだと思っている⁉

マンナからの視線による抗議を背中に受けつつ、俺はシャワーを浴びて出かける準備を始めた。

さて、今頃学園の連中はどうしているかな？

大騒ぎになっているのは間違いないだろうが……。

俺は意識を集中させると、天眼通を発動させた。

まず俺が確認したのは、エアハルトとアンフェルシアの様子だった。

昨夜は一晩中がんばったらしく、二人ともテントの中ですっ裸のままぼんやりと横たわっている。

その満足げで幸せそうな顔に、思わず嫉妬を覚えたのは俺の器が狭いからだろうか？

まぁ、いい。今から起きることを思えば、このぐらいは大目に見てやろう。

「なぁ、アンフィ。今更言うのもなんだが、よかったのか？

婚約者のいる身で他の男と寝床を共にしたなんてことがバレたら、公爵閣下にまで責任を問われるぞ」

ようやく我に返ったのだろう。

エアハルトは自分のしでかしたことにわずかながら後悔を覚えているようだ。

だが、それを女々しいとは言わない。

むしろ後悔を憶えないとしたら、それは後先を考えない蛮勇の悪戯《いたずら》に過ぎないと言えよう。

恐れを感じるのは、その人が賢い証拠である。

大事なのは、むしろどう恐怖と折り合いをつけて、そこから何をどうするかだ。

「おあいにく様だけど､後悔はしてないわ。それにちゃんと備えはしてあるもの」

アンフェルシアは、その荷物から呪符を取り出してエアハルトに突きつけた。

日莉の作った鷺《ヘロン》の紋章の呪符である。

「これはあらゆる秘密を隠蔽する呪符よ。

これを使えば、私が貴方だけを愛していることも、昨夜のことも、永遠に誰にもわからない」

「ずいぶん便利な代物だが、本物なのか？」

「ええ、この間ダンスのレッスンをさぼったときに使ってみたけど、誰にも気づかれなかったわよ」

「道理で大胆なことをすると思ったよ。ほんと、君には今も昔も振り回されっぱなしだ」

ククと苦笑いを浮かべるエアハルトの逞しい胸に頰を寄せながら、アンフェルシアは幸せそうに笑った。

「けど、これが最後だ」

「ええ、これが最後ね」

エアハルトはアンフェルシアの金の巻き毛を愛しげに撫で、アンフェルシアはエアハルトの硬い筋肉に覆われた固い体を、同じように震えながら抱きしめる。

二人ともがお互いの顔を見ず、そして微笑みながら泣いていた。

それから二人は、どちらともなく体を離し、このキャンプを出るための準備を始める。

お互いの顔は見ない。

目を合わせてしまえば、きっと本音が漏れてしまうから。

アンフェルシアは焚《た》き火の残り火をもう一度熾《おこ》して簡単なスープを作り始める。

エアハルトはいまだに息のある巨人狼《ヴリコーダラ》の背中に刃物を突き立て、その毛皮だけを剝ぎ取り、謝罪のための食料を置いて解放してやる。

これは俺があらかじめ教えておいた巨人狼《ヴリコーダラ》狩りの作法のようなものだ。

巨人狼《ヴリコーダラ》ほどの生命力を持つ生物ならば、その毛皮を取るのにわざわざ殺す必要もない。

まぁ、当の巨人狼《ヴリコーダラ》にとってはたまったものじゃないが、殺されるよりはマシだと思ってもらおう。

エアハルトが巨人狼《ヴリコーダラ》の鎖を解いてやると、巨大なワンコロは自分の首と食料を持ってそそくさと森の奥へと逃げていった。

「さぁ、狩りの成果を報告に行こうか」

「ええ、きっと大騒ぎになるわよ」

二人は剝ぎ取った巨人狼《ヴリコーダラ》の皮を荷物にまとめると、狩りの報告をしに本部へ戻る。

だが、本部で二人を待っていたのは……思いもよらない事件だった。

「どうしたんだろう？　何か騒がしくないか？」

「確かにおかしいわね。本当ならばその辺で狩りの成果を話し合っていそうなものだけど」

学校関係者の駐留しているベースキャンプに近づくと、周囲には何やら不穏な空気が漂っている。

教師たちは何か焦ったような顔をしたままバタバタと走り回っているし、生徒たちは不安と恐怖を顔に浮かべたまま補習用のキャンプのあたりで一塊になっていた。

誰か適当な生徒を捕まえて事情を聞き出そうとしたアンフェルシアだが、ふと聞こえてきた教師たちの声にその足を止める。

「ど、どうする⁉ こんなことは前代未聞だ」

「どうしようもないだろ！ まずは原因を確認しないと‼」

「ありえないだろ！ 夜間のキャンプ中に魔物の襲撃を受けるなんて！」

アンフェルシアは思わずエアハルトの顔を見て、自分の聞いたことが聞き間違いではないかと目で語りかけた。

だが、エアハルトは渋い顔で首を横に振る。


夜間のキャンプ中には、魔物除けの術具を発動させるのだが、この術具が発動しているにもかかわらずモンスターの襲撃を受けたとなると、ちょっと困ったことになる。

人里離れた場所では魔物が普通に闊歩《かっぽ》するこの世界において、魔物除け用の術具というのは村落のライフラインに相当するといっても良い。

現代の日本で言うならば、送電装置のパーツの設計に問題があって、そこから電力供給を受けた家電製品は爆発する恐れが高いと言っているのと変わらないレベルだ。

当然、その業界で動く金は莫大であり、この事実が一般に公表されれば製品に対するリコール問題、さらには一国の経済が傾くようなことにもなりかねない。

そして、その魔除けの製造元は学園の有力なパトロンの一人でもある。

資金不足になるのは目に見えているし、飼い主の手を噛むような形の不祥事の発生した学園に出資しようなどという酔狂な財産家は、おそらく大陸中を探しても見つからないだろう。

有体に言えばこの学園の存続の危機だ。

この事件によって生まれるトラブル全体の中では些《さ》細《さい》なことではあるが、そこに所属する人間にとっては至上の命題である。

「……待ってくれ、こいつを見てくれないか？」

生徒の持ち物の調査を行っていた職員が、回収された荷物の中に瀟洒《しょうしゃ》な香水瓶を取り出した。

「これは……水仙の紋章？　間違いなくコルドニーテ公爵家の家紋だ」

「ということは、これはアンフェルシア・ルルス・コルドニーテの持ち物ということになるが……たしかコルドニーテ嬢はまだ帰ってきてないはずだぞ？

なぜそれが生徒たちの持ち物の中にある？」

自分の名が出てきたことに動揺し、アンフェルシアの体がビクリと震えた。

その不安に揺れる細い体を、エアハルトがしっかりと抱きしめる。

「これは魔物に襲われた生徒の一人、ミシェール・イスケルベイン男爵令嬢が持っていたものだ」

「あのお騒がせ娘か。確かに何かにつけて怪しくはあるが、彼女がコルドニーテ公爵家の家紋の入ったものを持っていても特に今回の件には関係ないだろ」

教師の一人が怪訝な顔で同僚の真意を問いただすと、この瓶を出してきた教師は冷や汗を掻きつつも唇の端を吊り上げて皮肉げに笑う。

そのどこか鬼気迫る表情に、同僚の教師たちは不安げにお互いの顔を見た。

「問題はこの中身だよ。分析魔術をかけてみろ。わずかな反応だからな……注意して調べろよ」

「お、おぅ。誰か分声器持ってこい」

「あ、さっき使ったのがまだ起動中だ。いつでもいけるぞ」

教師たちは、いくつもの水晶と音叉《おんさ》を複雑に組み合わせた奇妙なオブジェを持ち出した。

分声器――魔術に反応して物質が〝真名〟と呼ばれる固有の振動を放つ性質を利用して、その物質の成分を分析する器材である。

「よし、やるぞ。

英知の神ジェフーティの御名において、また真理たるマァトの御名において、水星の精霊たちよさざめく銀の雲となりて集い我にその耳を与えよ。森羅万象の魂よ、我に汝の名を告げるべし……我に宿れ賢者の耳《ウィズダム・イヤー》」

教師の一人が魔術を発動すると、その魔力を受けた瓶の中の液体がィイイイイインと耳鳴りのような音で歌を奏で出した。

その音の発生源に分声器へとつながる小さなワンドを突きつけると、分声器に取りつけられた水晶がチカチカと瞬き始め、セットされた紙に分析された内容が次々と記されてゆく。

「お、おい！」

「こりゃ……〝月魔の月下香《ヘカーティ・チューベローズ》〟じゃないか！」

それは月の光に反応して擬似的な召喚魔術の効果を放つ特級の危険物である。

主に要人の暗殺用に香水などに混ぜて使われ、その効果は月の光に照らされ、なおかつこの香りの漂う場所へと魔物を召喚すること。

正確には、月の光を浴びることで異界より魔物を呼び出す召喚陣となり、同時に一時的に魔物の肉体を構成する触媒となる物質なのだ。

「こんなの、よく気づいたな」

「いや、持ち主から少し香りが違うと報告を受けていたからな」

〝月魔の月下香《ヘカーティ・チューベローズ》〟の欠点は、その涼やかでありながら甘い独特の香気にある。

それゆえに香水などに混ぜられることが多く、〝貴婦人殺し〟と呼ばれることもあるのだ。

「よし、こいつをもっとよく調べるんだ」

「もしかしたら、こいつが今回の事故の原因かもしれん……」

いや、むしろそうであってほしいのだろう。

そうであれば、この薬を持ち込んだ人間一人にこの不祥事の責任を押しつけることができるからだ。

そして彼らはすでにこの事件の犯人を一人の少女に絞り込んでいた。

アンフェルシア・ルルス・コルドニーテ公爵令嬢。もう一人の被疑者であるミシェール・イスケルベイン男爵令嬢が被害者である以上、むしろそれ以外に疑うべき人物が存在していない。

——浅はかな。

しょせん、人は自分の都合のよいことばかりを真実として欲しがる生物ということか。

「アンフェルシア？」

「……違う。私じゃない」

エアハルトが不安げにアンフェルシアの顔を覗き込むと、彼女は怯えた顔をしながら懐をまさぐり、鷺《ヘロン》の紋章の呪符を取り出した。

「……消えろ、消えなさい！　私はあんな虫除けの入った瓶などあの女に渡していない！」

だが、彼女の手の中に会った鷺《ヘロン》の紋章の呪符はピクリとも反応しない。

「どうして、どうして発動しないの⁉」

馬鹿だな、そんな台詞で反応するはずないだろ。

いくらその呪符の力が確かでも、存在しない秘密までは隠蔽できないのだから。

「落ち着け、アンフィ！　君が間違いだというのなら、きっと真実を証明する方法はあるはずだ！」

「そ、そうね……ありがとう、エアハルト。私《わたくし》としたことが少々取り乱しておりましたわ」

エアハルトの腕にもたれかかり、力なく微笑むアンフェルシア。

だが、哀れに涙ぐむ彼女を更なる奈落に叩き落す地獄の使者がすぐ隣に来ていたことに、アンフェルシアはおろかエアハルトですら気づいていなかった。

「ほう？　君が取り乱すことがあるとは、珍しいこともあるものだね、アンフェルシア」

突然に響いたその怜悧《れいり》な声に、アンフェルシアの体が思わず硬直する。

——なぜ貴方がここにいるの？

そう言いたげなアンフェルシアが、恐る恐る振り向いた場所にいたその人物は……。

「久しぶりだな、我が婚約者殿」

「お、お久しぶりです。ライケルマン王太子殿下」

数奇な運命に翻弄されて追放された騎士エアハルト、恋を抱いたまま他人に嫁ごうとする令嬢アンフェルシア、平民の少女と不実な恋にいそしむ王太子ライケルマン、俺の定めたこの物語の主役三人がついに一堂に会した瞬間だった。

「君のいない間に少しばかり騒ぎがあってね。調査を行っている教師にわかったことだけでも聞きにきたのだが……君も気になるだろう。ついてきたまえ」

そう告げると、ライケルマンは相手の同意すら尋ねずに職員たちのテントへと入っていった。

さぁ、エアハルト……第三ラウンドの始まりだ。

運命に叩きのめされる準備はいいか？

「さぁ、行こうかマンナ。日莉の奴も呼んでこよう」

「おや、もうそんな時間なの？」

「あぁ、そろそろクライマックスの時間が始まるぞ」

〈第一四話〉

「さて、わかった範囲で構わないから報告を聞きましょうか」

全員がキャンプの中に入ったことを確認すると、ライケルマンは中にいた教師たちにそう促した。

「殿下……申し訳ないのですが、この場ではちょっと……」

「おや、何か不都合でも？」

「いえ、部外者の方もいらっしゃいますし」

教師たちの目が、チラッ、チラッとアンフェルシアとエアハルトのほうへと何度も動く。

それはそうだろう。

これから話すことがあるとすれば、アンフェルシアを弾劾するような内容だ。

たかが一介の学園の職員に、公爵の娘を告発する度胸などあるはずもない。

「かまいません。アンフェルシアは私の婚約者でこの国の重臣の娘ですし、もう一人の男性はこの行事の警備を頼まれた冒険者の一人です。

むしろここで起きたことの詳しい事情を知る必要がある人間ではないかな？」

何という空気を読まない発言。

いや、これはわざとだな。

このライケルマン王太子……実は俺に近い性格をしている。

俺ほど露骨ではないが、相当なサディストの類だ。

その悪意に満ちた言葉に、職員たちは揃って口をつぐむ。

さて、この発言……一見して道理が通っているように聞こえるが、実際は穴だらけだ。

アンフェルシア自身は重臣ではないし、エアハルトは冒険者ではあるが警備に関してはまったく責任も権限もない。

それでもその場を納得させるあたり、この男には詐欺師の才能でもあるのだろうか。

もはや黙っていることはできないと悟ったのだろう。


教師の一人がおずおずと口を開く。

「わかりました。

まず結論から言いますと、生徒たちの持ち物から〝月魔の月下香《ヘカーティ・チューベローズ》〟が検出されました」

第一級の違法薬剤であるその名を聞いても、ライケルマンはその片方の眉をわずかに動かしただけだった。

その意味を知らないわけではない。

むしろ十分に知りすぎているはずだ。

「それは由々しき事態ですね。

誰の持ち物から検出されたのですか？」

その熱を帯びない物言いに、教師たちはホッと胸を撫で下ろした。

どうやら貴族にありがちな……不祥事が発生するたびに感情的に学園の責任を問うような輩ではないらしい。

安心したところで、今度は別の職員が王太子の望む答えを口にする。

「月魔の月下香《ヘカーティ・チューベローズ》が検出されたのは、ミシェール・イスケルベイン男爵令嬢の持ち物からです」

「ほう？　彼女からですか」

「ただ……」

その職員は、もう一度ちらりとアンフェルシアの顔を見た。

「はっきり言いなさい」

「は、はい。正確にはミシェール嬢の持っていたアンフェルシア嬢の虫除けの瓶から検出されたのです」

「……何だと？」

ライケルマンの低い声に、その場の空気が凍りついてピシリと音を立てた。

特にアンフェルシアの顔色は確実に青ざめている。

あぁ、やはり彼女が犯人か。

教員たちの心の中で生まれた疑惑が、確信へと変わっていった。

「そうでしたか……誰かミシェール嬢を呼んできてください」

「ですが、彼女は魔物に襲われて！」

有無を言わせぬライケルマンの口調だが、さすがに魔物に襲われて精神的にも肉体的にもダメージを負った人物をこのような場に呼び出すことは人道に反する。

教師たちも素直に受け入れることはできなかった。

「怪我はほとんどしてませんよ。先ほど確認してきました」

「そ、そうでしたか」

たとえ体に傷がなくとも、心に深い傷を負うものはいくらでもいるというのに。

この第一王子は人の心がわからないのではないだろうか？

教師たちの間に、先ほどとは違う不安が脳裏を掠めた。

「急いでください。あまり時間をかけるのは良くありません」

「は……はい」

ライケルマンの強い言葉に急かされて、教員の一人がバタバタとミシェールを呼びに行く。

その顔は怪我人を連れ出すのにどう説得すればよいのかと悲痛な思いに引きつっていた。

それから五分ほどしただろうか？

ミシェールがやってきた。

この事件の成り行きに興味のある大量の野次馬を引き連れながら。

「ラック……じゃなくてライケルマン殿下、お呼びでしょうか」

「何度も言いますが、他の人のいる場所では愛称で呼ばないように。

おや、余計な者までついてきたようですね」

ライケルマンの右の眉がピンと跳ね上がり、言葉に露骨に冷たいものが混じる。

見れば、ミシェールと同じ班にいた逆ハーレム要員の二人がミシェールの後ろについてきていた。

……馬鹿か、こいつら。

「俺も聞く権利はあるだろ？」

「僕たちも被害者ですからね」

さすがに招かれざる客である自覚はあるのだろう。

ムッとした顔でライケルマンを見返すと、馬鹿二人は不遜な態度で胸を反らしながら自分の権利を主張する。

お前、誰に口利いているのかわかってないだろ？

その態度には俺やライケルマンのみならず、教員たちやエアハルトですらかすかな嫌悪を顔に浮かべた。

自分の国の第一王子に敵意を隠そうともしないとは……まったくもって躾のなっていない野良犬共だな。

「好きにしたまえ」

彼らの無礼な態度にもかかわらず、いっそすがすがしいほど素っ気ない口調で許可を出すと、ライケルマンは呆れたように肩をすくめる。

「さて、端的に状況を説明しましょう」

本来の責任者である教師たちには一言もしゃべらせず、ライケルマンはこの事件の関係者の前に立ち、美しい装飾を施された瓶を提示した。

見事な仕切り具合だ。

教員たちが添え物のパセリか何かにしか見えない。

「昨夜、魔物の群れに襲われた生徒の持ち物からこんなものが出てきました。

これはミシェール、貴女のものですね？」

「あ、はいっ！　私が昨日アンフェルシア様からいただいた虫除けの瓶です」

ライケルマンが持ち主の確認を取ると、ミシェールはやや挙動不審ながらもコクリと頷く。

横のオマケ二人は、ソレがどうしたと言わんばかりの不機嫌そうな目をライケルマンに向けた。

その瞬間、ライケルマンが笑った。

「ひぃっ⁉」

「うぅっ……」

その笑顔の冷たさに周囲の人間が思わず呻き声を上げる中、ライケルマンはさも楽しそうに真実を告げる。

「この中に、〝月魔の月下香《ヘカーティ・チューベローズ》〟が入っていました」

「……え？」

「な！」

「嘘でしょう？　持っているだけで第一級の犯罪者ですよ！」

日本人の感覚で言えば、突然ダイナマイトを目の前に出されたようなものである。

昼間であれば安全だとわかっていても、気分のよいものではない。


「さて、この瓶はもともとアンフェルシアのものだったね。

アンフェルシア。この瓶に月魔の月下香《ヘカーティ・チューベローズ》が入っていたことについて、何か釈明はあるだろうか？」

「わ、私はそのようなことなどしておりません」

その道理の通らない言葉に、ライケルマンの笑顔が冷たく揺れる。

「その論拠は？」

「……ありません」

そう、あるはずもない。

そうなるように仕掛けられたのだから。

「話にならないな」

ライケルマンは、項垂れるアンフェルシアを鼻で笑い飛ばした。

そしてさらに彼女を追い詰めるべく別の話題をこの場に持ち出す。

「ミシェールから聞いたのだが、かねてより君から嫌がらせを受けているらしいね。

これが我が国の王妃となるべき女性の態度だとはと

ても思えないのだが、こちらについても何か釈明は？」

その瞬間、アンフェルシアがカッとその目を開いた。

「誰がそんなことを⁉　わ、私がなぜミシェールさんにそのようなことをしなくてはならないのですか！

それこそ殿下のおっしゃることとは思えません。証拠を出してからおっしゃってくださいませ」

そう、ミシェールへの嫌がらせは実際にあった話だが、アンフェルシアの行ったことではない。

単純にミシェールの普段の振る舞いを嫌った生徒が自主的に行ったものである。

だが、そこに割り込む女が一人。

「私……毎日嫌がらせを受けてました！

それに、他の人たちからも酷い言葉を投げつけられて……この学園で、みんなにそんなことを命令できる人がいるとしたらアンフェルシア様ぐらいしか……」

すごいな、この女。

アンフェルシアが命令しない限り自分が人に嫌われることは絶対にないという前提で話を進めてやがる。

「そんなもの、私が何かするまでもありません！

貴女、ご自身の立ち振る舞いがどれだけ人に迷惑をかけていたかご存じないの？」

アンフェルシアの烈火のごとき罵声を受け、テントの外で聞き耳を立てていた生徒たちからも次々に同意の声が上がる。

だよなぁ、この女、見ているだけで俺もムカつくわ。

「嘘を言うな！　この俺が証人だ！　この性悪女が毎日のように教科書を破いたり靴を隠したりと嫌がらせをやっているところをこの目で見ている！」

「僕も証人になりますよ。ミシェールの言葉は間違ってない」

余計なことを言うのは、おまけでついてきた馬鹿二人だ。

あのな、お前らの言葉に証言者としての価値があると思っているのか？

そもそもお前はミシェールの操り人形みたいなものだろうが。

だいたい、お前らが見たのは嫌がらせの結果であって、犯行現場を目撃したわけでもないだろうに。

だが、一呼吸おいてライケルマンは冷然とした声で告げた。

「この状況では仕方がないな」

あぁ、心が軋む音が聞こえる……。

「今は仮にではあるが……アンフェルシア・ルルス・コルドニーテ公爵令嬢、君との婚約を解消する」

「そんな、一方的すぎます！」

信じられないとばかりにアンフェルシアは愕然として目を見開いた。

どう見てもミシェールの言葉に真実はなく、たとえそうだとしてもアンフェルシアとの婚約を破棄する理由としても十分ではない。

誰から見ても、まるでミシェールと結ばれるために、わざと力技でアンフェルシアを切り捨てたかのようにしか見えなかった。

普段のライケルマンからすれば信じられない暴挙である。

「自分の家で謹慎しているがいい。私はこの後、婚約届けを出した神殿に掛け合って正式に婚約を破棄するつもりだ。その結果については追って知らせを出す」

これ以上話すことはない……そう言いたげな空気を纏ったまま、ライケルマンは背を向けてテントを出てゆく。

その後ろではアンフェルシアが真っ青な顔で膝から崩れ落ち、懸命にこぼれ落ちそうになる涙をこらえていた。

そんな彼女を支えるエアハルトは、殺意すら感じる眼差しでライケルマンの背中を睨みつける。

ただ一人、ミシェールだけがこの世の悪意を凝縮した笑顔を浮かべて喜悦に浸っていた。

「なぜ……なぜ今頃なんですか。

どうして今頃婚約破棄を持ち出すのですか！

そんなこと、許されない。こんな結末はありえない！

今更私との婚約を解消するというのなら、どうして私をこの茶番に巻き込んだの!?

貴方が最初から私を望まなければ、こんなことにはならなかったのに！

私が……私がどれだけのことを貴方のために犠牲に

したと思っているのですか！」

アンフェルシアの口から怒濤《どよう》のごとく流れ出たそれは、まさに言葉という名の喀血《かっけつ》。

ドス黒く口から滴って、生臭い腸の臭いを周囲に撒き散らす。

まるで絵に描いたような愁嘆場だ。

「……くだらん」

その言葉を背中で聞きながら、だがしかし一顧だにすることもなくライケルマンは立ち去ってゆく。

「もうやめてください、アンフェルシアさん。

貴方が愛した人を奪ってしまったのは申し訳ありませんが、ラックと私はすでに愛し合っているんです！」

このすさまじく無神経な言葉を放った人物についてはわざわざ説明するまでもないだろう。

アンフェルシアは顔が壊れんばかりに壮絶な笑みを浮かべ、ミシェールの方向に顔を向ける。

「ひっ⁉」

さしものミシェールも、その形相の恐ろしさに小さく本物の悲鳴を上げた。


「煩《うるさ》いのよ貴女。

言わせてもらうなら……そもそも私はライケルマン殿下を愛していなかった！

それでも私はその男に嫁がなくてはならなかったのよ‼

ライケルマンと愛し合っている？

好きに愛し合えばいいじゃない！　外道同士、きっとお似合いよ！

お前なんか、その冷血男のゆがんだ愛情を注がれて壊れてしまえばいい‼

いいえ、そんなんじゃ足りないわ。

返してよ、私の幸せを全部返しなさいよ‼」

……だが、

「あ、あの、最初のほう、何とおっしゃったのでしょうか？

よく聞き取れなかったのですが」

「……あっ」

彼女がライケルマンを愛していないという真実は、すでに鷺《ヘロン》の紋章の紋章によって沈黙の呪いがかけられている。

その真実を乗せた言葉は、あらかじめ真実を知っている者を除いたこの世界の誰の耳にも届かないのだ。

そう、真実を知る者以外には。

「と、とにかく、ライケルマン殿下のことはもうあきらめてください！」

若干引きつってはいたが、勝ち誇った笑みを浮かべると、ミシェールはライケルマンの後を追ってテントから出て行った。

その後には、完全に部外者になってしまった馬鹿二人がポカンと口をあけたままマヌケな顔で取り残されている。

お前らはハニワか？

まぁ、そんなことはどうでもいい。

なぁ、ライケルマン。

お前、本当にこれでよかったのか？

「どうしよう。こんなこと……お父様はきっとお許しにならない」

この先に待っている未来を想い描き、アンフェルシアの体がガクガクと震え始めた。

彼女の父であるコルドニーテ公爵は権威主義で厳格な人物だ。

このような不始末、彼の耳に入れば絶縁の上で家を放逐されるのは目に見えている。

生まれてこの方ずっと貴族として生きてきた娘が、家を追い出されるという恐怖、いかばかりであろうか？

だが、この期に及んでも涙一つ見せないのは、公爵家に生まれた者の矜持《きょうじ》のなせる業だろう。

そのとき、意を決して動き出そうとする人物がいた。

「アンフィ……君の弱みにつけ込む気はないんたけど、今だから言えることがあるんだ」

エアハルトは今にも泣き出しそうなアンフェルシアの細い肩を優しく腕で抱きしめると、その額に自らの唇を軽く押し当ててからそっと囁いた。

「え？」

思わず顔を見上げたアンフェルシアに、エアハルトは真摯な眼差しで告げる。

「俺と一緒に来ないか？　貧乏で、食ってゆくのがやっとだから贅沢はできないけど、君一人なら十分に養っていけると思うんだ」

「それって……」

今すぐ熱で倒れそうなほど真っ赤な顔をしたまま、エアハルトは言葉を紡ぐ。

彼がこの三年間、いやアンフェルシアと出会ってからずっと心に秘めていた言葉を。

「愛してるよ、アンフィ。君を幸せにしたいんだ、俺の全ての力でもって。

だから、君の残りの人生を俺にくれ。そして俺という男の人生を受け取ってくれないか？」

その言葉に、アンフェルシアの目からこらえていた涙がツッと流れ落ちた。

「その……だ。

返事は今すぐじゃなくていいけど……恥ずかしいから、できるだけ早く答えをもらえないだろうか」

「……馬鹿」

エアハルトの逞しい胸板に顔をうずめたまま、アンフェルシアは堰《せき》を切ったように泣きじゃくり始める。

その生温い空気にあてられて、二人の周囲から一人、また一人と野次馬が口から砂糖を吐きそうな顔をしたまま立ち去っていった。

さて、俺もいい加減覗き見をやめて次の仕事に向かうか。

いよいよ最後の仕上げだ。

〈第一五話〉

「待ってください」

キャンプを離れ、少し森に入った場所。

ミシェール嬢と共に歩くライケルマンを呼び止める一人の人物がいた。

その人物とは、俺もよく知っている奴で……日莉、なんでお前がここで出てくる？

まぁ、面白そうだから止めないけど。

「誰よ、貴女。見ての通り二人っきりで話をしているの。邪魔しないでくれる？」

息を切らせて走り寄ってきた日莉に、ミシェールは餌を奪われまいとする野良猫のような顔で警戒を向ける。

普段は純真な乙女を装っているようだが、この浅ましい姿こそ彼女の本性なのだろう。

だが、日莉はそんなミシェールをまるでそこにいない者であるかのように華麗に無視すると、ミシェールの隣にいるライケルマンの前に立ち、その目をじっと見据えた。

目の前に立ちはだかるなり、ただの一言も告げることなく立ち尽くすその姿はかなり不気味であるが、おそらく自分の気持ちをどう言葉にしてよいかわからないだけだろう。

「ちょっと、貴女！」

ただならぬその雰囲気を嫌がりミシェールが日莉を押しのけて追い払おうとしたそのとき……ようやく考えがまとまったのだろう。

日莉は口を開いた。

「ライケルマン殿下、本当にいいんですか？」

こいつ、気づいたんだな。

あぁ、そうか。

よせよ、ライケルマン。

「何の話だ？」

何の話か、お前にわからないはずがない。

この上もなく不愉快だろうがな。

ライケルマンはその目に殺意すら浮かべて日莉を睨

みつけるが、そんな目で見ても無駄だよ。

日々俺の威圧に晒されている日莉にとって、その程度の殺気はそよ風のようなものだ。

その証拠に、日莉は涼しい顔で相手の出方を窺っている。

そろそろ俺たちも出るか。

俺が軽くマンナに目配せをすると、彼女もまた餌を見つけた猫のような顔で笑いながら頷いた。

「それはボクからもぜひ聞きたいね」

「だよなぁ。こっちはずいぶんとやきもきさせられたぞ」

俺とマンナが顔を出すなり、ライケルマンは眉間に皺を寄せ、そして苦虫を嚙んだかのような顔をして視線をそらした。

「……マンナ師、クロード師。貴方たちまで何を言い出すのですか」

ああ、そうとう嫌がっているな。

こいつがこんな顔をするのは珍しい。

実によい傾向である。


「いや、言いたいことは山ほどあるんだがな。

お前、力技も大概にしとけよ、ほんと」

楽しい……楽しいなぁ、こういう生真面目で、生真面目すぎて狂ってしまった奴をさらに追い込むのは。

「おい、日莉。気の済むまで尋問していいぞ。俺が許す」

「クロード師！」

俺が日莉に気前よくワイルドカードを出してやると、日莉は意外そうな顔で目を見開き、そして嬉しそうにニッコリと笑った。

そんな日莉とは対照的に、ライケルマンはこの世の終わりのような顔で声にならない悲鳴を上げる。

言っておくが、俺たちを黙らせようとしても無駄だぞ。

お前の第一王子という肩書きを、俺たちは一切考慮しない。

この国の王様ですら、俺やマンナからしてみれば格下だ。

不遜？　違うね。

これは国王本人が納得している話だ。

誰だって自分の国を簡単に滅ぼせる化け物を相手に居丈高に振る舞いたくはないだろう？

「さて、クロードさんの許可も出たので言わせていただきますが……。

先ほどの話には、いくつも矛盾があります」

まるで推理小説の終盤のように、日莉はこの複雑怪奇な恋物語への考察を述べる。

この張り詰めた空気、実に愉快だ。

「このお節介め！　……いいでしょう。聞かせていただきましょうか」

観念したかのように肩をすくめると、ライケルマンはジロリと恨めしげな目を俺に向けた。

おいおい、俺かよ？

恨むなら自分の杜撰《ずさん》さを恨め。

「まず、なぜみんなわからないのか不思議でならないんですが……」

日莉は言葉を切り、ミシエールに向かって哀れみを含んだ目を向けた。

それからもう一度視線をライケルマンに戻す。

「ライケルマン殿下、貴方はミシェール嬢のことを愛していない。むしろ嫌悪している。

……違いますか？」

周囲の認識をぶち壊すその言葉に、真っ先に反応したのはミシェールだった。

「ぷっ、クスクスクス……あはははははは！　やだぁ！　ちょっと、貴女何を言い出すの？　ちょっとひどいわ」

まるで狂ったように笑い出し、悪意と侮蔑に満ちた目を日莉に向ける。

まぁ、お前からするとそうだろうな。

「貴女、さっきの出来事を見てなかったのね。あのね？　ラックはね、私のために自分の婚約者と婚約破棄までしてくれたの。

そのぐらいラックは私を愛してくれているの。

何が言いたいのかは知らないけど、それは勘違いよ。

ごめんなさいね？」

揺るぎない自信をもって紡がれた言葉だが、日莉は哀れみの目を再びミシェールに向け、そして首を横に振る。

「いいえ、それこそがライケルマン殿下がミシェール嬢を愛していない証拠ですね。見ていてはっきりとわかりました」

「……え？」

お、やはり日莉は理解していたのか。

ちょっぴり褒めてやろう。

「ちょっと、クロードさん！　人の頭を乱暴に撫で回さないでください！」

「別にいいだろ？　珍しく褒めてやっているんだから」

「……んもぉ！

えっと、話を戻しますが、あんなことをすれば、ミシェールさんは国の偉い人たちから目の敵にされてしまうじゃないですか。

とても愛している人に向けての仕打ちとは思えません。

そもそも、あの場所に何人の貴族の子弟がいたと思っているんです？

今頃彼らは、ミシェールさんをいかにしてこの世から排除するかを考えてますよ」

日莉の言葉は正しい。

今まで貴族たちは愛人候補だからこそミシェールの存在を許容していたに過ぎなかった。

それが明確に許容できない社会の毒物として認識された以上、奴らはすでに政治的に排除などという生易しい手段はとらないだろう。

「貴族社会の頂点である王族が、身分差を越えた愛なんて許されるとでも思うんですか？

明確な階級格差があってこその絶対王政ですよ？

それこそ、ライケルマン殿下がミシェールさんを王妃にすることは王制自体の否定に繋がります。

本当に愛しているなら、傀儡《かいらい》の王妃としてアンフェルシアさんを迎え、ミシェールさんを寵姫にするのが妥当です」

まさにその通りである。

王制や貴族制度が廃れた現代地球世界ならともかく、絶対王政が主流であるこの世界において、現役の第一王子が平民と婚約など自殺行為も甚だしい話だ。

貴族共はすさまじい拒絶反応を示すだろうし、ゴリ押ししても王家の価値は急降下である。

ミシェールを正妃にして平民から親しみを持たれる？

アホが。税金を搾取する輩に誰が親しみなど感じるものかよ。

俺がいた頃の日本でだって、あれだけ『自分たちは恵まれている。ここはいい国だ』と口では言いながら、税金を払うときだけは悪し様に罵る奴がほとんどだったさ。

断言しよう。

自分たちはこんなに苦しんでいるのに、なんで同じ平民出身のあの女だけは王族として優雅な生活をしているんだ？

そんな風に不満を抱える奴は腐るほど出るぞ。

贅沢に振る舞うのが王族の義務であったとしてもな！

民衆の全てが愚かではないが、逆に言えば民衆の大半は愚かなのだ。


だが、卑下することはない。

幸福感というものが絶対値ではなく相対的なものであるように、人が作り出す『社会』という環境が、人という生物の大多数を愚かであるように定めているのだから。

だからこそ、絶対王政における王家とは身近にあってよいものではない。

――平民の手には届かない存在だからこそ、尊い。

王家という存在は、そんな幻想が生み出す魔法なのだ。

王が尊い存在でなければ、誰が納税や賦役といった都合の悪いことにまで従うものかよ。

そして日莉の言葉を受け、ランケルマンは目を閉じてしばらく天を仰いだ後、ポツリと呟いた。

「……認めよう。確かに私はミシェールを愛してない」

「ラック⁉」

その声は、悲鳴に似ていた。

「軽々しく人を愛称で呼ぶな、汚らわしい」

愕然とするミシェールに、ライケルマンはこの上もなく冷たい言葉を叩きつける。

その目には明らかな怒りと、そして嫌悪の炎が揺れていた。

「そして殿下が本当に愛した人は……アンフェルシアさんですね？」

まるで別人のように表情が様変わりしたライケルマンに、日莉は痛々しい表情でその推理の結論を告げる。

「……その通りだ」

ライケルマンは遠い目をしたままかすかに頷いた。

「一目惚れだったよ。

毅然《きぜん》とした佇まいも、知的なしゃべり方も、気の強い性格も、時折見せる愛らしい表情も、全ては神が私のために用意してくれた存在だと思ったさ」

貴公子の仮面を剝ぎ取り感情を剝き出しにしたその姿は、この国の第一王子ではなくただの恋に悩む一七歳の少年でしかなかった。

苦悶《くもん》、焦燥、罪悪感。

冷ややかな顔の下に埋もれていたのは、激情と言ってもよいほどの嘆き――そう、これがこの物語の陰の主人公、本当のライケルマン第一王子の姿なのだ。

「けど、そのとき彼女はすでに好きな男がいたんだ。まるで出来の悪い三文芝居のように！」

それが全ての悲劇の始まり。

キューピッドはなぜに彼の胸を射抜いたのかは知らないが、おそらく盲目なのだろうと俺は思っている。さもなくば、俺と同じぐらい悪趣味なのだろう。

そしてライケルマンは知った。

第一王子などと祭り上げられていても、所詮は哀れな人の身に過ぎないこと。

ローマの詩人ホーラティウスの残した言葉のように、青ざめた死が貧者の小屋も王者のそびえ立つ館も等しい足で蹴り叩くなら、運命の悪意は貧者の寝床にも王者の顔にも等しくペンキをぶちまけて万人を道化へと仕立て上げる。

「最初は力ずくでも奪ってやろうと考えた。けど、すぐに気づいたんだ」

彼の声が嗚咽にゆがむ。

哀れな。

あえて言うならば、彼は賢すぎたのだ。

恋に狂うにはあまりにも聡明すぎて、傲慢におぼれるにはあまりにも優しすぎた。

「私が好きになった彼女の笑顔の全てが、私とは別の男に向けられていたものだったってことにね」

特に珍しい話ではない。

恋に恋する時期ならば多くの少年がその残酷な真実に突き当たり、同じように打ちのめされるだろう。

そして、大概の少年はそこで恋をあきらめる。

だが、ライケルマンは王族だった。

略奪する愛ですら、全てが王家の名の下に許される。

ゆえに彼は間違えた。

「私に向けられるのはあくまでも貴族としての嗜みでしかない笑顔だけだった。

——許せない。

そのことに、私は自らの傲慢さゆえ強い不満を覚えた。

私の願いは実にささやかでしかなかったというのに。

ただ私のために心から笑ってほしかっただけだというのに。

そんな小さな願いすら叶えられないことが、私はどうしても許せなかった。

どうすればこの願いは叶えられる？

……とち狂った愚かな私が彼女の父に話をつけ、彼女の婚約者としての立場を手に入れた瞬間全てはぶち壊しになった」

そのときまで彼は、自らの行動を正しいと思っていた。

愛しているのだから、多少強引な手を使ってでも手に入れたいと思うのは当然の話だと。

アンフェルシアが自分のものになってしまえば、自らの願いもそのうちきっと叶うのだと。

だが、それは愛ではなかった。

彼はまだ、人の愛し方を知らなかったのだ。

それを罪だというのは、あまりにも切ない話ではないか。

そして彼の身勝手な願いは、アンフェルシアとエアハルトという一組の恋人の仲を見事に引き裂いたのである。

そしてその罪に対する罰は、速やかに下った。

「彼女は笑わなくなった。

たとえ笑ってみせても、それは中身の空っぽな抜け殻のようなものだったんだ。

そして私は今更ながらに自分が何をしたかに気づいたよ」

ライケルマンの目に浮かぶ慙愧《ざんき》の念の深さに、小うるさいミシェールですら言葉も出ない。

――何人も、この世で全ての願いを叶える者はいないのだ。

王の血縁であるがゆえに、その才覚ゆえに、全てが思いのままであった少年に運命の下した罰はあまりにも過酷だった。

「彼女にもう一度笑ってほしかった。

けど、私にはどうやったら彼女が笑ってくれるかがまったくわからなかった。

明晰《めいせき》な頭脳？　恵まれた容姿？　第一王子としての権力？

そんなものは欠片ほども役に立たなかったよ。

そしてようやく気づいた。

なんだよ、この愚かで情けない男は!!」

もしかしたら、誠実に愛を囁き続けることができたなら結果は違ったのかもしれない。

だが、そうするにはライケルマンの罪悪感が強すぎた。

恋人の仲を引き裂いた罪人が、どの面を下げて愛しているのだと囁けばよいのだろうか？

ましてや、ライケルマンはあまりにも矜持の高い男であった。

「あぁ、わかっているよ。

それでも私は人形のようなアンフェルシアの抜け殻を愛し、義務でしかない夫婦という営みを受け入れるべきだったことぐらいはな！

けど、あるとき気づいたんだ」

そう、彼は余計なことに気づいてしまった。

もしも気づかなければ、まだ耐えられたであろうに。

そして彼は気づいてしまったがゆえに、耐えられなかった。

「彼女が昔の男の持ち物だった男物のブレスレットをこっそりと保管していたことにね。

　私がそれに気づいたと知って、彼女は家族の物だと偽った。

　だが、そのブレスレットに刻まれていた紋章は、彼女の家のものではない。

　大半が削られていたものの、彼女の家に連なる家の騎士に与えられる種類の紋章だった。

　すぐに理解したよ。

　彼女は私の婚約者になってからもずっと……昔の男を愛していたんだ」

　それがこの醜悪な喜劇の始まりを決定づけた出来事である。

　まったくもって運命とは痺れるぐらい意地が悪い。

「そしてこの我《わ》が儘《まま》な王子様は、俺に依頼を持ちかけたんだ。

　自らの罪を償うため、アンフェルシア嬢を自由にする方法はないか……とな。

　実に自分勝手な願いじゃないか。実にすばらしい。

　これぞ人間の持つエゴというものそのものだ……そうだろ？」

　だいたい一年ほど前になるが……注文を受けて出来上がったブーツを届けに行ったら、話があるという。

　どんな話だろうと聞いてみたら、まさかの恋のお悩み相談だ。

　よりにもよってこの俺に頼むとはな。

　正気を疑ったぞ？

　それだけ頼りにできる相手が少ないってことだろうが、王族ってのも苦労の多い仕事だわな。

「いやぁ、しかし大変だったぞ。今回に限ってなかなか運命が安定しない。

　何度強引に介入することを考えたことか」

　何を隠そう、この俺こそがこの舞台の監督であり、脚本家だったのである。

「……それ、私関係ないじゃないですか。わざと私を巻き込みましたね？

　クロードさん、最低です」

「楽しかっただろ？」

おお、日莉の冷たい針のような視線が顔に突き刺さるぜ。

「いいじゃないか。こっそり見ていたけど、アンフェルシア嬢とエアハルト君はとても幸せそうにしていたよ。

ボクも実に満足だね！」

マンナはご満悦のようだな。

でも、まだ話は終わってないんだよ。

「さて、マンナ、ライケルマン。そろそろ潮時だろう。これにて全ての物語は終わった……カーテンコールの時間としけ込もうじゃないか」

俺の言葉に、マンナが頷いて周囲に魔術を施し始め、ライケルマンは深く何かを考えるように目を閉じた。

「クロードさん、何が始まるんですか……すごく、嫌な予感がするんですが！」

「まぁ、見てのお楽しみだ」

俺がニヤリと笑うのと同時に、ライケルマンが覚悟を決めたように目を開いた。

その静かな光と狂気を宿す目の映すものは――――ミシェール嬢。

「そうですね。

さて、君の役目は終わった。そろそろこの喜劇の後始末《フィナーレ》に入りましょう」

そう告げると、ライケルマンはその腰に下げていた長剣をスラリと引き抜く。

さらに剣を持っていないほうの手には、俺とマンナが作った鷺《ヘロン》の紋章。

よもやこの期に及んでそれが何を意味するかなど、説明するまでもないだろう。

「な、何を言っているの……やめてよ、なんで私に剣を向けるの？」

「このタイミングなら大丈夫。

私の暴挙を見た貴族の子弟が何もせずに動かないわけがないからね。

誰かが自分の配下に君を襲わせたと言っても……君がどんな無残な死に方をしても納得できるよね？」

それはあまりにも一方的で無慈悲な言葉。

「きっと、犯人は永遠に見つからないけど」

ポツリとつけ加えたその言葉の意味が理解できぬ者は、たぶんこの場にはいないだろう。

ライケルマンの言葉の意味は、あまりにもわかりやすすぎた。

「お前も満足だろう？　ミシェール嬢。

わずかな時間とはいえ一国の王妃になる夢を見ることができたんだから」

俺の喜悦に満ちた言葉を耳にするなり、ミシェールの顔が困惑、怒り、絶望と目まぐるしく変化する。

あぁ、笑いが止まらない！

なんて、なんて滑稽なんだ!!

「い、い、い……いやぁぁぁぁぁぁぁぁぁっ!!」

絹を裂くような悲鳴を合図に、この喜劇のカーテンコールである鬼ごっこが始まった。

あぁ、心配しなくても、周囲にはあらかじめマンナが作っておいた人払いの結界が張ってある。

誰も助けなど来ないよ――森から逃げることもできないけどな。


「ちょ、ちょっと、クロードさん！　やめて！　やめさせてください!!」

「何を言っている？　これで全てめでたしめでたしだろうが。

ヘンゼルとクレーテルは魔女が死ななきゃ終わらないし」

日莉が俺の腕を摑んで必死に止めようとするが、お前こういうところ全然学習しないな。

俺のやり方が嫌なら、しっかりした代案を用意してから言いなさい。

ちなみに俺は今、この上もなく楽しんでいる。

「お願い、許して！　死にたくない!!」

「冷たいことを言わないでくれ、ミシェール。

私を愛しているんだろう？　だったら、私のために死んでくれてもいいだろうに」

足場の悪い森の中をミシェールは動きにくいドレス姿のまま必死の形相で逃げ回り、ライケルマンはそれを弄ぶかのようにゆっくりと追い詰める。

「くそっ！　ふざけんじゃないわよこの冷血王子！

変態！　人殺し‼　地獄に落ちやがれ‼」

「それが君の本音か。まぁ、そんなところだろう。

どうせ君の愛したモノは私じゃなくて金や権力といった感じのものだって知っていたからね！

なぜ私が君を選んだかわかるかい？

君が、私に言い寄ってきた女の中で一番浅ましくて無価値だったからに決まっているじゃないか‼

さぁ、無価値な君にも役目をあげよう！

死にたまえ！　愛のために‼」


あぁ、楽しそうだなライケルマン。

君のゆがんだ愛の叫びに、マンナは満足を越えて悶絶しているし。

あまりにも楽しそうで、できるなら俺が代わってやりたいぐらいだ。

だが、カーテンコールを終わらせるのは俺の役目ではない。

そしてライケルマンの役目でもない。

ガサリ。


ミシェールの逃げ回る先で、ひときわ大きな何かが茂みの中で揺れ、そいつは現れた。

あぁ、契約の時間も終わったし、アイツらもそろそろ自分の森に返してやらんといかんな。

森の中に、巨大な野獣の咆哮《ほうこう》が響き渡り、俺はカーテンコールの終わりを知る。

終わってしまったか……もう少し楽しみたかったのに。

「いい加減に機嫌直せよな。学生気分も満喫できたし、お前も結構楽しんでいたじゃないか」

「知りません！　そんなこと！」

さて、全てが終わったはいいものの、俺はぶんむくれた日莉の処理という極めて難易度の高い作業に追われていた。

ふむ、さすがに今回は少し遊びすぎたか。

実に手ごわい。

おい、マンナ！

ニコニコして見ていないで少しは手伝え！

俺がマンナに文句を言おうとすると、同じタイミングで森の中からライケルマンが抜き身の剣を引っさげたまま現れた。

その刃の切っ先はおろか、衣服に至るまで血痕は一つもついていない。

「クロード師、謀りましたね？」

その声はひどく陰鬱だ。

おいおい、しっかりしろよ第一王子殿下？

まるで目の前で餌を奪われた犬みたいな面してるぞ。

「できれば自分の手で決着をつけたかった……」

その声に色がついているとしたら、きっと血の赤と夜の闇を混ぜたような色をしているだろう。

「アホ、あんなのお前が直接手にかけるような価値ねぇよ。

それより、俺たちはそろそろ帰るからな」

もはやこの国にいる理由もないし、仕事もそこそこ溜まっているのだ。

名残惜しいが、これ以上遊んでいるわけにはゆかない。

「あ……帰るんですね」

俺の告げた言葉に、日莉が一瞬寂しそうな顔をする。

しかしここに残りたいとは言わない。

言っても聞いてやらないがな。

「はい、お世話になりました。

いろいろと余計なことまでしてくれましたけどね」

「ククク……そりゃお前が悪い。

どんな願いであったとしても、悪魔に願いを口にしてはいけないんだぞ。

また一つ賢くなったな」

「ええ、よく身に染みました……よ？」

俺が項垂れるライケルマンの頭を抱きしめてやると、その予想だにしなかった行動にライケルマンが目を白黒させる。

さぁ、最後の仕上げだ。

抱きしめたライケルマンの耳元に口を近づけ、俺は小さな声で『実に俺らしい福音』を囁く。

「庶民の生活は辛い。……二年後、生活に疲れたアンフェルシアならお前にもチャンスがあるかもな」

俺の耳に、ハッと息を呑《の》む音が聞こえた。

ライケルマンよ、そうそう楽になれると思ったら大間違いだぞ。

お前の罪はまだまだ続くんだ。

「この……悪魔！　地獄に帰れ!!」

「じゃあな、がんばっていい男になれよ。お兄さんはとても期待している」

ライケルマンを解放し、実に気持ちのいい笑顔で手を振ると、俺は日莉とマンナを巻き込んで神足通を発動させた。

あぁ、愉快だ。

この拗《こじ》れてゆがんだ恋物語は、きっと長く俺とマンナを楽しませてくれるだろう。


やがて俺たちが消えた森の中で、ライケルマンが一人叫び声を上げた。

「やってくれたな、アモリ・クロード!!　鬼！　悪魔！　人でなし!!　ふざけんな馬鹿野郎!!」

彼の苦悩はまだまだ終わらない。

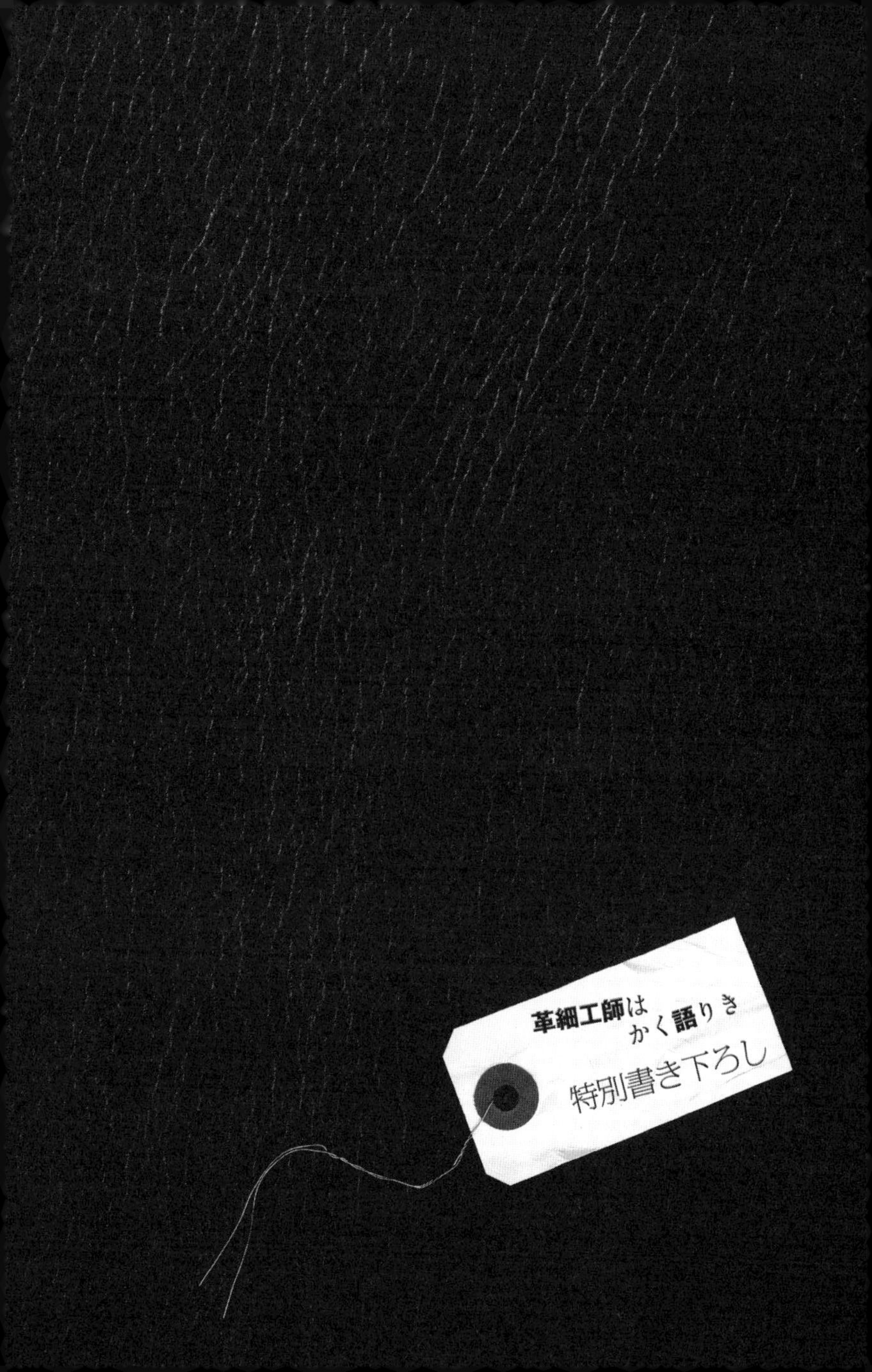
革細工師は
かく語りき
特別書き下ろし

〈其の一〉


海……というと、デートスポットとしても人気の場所だが、俺はあまり好きなほうじゃない。

いや、子供の頃は大好きな場所だった。

夏になるたびに、当時は仲良く暮らしていた両親に連れて来てもらって、馬鹿みたいに一日中はしゃぎ回ったものだが……。

よそう。昔の話はあまり思い出したくない。

とにかく俺は海が嫌いだ。

どうもこの世界の海とは個人的にあまり相性がよくないらしく、海に行くたびにロクなことにならないからな。

だが、時には海に行かなきゃならない用事ができてしまうもので。

事の始まりは、ライケルマンの依頼を果たしてからしばらくたったある日のこと……。

俺は再び日莉と一緒にツェルケーニヒ国に来ていた。


まぁ、来ているのは日莉だけではないのだが。

「今度はどんな悪巧みをしているんですか、クロードさん」

「失敬な。今回の訪問理由は学園の面子にご褒美を与えるためだぞ？　この間はあいつらも結構がんばったからな」

胡散臭《うさんくさ》いとでも言いたそうな日莉の質問に、俺は心外だとばかりに肩をすくめる。

だが、それは日莉の疑いの眼差しをよりいっそう強くするだけだった。

お前、本当に失礼だな。

まぁ、裏があるのは否定しないが。

「……そう言われて素直に信じられれば苦労はしませんん。だいたい何ですか、後ろにいる方々は」

ちらりと後ろを振り返ると、そこには何とも奇抜な衣装に身を包んだ若者が七人ばかり愚痴をこぼしながら、俺たちのあとをついてきている。

いや、具体的にどう奇抜かと言われても……ちょっと俺の口からは言えない。

とりあえず鼻からザリガニ形のピアスが下がっていたり、股間にトゲのついたパットをつけていたりするが、それがデザインなのか威嚇なのか正気を失っているのかまったく判別できないのが問題だ……という程度であり、特に実害はない。

すれ違うと子供が泣き喚き、犬や猫が驚いて威嚇するが特に実害はない。

ないったら、ない。

「あぁ、こいつらは俺の運営する服飾ブランドの新人デザイナーたちだ」

怪しい宗教関係者でも、悪の秘密結社でもないから間違えないようにな。

「あの、大丈夫なんですか？　あ、えっと……主に作る服がまともかどうかっていう意味で」

言わんとすることはわかる。

本当はそんなことじゃなくて、人として大丈夫なのかを訊きたいんだな？

心配するな。……俺にもさっぱりわからん。

「人としてどうなのかはさっぱりわからんが、今のところ商品として作る服はまともだから安心しろ」

「まぁ、クロードさんが言うならそうなんでしょうね。でも、なんでそんな人が一緒に来ているんですか？」

「あぁん？　服のデザイナーのすることといったら、一つだけだろ」

これで『ご家庭でも簡単にできる中華のレシピを紹介する』とか言われたら、俺は即座に逃げるけどな。

「まぁ、お楽しみということにしておけ」

俺はいつものようにニヤリと毒のある笑みを浮かべると、珍妙な格好の連中を引き連れて学園へと足を急がせた。

「あ、ヒマリだ。久しぶり！」

「よぉ、元気だったか？　いきなりいなくなるから、俺を含めて男連中はみんながっかりしてたんだぞ」

まだ昼休みの教室に入るなり、ちょうど居合わせたFクラスの面子が次々と声をかけてくる。

……ただし日莉にだけ。

おい、俺様への挨拶はどうしたこの虫けら共。

「あ……ごめんなさい。クロードさんって、いつも私たちの都合なんてお構いなしに動くから……」

何だと？　おい、俺のせいかよ。まぁ、実際に俺のせいだが。

その前に、なんで俺がお前らの都合で動いてやらにゃならんのだ？　立場をわきまえろ。

さて、そろそろ無視されるのも飽きたな。

こいつらに、誰に失礼ぶっこいているか教えてやらなくてはならない。

俺は唇の端を釣り上げるようにして笑いながら、日莉を横に押しのけて、ずいっと一歩前に出た。

「久しぶりだな、お前ら」

俺が声を放った瞬間、一瞬で空気が凍りつく。

そしてワンテンポずれて、歓声が沸き上がった。

「ぎゃあぁぁぁぁあでたぁぁぁぁぁ!!」

「……み、見えない！　聞こえない！」

「幻覚だ！　こんなところに悪魔がいるはずがない！」

「夢でござる！　これは悪い夢でござる!!」

おいおい、ずいぶんと素敵な歓迎じゃねぇか。ブッ殺すぞ！

「俺に会えて嬉しいのはわかるが、夢でも幻でもないぞ。

ちゃんと痛覚があるか一人ずつ確かめてやろうか？」

「申し訳ありませんでしたぁぁぁっ！」

俺がポキポキと指を鳴らすと、奴らはようやく現実に帰ってきたようだ。

まったく手間のかかる連中である。

さて、今日はこいつらをシバきに来たんじゃないんだ。

時間は有限だし、とっとと本題に入るとするか。

「何を怯えている？　今日はお前らに褒美をやるために来たんだが？」

「ほ、褒美!?」

「嘘だ！　ぜったい何か裏があるに決まってる!!」

おや？　おかしいな。

俺の言葉を疑う奴が発生しているぞ？

あれだけ手間をかけて任務を遂行するだけの傀儡に

仕立て上げたってのに、もう自我を取り戻しやがったか。

「先日の実技試験は実によくやってくれた。お前らの叩き出した成績に俺も鼻が高い……だが、無理をして疲れが溜まっていることだろう」

俺が教壇に立って見回すと、なぜかほとんどの生徒が机の下に隠れてガタガタと体を震わせている。

おい、俺は地震じゃねぇぞ。

「そんなお前らに、南の国の海にあるブルジョワ階級御用達のエステサロンで海水浴《タラソテラピー》を体験させてやろうと思うんだが、どうだ？」

「……え？」

「そんな馬鹿な！　あの方がそんな優しい気遣いをするはずがない！」

思いもよらない俺の言葉に、生徒たちがざわめいた。

その内訳は、疑いが半分で、そして期待が半分といったところか。

あと、俺をディスった奴。あとでしばく。

「海水浴《タラソテラピー》っていうと、温かい海の水に入って体をほぐしたり、海草をペーストにしたものを全身に塗ってお肌をピカピカにするやつですよね？」

ボソボソと不安げに囁き合う声の間から、不意に女生徒の声がそう告げる。

その通り。

日本ではただのレジャーとなっているが、本来の海水浴とは海を使った健康方法のことなのだ。

ヨーロッパでは古くから知られた健康方法で、主に疲労回復や美肌に効果があるといわれている。

どうやら、反応を見る限りかなり興味はあるらしい。実によい感じだ。

ここが攻め時だと感じた俺は、事前にマンナから教えてもらった切り札を、早々にここで使うことにした。

「美肌にも効果があるが、ダイエットにも効果があるらしいぞ」

「ダイエット⁉」

その瞬間、女子生徒の大半が食いついた。

さすが切り札。効果は抜群である。

「本当ですか、クロードさん‼」

なぜか日莉も食いついた。

……日莉、お前はそれ以上やせる必要ないだろ。

なに、お腹周りをもう少し細くしたい？

いや、男としてはそのぐらいがちょうどいいと思うんだが。

え？　女同士の見栄？

よくわからん話だが、好きにしろ。

「だが、一つ問題がある」

場が静まるのを待ってから、俺は次の話題を切り出した。

「お前ら、水着は持っているか？」

あぁ、なるほどと頷く生徒たち。

その頷いた面子のほとんどが女子生徒であるのは、予想の範囲内だ。

むしろ大半の男子は何を言っているのかわからずにキョトンとしている。

……お前ら、フルチンで泳ぐつもりか？　と言いたいところだが、これは仕方がないんだよな。

というのも、日本人と違い、この世界の住人はあまり水泳を嗜むことがない。

むしろ生まれてから死ぬまで一生泳ぐことのない人間のほうが圧倒的に多いだろう。

ゆえに、水着を身に着けたことなどあるはずもなし、その存在すら知らないほうが普通なのだ。

「そんなこと言って、クロード先生が自分のところの水着売りたいだけでしょ」

生徒の一人が、けなすように言い放つ。

おいおい、お前ら貧乏人に俺の店の商品が購入できるわきゃねぇだろ。

「別に服装に指定をかけるつもりはない。

ただし、覚悟しろよ？

リゾート地には、最新の水着で武装した女たちが闊歩している。

そんな中を流行遅れのダサい水着や、ダボッとしたドロワーズで歩き回る覚悟があるなら……あえて俺は止めはしない」

俺が笑いながらそう告げた瞬間、教室の中の全ての女子が声にならない悲鳴を上げた。

ダイエット効果のあるタラソテラピーは受けたい。

だが、そこに着てゆく服がない……これは実に由々しきことだ。

なお、俺の会話の誘導により、『タラソテラピーに参加しない』という選択肢は彼女たちの頭からは綺麗さっぱり消えている。

くくく、この未熟者共め。

さて、そろそろ頃合だろう。

俺は悪魔の笑みを顔に貼りつけながら、できるだけ優しい声で救いの手を差し伸べた。

「心配するな。材料を持ち込むだけでお前らに水着を提供してやろう。

しかも、一つ一つが自分一人だけのオリジナルデザインの奴だ」

「話が上手すぎる」

「具体性がない」

俺をジト目で見たまま、女生徒たちが次々に鋭い言葉を投げつけてくる。

確かにその通りだ。


だから、お前らがちゃんと食いつきたくなるようにエサをちゃんと用意してあるんだよ……気に入ってくれると嬉しいな。

「心配ない。……おい、お前ら入ってこい」

俺が教室の外に声をかけると、ドアが開いて奇抜な衣装に身を包んだ連中がゾロゾロと入ってくる。

案の定、生徒たちの顔が見事にこわばった。

ま、まぁ、ここまでは計算のうちだ。

「こいつらがお前らの水着を作る、俺の運営する服飾ブランドの新人デザイナーたちだ。

服の素材だけ用意してくれれば、彼らが無料で水着を作ってくれるぞ。

自分のファッションセンスに自信がなければ、遠慮なく相談するといい」

俺の言葉に、生徒たちが一斉にどよめいた。

自慢じゃないが、俺の所有している服飾ブランドはこの世界において第一級である。

こいつら庶民にとっては一生手の届かない高嶺の花だ。

だが、衝撃を受けたのは生徒だけではない。

「ちょっと待ってください、オーナー」

「俺たちに、この小娘たちの水着を作れって言うんですか？　しかも報酬なしで!!」

生意気な台詞を放ったのは、愚連た……じゃなくてウチのデザイナーたちだ。

「あぁん？　下っ端風情が誰に意見していると思ってやがる。

細切れにして牧場の肉食獣の餌にされたいか」

俺はいったん殺意の籠もった視線で馬鹿共を黙らせると、今度は可能な限りの笑顔を貼りつける。

そして彼らにとって喉から手が出そうなぐらい魅力的な餌をぶら下げた。

「あぁ、そうそう。言い忘れていたが……。

実は、次のコレクションのデザインを担当するデザイナーの枠が一つ空いていてな。まだ誰にしようか考えているところなんだ」

まぁ、お前らの中から選ぶとは言ってないがな。

というか、お前らじゃまだ実力が足りねぇんだよ。

自分じゃそうは思ってないだろうがな。

だが、俺の口から『名誉』という甘く匂う黄金の林檎《りんご》がこぼれたその瞬間、新人デザイナーたちの目の色が明らかに変わる。

いいね、このピリピリした空気。

それにしてもお前ら、本当に自分の欲望に忠実だよなぁ。

せいぜい勝手に勘違いして張りきるがいい。

そもそも、何のためにこんな場所に駆り出したと思っている？

いつまでも同じデザインにばかり固執して成長しようとしないお前らの修業の一環だ。

この馬鹿野郎共が。

「さぁ、諸君。狩りの時間だ。水着の材料となる生き物のいる場所へと案内してやろう。

全ては素敵な水着のために」

そして俺の黄金色の収入のために。

俺がそう締めくくると、その場にいた全員が無言で動き出した。

……俺の作り上げた舞台の上へと。

え？　今日の授業？

世の中には授業より大事なことがたくさんあるんだよ。

その代表例が俺の都合であることは言うまでもない。

一瞬の空間の揺らぎのあと、目の前の光景はどこか陰鬱な教室の石壁から、ゴツゴツとした岩と青錆色をした海の広がる荒涼とした風景へと様変わりした。

周囲には人の気配もなく、ただ海鳥の声が悲しげに響き渡るのみ。

……相変わらず寂れた場所だ。

押し寄せる波と潮風を背景に、俺はおもむろに生徒たちを振り返る。

「さて、今回の獲物について説明しよう」

そう告げながら、俺は荷物の中から滑らかな質感を持つ一幅の革を取り出して、全員に見えるように頭上に掲げて見せる。

まるで濡れているかのような輝きをした、おそらく現代地球の住人であればビニールを思い出すであろう不思議な素材だ。

「この皮の素材……お前らが狩るべき獲物の名はヌタウナギ。

スライム・イールとも呼ばれる生き物だ。

一応食えるから、興味のあるやつは適当に確保しておけ」

こいつはかなり原始的な魚類で、ウナギとはついているが実はウナギとは分類学上かなりかけ離れている。

「そしてこの生き物から取れるのがイール・スキン。

他の革とは違って水に濡れても硬くなったり縮んだりしない。

しかも強度は牛革の実に五割ほど上という、実に理想的な素材だ」

実は結構な人気素材で、地球でもドルチェ&ガッ〇ーナやバー〇リーなんてブランドが使用しているのだと聞いている。

「これは余談だが、店頭販売となると、捨て値で購入しても一匹分で中流家庭の一週間の食費を超える」

さぁ、餌その二だ。

俺の言葉に、今度は金にがめつい男子生徒たちの目の色が変わる。

ほんと、こいつら自分に正直だな。だが、少しは疑えよ。

すぐに人に騙されるんじゃないかと心配になるぞ？

「この素材の他の特徴も説明しておこうか。

まず質感としては艶々として滑らかで、とにかく薄くて軽い。

染色がしやすいのでカラーバリエーションも豊富であり、さらに金運をもたらすという言い伝えもあって財布に用いられることが多いようだ。

ただし、材料となるヌタウナギの大きさが限られているので、いくつものイール・スキンをパッチワークよろしく繋ぎ合わせる必要がある」

そこがこの素材の最大の弱点だといえるだろう。

ただし、それは地球のヌタウナギに限るのだが。

「ここはそんなヌタウナギを人工的に増やそうとして作られた場所だが、残念なことに持ち主が放棄してしまい、今では野生化したヌタウナギだけが大量に生息している」

「つまり、もう持ち主はいないから好きなだけ狩ればいいってことか？」

生徒の間から、鼻息の荒い質問が飛んできた。

目的はどうあれ、好きなように暴れてよいというのは魅力的なことらしい。

……血の気の多い奴め。

だが、これで大半の生徒の興味を釣り上げることに成功したようだ。

準備は万端。仕上げはごろうじろ。

「その通りだ。遠慮しなくていいから、存分にやれ」

俺がニヤリと笑って許可を出すと、生徒たちは始まりの合図も待たずに走り出した。

「うぉっしゃあぁぁぁぁ!!　ぶっ殺せぇぇぇぇ」

「あんたたち、どきなさいよ！　あたしの水着の材料が足りなくなるでしょ！」

「うるさい！　お前らは俺の集めた皮を買いあさってればいいんだよ！　商売の邪魔だ!!」

おぉ、元気だなぁ。

これが若さって奴か。

次々に海に飛び込んでゆく生徒たちを遠めに眺めていると、一人この場に残っている人物がいることに気がついた。

日莉である。

「なんだ、お前は行かないのか、日莉」

「えぇ、こういうときのクロードさんは何かたくらんでますから」

さすがだな、日莉。

その通りだよ……なぜここが放棄されたのか、彼らはそれを確かめてから行動すべきだったのだ。

「で、なんでここは放棄されたんです？」

的を射《い》た日莉の質問に、俺は一つ頷いて説明を始めた。

「いい質問だぞ、日莉。

まず、ここが異世界であることを忘れるなってことだ」

「な、なんか嫌な予感がします」

俺が微笑みながら説明を始めると、日莉はなぜか小さく身震いをした。

「地球のヌタウナギはせいぜい一メートル程度の生き物だが、この世界のヌタウナギ……とそっくりな生き物は、ちょいとデカくてな」

「具体的には？」

俺の言葉に不穏な何かを感じたのだろう。

日莉は唇をキュッと小さくすぼめて不安げな顔をした。

「一年で一〇メートルほどにまで成長する」

俺の言っている言葉の意味を理解したその瞬間、日莉が思わず目を見開き、視線をそらす。

おそらくその姿を想像したのだろう。だが……たぶんまだ甘いぞ。

「お前の想像力では、せいぜいが巨大なウナギって程度だろうな」

「違うんですか？」

「残念だが、ヤツの姿はそんな生易しい代物ではない」

俺がちょうど呟いたタイミングだった。

「きゃあぁぁぁぁ！　いやぁぁぁぁぁぁ!!」

「う、うわぁぁ！　なんだこりゃあ‼」

まるで台所で黒くてツヤツヤした昆虫に遭遇したかのような悲鳴がいくつも響き渡る。

お前ら、ヌタウナギの姿を見るのは初めてだもんな。

多少見慣れた俺でも、少しクるものがある。

生徒たちの侵入に反応し、海から這い上がってきたのは……目も鼻もどこにあるかわからない、粘液に覆われた灰色の細長い生き物。

あえて何かにたとえるならば、灰色のナメクジを伸ばしてウナギに近くしたような感じだろうか。

しかも、その先端にはエイリアンよろしく縦に割れた口が鋭い牙を見せながらパクパクと開閉を繰り返している。

「ま、まさか、あれがヌタウナギ⁉」

「その通りだ」

俺の言葉に、日莉は一瞬白目を剝きかけた。

確かにいきなり見たら悲鳴を上げたくもなるわなぁ。

「見た目もかなりグロいが、性質もかなり凶暴でな……しかも厄介な能力を持っていて手に負えない。

いや、とんだ計算違いだった」

「厄介？」

「あぁ、ヌタウナギってのは、鮫《さめ》なんかに襲われると全身から粘液を大量に分泌する性質があってな。

その粘液を吐き出す能力こそが、かの生き物の別名『スライム・イール』の由縁らしい」

まったくもって、よく名付けたもんだよ。

「この粘液が実に厄介でな。

繊維質を多量に含み、ぶよぶよしたゲル状のくせに結構な強度を持ち合わせている。

まるで透明なトリモチだな。

襲ってきた敵の頭をすっぽり覆うことで呼吸困難に追い込み、そのまま殺してしまうこともあるらしい」

ところがだ、この粘液がまた工業的にも価値が高いんだよな。

接着剤や凝固剤として利用可能なのは言うまでもなく、さらにシリコンや蜜蠟よろしく革鎧のパーツに染み込ませることで、ハードレザーの素材の脆さを補うことができるのである。

いやぁ……先日の学園のイベントで集められた皮の加工のためにこの粘液が在庫切れを起こしちまったときは柄にもなく焦ったぞ。

この世界のヌタウナギの産卵期にあたる今の時期は、特にこの粘液がなかなか手に入りにくいんだよな。

俺が捕獲しようにも、自分より強い相手の気配を察知するなり散り散りになって逃げやがるし。

「あと、この世界のヌタウナギはその粘液を水鉄砲よろしく吐き出して頭にぶつけてくる。

さらに、この粘液は空気に触れるとあっという間にプラスチックよろしく固まってしまう。

たとえばバケツ一杯の瞬間接着剤の塊が飛んでくるところを思い浮かべてくれれば、その恐ろしさがよく理解できるんじゃないかな」

「ちょっと待ってください、それ、洒落になりませんよ！」

「いや、ほんとそれな。実にアグレッシブに進化したものだと思うよ」

「ちなみに全長一〇メートルのヌタウナギの放つ粘液ってどのぐらいの量なんですか？」

「言わせるなよ……なぜこの場所が放棄されたかを考えれば想像はつくだろ？」

まぁ、そのヌタウナギの大きさにもよるが、はっきり言うと人間の体が半分ぐらい飲み込まれる程度だろうか。

しかも、粘液に触れた衣服は粘液が染み込んだ上に固まってしまい、まるでプラスチックの板のようになってしまう。

こうなると洗浄するにも手間がかかりすぎるので、ほぼあきらめるしかない。

いろんな意味で食らいたくない攻撃である。

「しかも、一〇メートルというのは成長したヌタウナギの一年目の平均的な大きさであってだな……」

俺の言葉を聞いていたかのように、ザザッと音を立てて海面が割れ始める。

……出やがったな。

「な、なんだ⁉」

「何か出てくる‼」

驚きざわめく生徒たちの声の向こう、海の中から姿を現したのは……。

「シャギャアァァァァァァァァ!!」

「デカい！」

「なんて大きさだ！　三〇メートルはあるぞ!!」

そう、こいつがこの養殖場が放棄された最大の原因。

この海のヌシ、ヌタウナギの変種である『ゴライアス・スライム・イール』である。

そしてゴライアス・スライム・イールの咆哮を合図に、その周囲に無数のヌタウナギが水面から顔を出した。

しかも、そいつらが銃撃戦よろしく次々と粘液を吐き出してくる。

まるで雨が横に降り注いでいるような光景だ。

そしてその汚い雨をよけ損ねた生徒たちは……。

「う、動けない!?」

「馬鹿、何してる！　早く逃げろ!!」

「でも服が！」

粘液をその身に受けた女子生徒が、何とも言えない顔で悲鳴を上げる。

おいおい、何をためらっているんだ？

そのままだと、ヌタウナギに喰われちまうぞ？

「何してる！　攻撃が激しくて俺の結界じゃそう長くは持たないぞ！」

その言葉に、ようやく状況を理解したのだろう。

男子生徒たちはお互いの顔を見合わせると、異口同音にこう告げた。

「脱げ！　死ぬよりはマシだ！」

「え、えぇぇぇぇぇ!?」

そう、固まった粘液から逃れるためには服をあきらめるしかない。

「クロードさん、これわざと狙ってやりましたね？」

「さて、何のことやら」

基本的に小娘には興味はないが、たまにはこういうのも悪くない。

女の恥じらいの表情って、やっぱりそそるものがあるよなぁ。

「さ、最低です！　……で、これ、なんとかできないんですか⁉」

「あぁ、ちゃんとそのあたりは考えてある。早い話、こっちの世界のヌタウナギの粘液は、水には溶けないが油には簡単に溶けるんだ」

「じゃあ、早く油を……」

日莉の手が、俺が取り出した油の瓶に伸びるが、俺はそれをヒョイと取り上げた。

「そうだな。そろそろ出すか。ほら、特売セールだ。粘液除去用の油一本、今ならなんと千ディネル！一〇プラドール硬貨一枚でのご提供だ」

「どこのテレビ直売コーナーですか！」

まぁ、冗談はさておいて。

そろそろなんとかしないと引率の責任になるな。

「おい、そこの男子！　ほれ、こいつで粘液を溶かしてやれ。

粘液の固まった場所にかけてから、よく揉み込むんだ！」

日莉の冷たい視線を浴びつつ、俺は油の入った瓶を近場にいた男子生徒に向かって投げる。

俺の投げた瓶を受け取った男子生徒は、瓶を手にしたまましばらく考え……そして、二秒ほど考えてからようやく俺の言っている言葉の意味を理解した。

「よし、これは人命救助だ！　今助けてやるぞ」

「そうか、人命救助だよな！　よし、急げ！」

「ちょっと……あんたたち、なによそのいやらしい手つきは！　まって！　自分でやる！　触るな！寄るなケダモノ‼」

俺の用意した油によって戦況を逆転した生徒たちは、その後わずか三〇分でヌタウナギの群れを壊滅状態へと追い込んだ。

さすが俺が鍛えてやったことだけはある。

途中、不自然に結界が途切れて女子が犠牲になる事件も発生したが、まぁ戦いというものはそんなものだ。なお、戦闘終了時には男子生徒のほとんどが顔に真っ赤な平手の跡をつけていたと言っておこう。

そして収穫されたヌタウナギの皮は俺が回収し、我がブランドの誇る変態デザイナーたちの手に渡された。

ついでに俺も目的の粘液を大量に回収でき、さらにヌタウナギの養殖場も再稼動できる状態になり、まさに今回の企画はパーフェクトな結果に終わったといえよう。

そして数日後、連日の俺のダメ出しによりターンアンデッドの効果を受けそうなほど衰弱したデザイナーたちの手から水着を渡されたときの生徒たちの笑顔は、実に感動的だった。

さらに数日後。

ようやく日程の都合がついて、海水浴の日が訪れたというわけだが……。

「クロードさんは泳がないんですか?」

「……水遊びとかガキみたいなことは卒業したんだよ」

俺は女生徒たちの色とりどりの鮮やかな水着を眺め、海辺のほとりで日光浴にいそしんでいた。

男子生徒? あぁ、そんな奴らもいたよな。

あいつらは先日のヌタウナギ狩りで十分に楽しんだから、もういいだろ?

今頃はムサくなった教室で自習にいそしんでいる頃だ。

砂浜でのスイカ割り? 海辺のキャンプファイア? 知らない文化ですなぁ。

「そんなこと言ってないで、せっかく海まで来たんだし……」

「しつこい。泳ぐなら一人で勝手に泳げ」

手をヒラヒラとさせて、俺は強引に日莉を追い払おうとした。

ええい、向こうに行け!

俺は今、若い少女たちの健康的な美を愛でる作業で忙しいんだよ。

日莉はセクハラオヤジを見る目で俺を睨みつけ、そのまましばらく考えた後、

「もしかして……泳げない?」

俺の訊かれたくなかった言葉を遠慮なく口にしやがった。

「違う! 水に浮きにくい体になっただけだ!」

「あぁ、吸血鬼が流れる水の上を渡れないっていうアレですか!」

「なんでそっちの方向に飛ぶ⁉　普通、かなづちなんですか？　とか訊くだろ‼」

俺は妖怪じゃねぇよ！

「……カナヅチなんですか？」

こいつ、改めて訊き直しやがった！

「昔、体を鍛えすぎたら、いつの間にか水に浮かない体になっていた。

まったく泳げないわけじゃないからな！」

日莉の視線が、水着一枚しか着ていない俺の体を上から下まで通り過ぎる。

「あぁ、クロードさん脱ぐとエグいぐらいマッチョですもんね」

おい、その変なものを見るような目はどういう意味だ⁉

「なんだよ！　細マッチョかっこいいだろ！　崇めろ！　敬え‼」

「……キモっ」

こ、こいつ言ってはならん言葉を次々と……！

「なんだとこのアマ！　俺の人類を超えるレベルまで鍛え上げた体のすばらしさを実地体験させっぞ‼」

「あ、向こうで友達が呼んでいるので失礼しますね」

俺は日莉に上下関係を再教育すべく体を起こしたが、奴はすばやく身の危険を察すると波打ち際へと逃げ出していた。

おのれ、ただではすまさん。

おぼえているがいい‼

そして翌日。

強い日差しに焼かれすぎた俺は全身の痛みでのたうち回り、日莉にお仕置きすることをすっかり忘れてしまったのだった。

……やはり海なんか近寄る物じゃない。

〈其の二〉

隣国ツェルケーニヒから店に戻って数日が過ぎた。

改めて思う。

俺にとって、日莉とはおそらく苦手な存在である。

だが、嫌いということではない。むしろ嫌いではないから困るのだ。

よくわからないことを言っていると思うだろう？

まさにその通りだ。

日莉は、俺にとって実に不可解な存在なのだ。

……だからこそ苦手なのである。

単に嫌いな相手というのなら、それこそ遠慮なく攻撃すればいい。

だが、嫌いでもないのに横にいると都合が悪い相手……そんな理不尽な存在には、いったいどんな対処をすればいいというのだろうか？

誰か知っているというなら、ぜひとも教えてほしい。

敵を知り己を知れば百戦危うからずというが、敵を知ることができないときはどうすればいいんだ？

……たぶん尻尾を巻いて逃げるしかないのだろう。

まさに三十六計逃げるに如《し》かずだ。

俺がそんならしくもないことを考えているのには、理由がある。

何があったのかは知らないが、今日は日莉の機嫌が悪いからだ。

まるで通夜の席のように、ずっと陰気な顔をしてうつむきながら仕事をしている。

ただそれだけのことなのに、どうにも店の中の居心地が悪い。

従業員のシルキーやハベロットたちが『なんとかしろ』と朝から冷たい視線を投げつけてくるが、俺にいったい何を期待している、お前ら？

そうでなくともどうにも歯がゆい気分で仕方がないのに、そんな針の筵《むしろ》がなおさら俺を苛々とさせる。

しかも原因が日莉であることはわかっていても、日莉の不機嫌でなぜこんな気持ちにさせるのかがわからない。

……だって、あいつはただの弟子だろ？

俺の気分にどう影響する余地があるっていうんだ？

「日莉、そんな顔で店番されると迷惑だ。まともに仕事ができないなら帰れ」

状況にイラついた俺が機嫌の悪さを隠そうともせずに告げると、日莉は驚いたように体を震わせ、そしておずおずと顔を上げた。

なんだよ、その叱られた犬のような面は。

「あっ……その、ごめんなさい。つい……」

「つい……じゃない。遊びに来ているつもりなら、クビにするぞ」

我ながら、性格の悪い職場の上司そのものの台詞である。馬鹿か俺は。

何か抱え込んでいるような相手に追い詰めるような台詞吐くとか、逆効果だろ。

「だっ、大丈夫です。ちゃんと仕事します！」

俺の底意地の悪い台詞にもかかわらず、日莉は必死で縋りつくような声を上げた。

見れば、無意識だろうが手をぎゅっと握っている。

よほど俺の台詞が恐ろしかったらしい。

隣の部屋に続くドアの隙間から、俺を責めるような従業員たちの視線がいくつも突き刺さる。

あぁ、俺が悪かったからその目はやめてくれ。反省しているところだ。

どうも、下手に傷つけないようにと考えれば、余計に泥沼に沈み込むようである。

なら、余計なことは考えるな。用件のみを速やかに果たせ。

「ふん……どうだかな。で、何があった」

よ、よし。なんとか自然に切り出せたぞ。

な、なんだよ日莉。その疑わしげな目は。

「え？　あの、もしかして心配してくれてます？」

「ふざけるな。そんな腑《ふ》抜《ぬ》けた仕事をされた上に、その理由もわからないのが気に入らないだけだ」

あ、あああ、違うだろ！　なんで俺はこんな挑発的な台詞を口にしているんだ？

何か、俺はツンデレというヤツなのか⁉

デレる予定などないっ‼

内心焦りまくりな俺をよそに、日莉は再び下を向き、そしてぽつりと呟いた。

「そうでよね。すいません。ちょっと、靴が……」

「靴が？」

見れば、日莉がいつも履いている靴ではない。

こいつは確か、ベージュのショートブーツをよく履いていたんじゃなかったっけ。

しかも、毛の長いフェルト生地の、手入れの面倒なヤツだ。

今履いている踵の低い黒のブーツは、おそらく近場の靴屋で買った代物だろう。

質も良くないし、今日のラベンダー色のワンピースとはデザイン的にもちょっと合ってないように思える。

そして日莉は、ため息を吐き出すかのようにその悩みの原因を告げた。

「元の世界にいたときから履いている、お気に入りのスウェードの靴が汚れてダメになったんです」

あぁ、それは確かにショックだな。

けど、俺は別の意味でショックだぞ。


「なるほどな。それならなぜさっさと相談しない」

「え？」

おい、間抜けな声を上げるな。

まさか、気づいてなかったのか⁉

「ウチは革に関する全てを扱う店だぞ。靴のケアも業務の範疇《はんちゅう》だろうが」

「あぁ、そういえばそうでした」

能天気な日莉の声に、俺はただ脱力するしかなかった。

「いいか、いくら従業員だからといって無料ではないからな」

「そうですね、そこはちゃんとしないと。クロードさんはプロなんだから」

わかってるじゃねぇか。

そう。プロは、絶対に無料で仕事はしない。

でないと、金を払ってくれている客に対して不平等だからだ。

「まずは現物を見せろ。話はそれからだ。

あと、この際だから言わせてもらうが……この店で安い靴を履いていられては困る。

いい機会だから、お前の給料からの天引きで何足か靴を買ってもらうから覚悟しろ」

「え、えぇぇ！　この店の靴って、クロードさんの作ったやつでしょ！

そんなの買ったら今月のお給料が……!!」

「やかましい。俺が店番しているから、お前はとっとと元の靴を取りに行きやがれ！」

俺は日莉を怒鳴りつけると、表の看板を準備中に切り替えた。

しばらく接客はしたくない気分だし、こんな状態の俺に接客される客というのも気の毒というものだろう。

そして三〇分後。

「……何だコレは」

日莉が持ってきた靴を見て、俺は盛大に顔をしかめた。

日莉の愛用の靴には、ベッタリと油汚れが染みついていたからだ。

これはもう終わっているとしか言いようのない汚れ方である。

「昨日、食べに入った店で酔っ払ったおじさんが料理をひっくり返して……」

あぁ、なるほど、納得だ。

「まず、そのオッサンの息の根を止めるところから始めようか」

「わわわ、待ってください！　クロードさん！

それよりも、まずこの靴の修復方法が知りたいです！

この靴は、地球にいた頃に親から誕生日に買ってもらった靴なんで、どうしても綺麗にしたいんですよ」

「……貴重な地球産の靴ってわけか。

良かったな。これが他所の店だったらきっぱりと断られているぞ」

はっきり言って、この世界の靴屋にコレを綺麗にする方法はない。

地球の技術でも、靴の修復のプロじゃなきゃ難しいレベルだろう。

「綺麗になるんですか？」

「俺を誰だと思っている？」

革のことなら、この世界の誰よりも詳しいつもりだぞ。

そんなシケた面するんじゃない！

「いい機会だ。この俺がスウェードの何たるかと、その扱い方というヤツを伝授してやるから心して聞け」

俺は日莉にメモを用意させると、基本的なところから説明をすることにした。

「まず、スウェードというのは革の表面をサンドペーパーで削って細かな毛のように仕立てたものだ。

子牛、ヤギ、羊なんかの、あまり体の大きくない生き物の、柔らかな皮を利用することが多い。

日莉のこの靴は、子羊の革……ラムスキンというやつだな」

実に品がよく、柔らかでしなやかな手触り。

伸縮性も申し分なく、足の動きを優しく包み込む……実によい仕事だ。

こんな上物をこぼした料理で汚すなど……。

「あ、あああ、クロードさん、次！　次の説明お願いします!!」

「あぁ、そうだな」

俺としたことが、つい我を忘れそうになったぜ。

「スウェードの中でも特に毛並みが細かくて滑らかなものを、シルキースウェード。

厳密には別物だが、スウェードの中でも毛が短くてビロードのように滑らかなものをヌバック、毛の長くてカジュアルな感じのものをベロアという」

それで言うと、日莉の靴はスウェードの中でもベロアに近い。

「ちなみにこのスウェードの靴はとても手入れが面倒なことで有名だ。

なにせ、細かい毛の間に挟まったゴミや塵《ちり》を馬毛ブラシで丁寧に取り除く必要があるからな。

特に表面の毛の長いものは汚れが取りにくくて苦労する」

「あ、それ、靴を買ってくれた父からも言われました」

「それに、スウェードのみならず革の靴は水で洗うことはできないと思え。

まったくやらないわけではないが、下手にそんなことをしたら硬くなるし、革が伸びて変形するし、ほっとくと染みができてしまうからだ。

しかも淡い色合いのスウェードは日光による退色などが目立ちやすく、手入れの難しい革製品のひとつに数えられる」

……つまり、日莉の愛用の靴は、あらゆるタイプの中でもとりわけ手入れが面倒なタイプなのだ。

「少し待ってろ。ちょっと道具を取ってくる」

そこで俺は話を区切ると、手入れ用の道具を棚から取り出した。

俺がテーブルに必要なものを置くと、日莉がそれをしげしげと見つめる。

「ブラシとシャンプー……消しゴム？」

その道具を見て、日莉が不思議そうな声を上げた。

「基本はその馬毛のブラシで丁寧に梳《す》くことだ。

それで汚れが取れない場合、樹脂を固めた消しゴムのような専用の道具で汚れを擦り落とし、再度ブラッシングして表面を整えてから栄養剤を塗布する」

先ほども言ったように、革に水は厳禁だ。

だから、汚れを落とすにもこんな道具でドライクリーニングすることが必要なのである。

スウェード専門の道具だから消しゴムではないのだが、専門書にも消しゴムって書かれているぐらいだし、もはや消しゴムでいいんじゃないかな。

「栄養剤ですか？」

「そうだ。革というものはもともと生き物の皮膚からできている。

ほっとけば乾燥してボロボロになるし、栄養を与えなければ弱ってゆくのは当たり前だと思わないか？」

「そう言われればそうですね」

「ちなみに、汚れが酷いときはこっちのスウェードシャンプーを使って特別な方法で水洗いするが、油汚れにはそれでも対処しきれない。

だから油汚れの場合は、専用のスウェードクリーナーというものを使う。

……とはいえ、長く履いていると靴の中にも臭いが籠もったりするので、そんなときには水洗いする必要も出てくるわけだ」

俺は桶に水を張ると、そのやり方の手本を見せることにした。

「まず、いきなり水をかけたりはしない。ブラシで靴についた塵や埃を丁寧に払い落とす。次にスポンジに水を含ませて、ぎゅっと押しつけて水を含ませるんだ。

特につま先や芯のある部分は強く押し込むようにやれ。

……右の靴のほうはお前がやってみろ」

「……こうですか？」

「悪くない。その調子だ」

やや危なっかしい手つきではあるが、こういうときは褒めてやるに限る。

ふと気がつくと、従業員たちが生暖かい目で俺を見ている。

な。なんだよその目は。

俺だって、人を褒めて伸ばすことはあるんだぞ？

「続いてスウェード専用のシャンプーを使う。いいか、細かく円を描くようにブラシを動かして満遍なく靴全体に泡をつける感じにするんだ」

「は、はい！」

そして、再びスポンジを使ってシャンプーを洗い流すと、全体的にくすんだ色合いから鮮やかな色合いに変わり始める。

そして除菌と消臭効果のある薬液を靴の内側に噴霧すると、形が崩れないようにシューキーパーを突っ込んでから乾燥に入った。

本来なら風通しのよい日陰で干すのだが、ここは時間短縮のために魔術でさっさと片をつける。

このあたり、ファンタジーな世界は実に便利だ。

「結構綺麗になりましたね」

「だが、まだ油の染みが残っているだろ。

ここでスウェードクリーナーが登場だ」

俺は小さなボウルのような器に薬剤を入れて調合すると、それを泡立て器でモコモコにする。

「この泡状になったものを汚れた部分につけて、ブラシで丁寧に擦れ」

「あ、はい……うわっ、すごくよく落ちます！」

「そうだろう、そうだろう」

何せ、俺が念入りに調整した自慢のクリーナーだからな。

何だよ、顔がにやけてるって？

いいんだよ、自慢したいんだから。

「うわぁ、ほんと跡形もなく汚れが落ちましたね。でも……少し色が薄くなってしまったような」

「それはスウェードの宿命だ。

特に手入れを怠って乾燥させてしまうと色落ちが激しいから今後は気をつけろ。むしろその色褪せを楽しめ」

「……はい」

「とは言いたいが、女の子が履くならそんな渋さはいらんだろう。

そんなときのために、補色剤というものがある。

まぁ、栄養剤を塗布するだけでもある程度は色が戻る。

よくスウェードの手入れで、クリーナーで落とした後にそのまま防水をする話があるが、防水剤だけをかけると栄養不足と乾燥で確実に色褪せるぞ」

「き……気をつけます」

「うん、それでいい。

革というのは生き物だからな。

ちゃんと可愛がってやらないと、すぐダメになるんだぞ。

面倒臭い臭いとか言うなよ？　購入したからにはちゃんと面倒を見てやらないと……愛が足りないってマンナに処刑されても知らないからな」

「こ、怖い……む、むしろマンナさんよりクロードさんの語り口調が優し……いえ、なんでもありません」

俺が優しいのがそんなに不気味か！

いい度胸だな、日莉!!

くっ、あとで覚えてろよ。

「さて、その補色剤と栄養剤だが、せっかくだからどっちも一度に片づけてしまおう」

「一度にですか？」

俺は気を取り直して新しいボウルに薬剤を投入し、補色剤の調合を始める。

「あの、それってポーションですよね？　怪我をしたときにこっちの世界の人たちが使う……しかもけっこう高いやつ。

……あ、そっか革も生き物の体の一部だったから、へたな栄養剤よりこっちの世界のポーションをベースにしたほうが効果が高いんですね」

「その通り。上級冒険者御用達のファルマ商会のポーションだ。こいつは効くぞ」

瞬間的に傷を癒すこの世界ならではのポーションという存在は、革の手入れにも非常に重宝するのである。

そして俺はポーションをベースにいくつかの薬物、そして靴の色に合わせた染料を入れて、スウェード革専用の栄養剤を調合した。

「補色剤の塗布方法にはスプレー式とスポンジ式がある。

スプレー式は塗布も早くて均一に塗布できるが、中敷に入らないようにしなきゃならんし、意外と面倒だ。

それにスポンジ式のほうが長い毛の奥にも液が届くし、初心者にはこちらのほうが扱いやすい。

俺はこちらをお勧めするね」

そして全ての処理が終わって靴が乾くと、そこには見事に生まれ変わった日莉の靴があった。

「すごい……新品みたい」

「アホか。こういうのは、長く使ううちにだんだん味が出てくるものなんだよ。

新品みたいは褒め言葉じゃないからな」

どういうわけか、日莉に褒められても素直にふんぞり返れない。

しかも礼を述べるどころか、つい否定的な言葉で傷つけようとしてしまう。

まるで馬鹿になったような、嫌な気分だ。

「うん、うん、ありがとクロードさん！」

「……お前、人の話聞いてないだろ」

俺に礼を述べながらも、日莉の目は綺麗になった靴に釘づけだ。

おい、俺は無視かよ。

「うふふ、これでまたこの靴使えるんだ！」

完全に俺を置いてけぼりにした台詞に、一瞬怒鳴りつけてやろうかと思ったが、嬉しそうな日莉の顔を見た途端、怒りがしゅるしゅるとしぼんでしまう。

何だよ、これ本当にわけがわからない。

無視されているのに悪い気がしないとか、筋が通らないだろ。

あまりにも理不尽だが、俺はただ疲れたようにため息をつくことしかできなかった。

改めて思う。

……俺にとって、日莉とはおそらく苦手な存在である。

だが、嫌いということではない。むしろ嫌いではないから困るのだ。

革細工師はかく語りき／完

あとがき

まずは、この本をとってくれたあなたに感謝を。


はじめまして、卯堂成隆と申します。

Ｗｅｂでおなじみの皆様につきましては、いつもありがとうございます。

しかし、こうして自分が書籍のあとがきを書いているなんて、今でも夢を見ているような気分です！


そもそもこの小説を書き始めたのは、アト・ド・フリース著の「イメージシンボル辞典」という本に出会ったことがきっかけでした。

この本に記されている膨大なシンボルと、その象徴するものを目にした途端、自分の中の何かがどうしようもなく疼いてしまったのです。

当初はファンタジー世界ならではの魔物の素材を、現実では出来ない方法で加工してみたり、そこに素材にマッチするような紋章を描き込んで……なんて話がメインになるはずだったんですよね。

実際には、主人公がヒロインにゆがんだ愛を注ぐ妙なラブロマンスだったり、サスペンス風になったりと、やはり文章とはままならぬ魔物のような代物です。

むろん、当初のメインであった「ファンタジーらしい革細工」についても、短編なんかにして未練がましくねじ込んでいたりしますので、そういう話が好きな方は今後も楽しみにしていてください！

最後になりましたが、美麗なイラストを描いてくださった鈴ノさんと、自分の作品を拾い上げてくださった担当O氏に心からの感謝を！

二〇一六年七月

卯堂成隆

MAG Garden NOVELS

革細工師はかく語りき

発行日　2016年8月25日 初版発行

著者 卯堂成隆　イラスト 鈴ノ

発行人　保坂嘉弘

発行所　株式会社マッグガーデン
〒102-8019 東京都千代田区五番町6-2
ホーマットホライゾンビル5F
編集 TEL：03-3515-3872　FAX：03-3262-5557
営業 TEL：03-3515-3871　FAX：03-3262-3436

印刷所　株式会社廣済堂

装　幀　坂本知大

本書は、「小説家になろう」(http://syosetu.com/)作品に、加筆と修正を入れて書籍化したものです。

ISBN978-4-8000-0598-4 C0093